Al meu fill Miquel, amb tot el meu amor.

ISBN: 978-99920-1-919-1
Dipòsit legal: AND.193-2012

© *Albert Salvadó* ®

www.albertsalvado.com

Diseny portada: Sarabia Photo

ÍNDEX

QUINZE SEGONS

Vaig observar el cap que reposava damunt l'enorme taca de sang que cobria gairebé la meitat de la superfície de la taula i començava a regalimar pel cantell. M'hi vaig acostar lentament, mirant de no embrutar-me, i li vaig prendre el pols, encara que no calia. El forat enmig de la closca, entre la mata de cabell ros, m'indicava que s'havia disparat a la boca, al paladar. El cos encara no era completament fred. De manera que no feia massa que havia passat aquella desgràcia. Vaig aixecar la vista i vaig cercar el forat de bala fins que el vaig trobar a la paret que el cadàver tenia a la seva esquena. Mentalment vaig calcular la trajectòria. El tret s'havia produït estant assegut.

—Com ha passat això? —vaig preguntar.

—No ho sabem. El Nieto se l'ha trobat així.

—Digui-li que entri i vostè quedi's fora, vigilant per tal d'evitar que no aparegui ningú ni tinguem més sorpreses —li vaig ordenar.

Em vaig quedar quiet, mirant aquell cos inert. Van ser només quinze segons. Just el temps que el Jean Louis va trigar a arribar a la porta de la sala, obrir-la, sortir i dir al Pere Nieto que hi entrés. Quinze segons en què només vam existir el mort i jo. Ningú més.

Quantes idees, pensaments i imatges creuen per la nostra ment en quinze segons? En poden ser pocs o molts, potser centenars o fins i tot milers, encara que sembli increïble. Tot depèn de les circumstàncies.

Vaig mirar la mata de cabell ros tacada de sang, enmig de la closca, en el lloc exacte per on havia sortit la bala, després vaig veure el revòlver a la seva mà i, de sobte, la meva ment es va posar a treballar a una velocitat de vertigen. Durant aquells quinze segons vaig veure desfilar imatges, rostres, converses, situacions... tot el que ens havia conduït fins aquell instant i em vaig adonar que el meu futur era a les mans d'aquell pobre desgraciat. No exactament a les seves mans, sinó en les decisions que jo prengués en els pròxims minuts. Però ell era la clau de tot.

—Què vol que faci? —vaig sentir que feia la veu del Pere Nieto, i vaig tornar a la realitat del moment.

Quinze segons i tot havia quedat clar. Hi ha moments a la vida en què una decisió ràpida i encertada pot ser la frontera entre l'èxit més espectacular i el més rotund fracàs, entre la riquesa o la pobresa, entre ser algú o seguir com un no ningú. Vaig tenir aquest pensament, aquesta certesa absoluta, amb una claredat diàfana com la llum del sol, i vaig somriure. I és clar que vaig somriure! Només hi ha quatre asos en una baralla de cartes i només un cop a la vida els quatre cauen a les teves mans, tots quatre, aplegats, formant un preciós pòquer. Qui podia ser tan estúpid de deixar passar una oportunitat com aquella? Jo, no. Per descomptat!

1.- EL GRAN DIA

Anomenem la mort el son etern i no ens adonem que vivim perpètuament entre espais onírics, sense gairebé instants de vertadera lucidesa. Quan algú ens diu que no tenim la possibilitat de ser conscients de tot allò que passa al nostre voltant ens ofenem i li responem que nosaltres ens adonem perfectament que som vius. Ens evadim de tot i lluitem només per construir mons irreals on poder gaudir del buit de la nostra imaginació i d'una seguretat inexistent. Únicament de tant en tant alguna cosa o algú ens sostreu del nostre univers immaterial i ens obre els ulls a la realitat.

Jo vaig tenir el meu instant de lucidesa a Barcelona, a la nova ciutat plena d'empenta que es creava l'any 1911, i va ser gràcies a dos elements tan contraposats com plens de paral·lelismes. D'una banda vaig poder contemplar en tota la seva cruesa la falsa il·lusió que generen en l'ésser humà la cobdícia i la bogeria de les taules de joc i per l'altra banda vaig poder sentir dins meu la passió, aquesta vegada real, que provoca en el nostre cor la promesa d'un gran amor.

La meva història, l'autèntica, la que vaig viure intensament, sense fissures, va començar el dia 15 de Juliol de 1911.

Aquell dia, de sobte, em vaig despertar contemplant l'espectacle que representa un exèrcit d'operaris i de tècnics fent els últims retocs a una obra colossal. Si aquella gent havia dormit dues hores en les últimes vint-i-quatre, era molt. I si durant l'última setmana havien aconseguit estirar-se en un llit un total de vint hores, era un miracle. Qui podia imaginar, en aquella Barcelona sota la calor de l'estiu en la que estava a punt de complir-se el segon aniversari de la Setmana Tràgica, que es produiria un esdeveniment com aquell?

Els socis francesos, que representaven la majoria del capital, havien estat a punt de retirar-se després del desastre que va representar la darrera setmana de Juliol de 1909. Va ser gairebé un miracle que continuessin amb el projecte. Els trenta morts, disset condemnats a mort, cinc executats, més de mil detinguts i la quantitat sense precisar de ferits, perquè molts d'ells no es van acostar a un hospital per por a ser detinguts, havien pesat molt durant tots els treballs de construcció d'allò que pretenia esdevenir el nou emblema de la ciutat. Barcelona creixia a un ritme accelerat, ja havia sobrepassat àmpliament les sis-centes mil ànimes i s'encaminava a marxes forçades cap al milió. Només tres anys abans havien començat a enderrocar les cases que impedien que el carrer Pau Clarís arribés fins al mar i ja es podia endevinar en tota la seva esplendor la Via Laietana, de vint metres d'amplada, flanquejada per edificis que serien la seu de les oficines i de les empreses que s'estaven traslladant al nou barri dels negocis.

I ara apareixia la cirereta del pastís. Gran, imponent, amb la ciutat rendida als seus peus, elevant-se cap al cel i exhibint tot el seu orgull, havent superat totes les proves imaginables, aquella nit tindria lloc el sopar de gala que serviria per inaugurar les noves instal·lacions del Casino de La Rabassada, a punt per obrir les portes al gran públic quatre dies més tard.

Després del desastre de 1898, que havia aturat el creixement de la ciutat, l'entrada del segle XX havia comportat una glopada d'aire fresc en forma de multitud de nous projectes que estaven canviant completament l'aspecte de la ciutat i els seus voltants. Entre tant d'enrenou, la muntanya de Collserola s'havia erigit en un punt privilegiat per acollir una part important d'aquestes grans realitzacions que havien començat amb la construcció del gran temple del Sagrat Cor de Jesús, obra dels salesians, i amb la carretera d'accés que s'havia inaugurat el 1888 per tal d'acollir la reina Maria Cristina, que havia expressat el seu desig de gaudir de la vista panoràmica. Tan gran esdeveniment va ser el més semblat al tret de sortida en una cursa per aconseguir que una simple muntanya esdevingués el gran mirador de la ciutat. Ja feia cinc anys que funcionava a ple rendiment el funicular del Tibidabo, que conduïa a un parc d'atraccions fruit de la iniciativa del farmacèutic Salvador Andreu i que es perfilava com un dels punts més visitats de Barcelona. A això calia sumar l'Observatori Fabra i el Museu de Física Ferran Alsina, obres dels anys 1901 i 1905.

I finalment, en aquell any de 1911, amb el retard pertinent, els treballs del Casino havien conclòs, els obrers havien marxat i havien deixat pas a l'equip de decoradors, electricistes, fusters i pintors que, sota les ordres de l'arquitecte Andreu Audet i Puig, havien donat el toc final a la remodelació de l'hotel ja existent per integrar-lo en el conjunt que ell mateix havia projectat i dirigit. L'hotel no era obra seva, sinó d'un arquitecte francès, de París, amb un nom molt ressonant, tant com Lechevallier Chevignard. Però de la mà d'Audet havia sorgit la impressionant reixa d'entrada amb la rosassa metàl·lica de més de cinc metres de diàmetre on es podia llegir en lletres de motlle "LA RABASSADA CASINO ATRACCIONS" flanquejada per les dues taquilles de venda d'entrades que simulaven els merlets d'un castell i les altres dues torres coronades per una cúpula i, just després de l'entrada, apareixia el mirador i a la dreta la majestuosa escalinata en semicercle, que podia acollir més de deu persones baixant alhora i que conduïa al magnífic parc d'atraccions, on el visitant podia gaudir d'una de les muntanyes russes més espectaculars que existien amb els seus dos quilòmetres de longitud, del tren de les escenes, aquí anomenat *Scenic Railway*, que passejava per túnels plens de sorpreses o la vagoneta de la caiguda aquàtica, anomenada *Water Chute*, amb un pendent del vint per cent que feia caure les barques al llarg de seixanta-cinc metres per acabar sobre el llac de més de mil cinc-cents metres quadrats de superfície.

Segons m'havien explicat, els creadors del parc havien pres exemple d'altres parcs en diferents països. D'aquí aquests noms internacionalitzats. I entre una i altra experiència de vertigen, el futur visitant seria convidat a descansar al palau de la rialla, el nom del qual havia de pronunciar-se en francès, *Palais du Rire*, farcit de miralls còncaus i convexos que deformaven les figures humanes fins a convertir-les en caricatures o se li mostraria la casa encantada, també amb nom francès, la *Maison Hantée*, o el tir amb fletxes o amb carrabines o les bitlles, a més de moltes altres atraccions menors.

Contemplar el que succeïa aquell dia era un espectacle incomparable. Mentre tots els empleats del parc s'afanyaven a realitzar l'última prova de les atraccions i els encarregats de les taquilles se situaven a la reixa de la porta principal, però no per cobrar els cinquanta cèntims que costaria l'entrada amb dret a una atracció, sinó per controlar l'accés dels tres-cents convidats a la inauguració i indicar-los el camí, un altre equip de tècnics, vertaders especialistes, s'ocupava de la joia de la corona: el casino.

Oh, el casino! Allà els treballs de decoració havien acabat molt abans i un petit exèrcit, molt ben entrenat, havia pres possessió del vestíbul, de les dues sales de joc, del guarda-roba, i dels despatxos, deixant el saló de concerts a les mans de l'arquitecte i el restaurant a les de Pierre, que es feia càrrec de la direcció i organització de la cuina i que feia que la seva aurèola de gal s'endevinés pertot arreu. No calia més que veure que el xef, l'encarregat i el responsable de les postres, que es trobaven al capdavant de la brigada de cuiners, vuit en total, eren francesos. Només l'encarregat de les salses salvava l'honor del nostre país.

Gent amunt i avall, ordres que volaven d'un extrem a l'altre, retocs i més retocs, els cambrers que anaven bojos perquè ni un sol cobert estigués més separat que els altres ni cap copa fos fora de la fila, de tal manera que quan Pierre s'ajupís i mirés únicament hi veiés la primera, que les flors tinguessin totes la mateixa altura, que les cadires també formessin una única línia i que la llum il·luminés fins a l'últim racó, sense deixar cap ombra. Déu, quanta perfecció!

Un cop s'obrís el parc al públic, s'oferiria un menú al preu de cinc pessetes. Naturalment, a aquells amb un poder adquisitiu prou important, se'ls oferiria una carta molt ben assortida, a un preu, evidentment, bastant més elevat. Una vertadera bogeria. I tot amb un celler que era l'enveja de mig Europa. Gairebé ningú dels que hi érem ens hauríem pogut permetre aquell tren de vida. Amb cinc pessetes podia menjar tota una família obrera més d'un dia.

I aquí estava jo, el senyor Pons, Víctor per als meus caps i els amics i Vittorio per al meu pare. La meva mare havia mort deu anys abans, a la primavera de l'any 1901, concretament el 21 d'abril, el mateix dia que Barcelona es manifestava per protestar per l'actuació de la Guàrdia Civil, que havia carregat indiscriminadament contra tota la població.

Al principi i durant tot l'any final de la construcció, que és quan havien decidit contractar els meus serveis, els empleats em tenien per un coordinador. No obstant això, sent sincers, la meva veritable comesa en aquell galimaties era d'encarregat que no succeís res fora d'allò que havia de ser l'habitual, figura absolutament essencial en el temps que ens havia tocat viure. No cal oblidar que, des de començaments de segle, encara que va arrencar amb un acte de bona voluntat per part del rei Alfons XIII, que va concedir al gener de 1900 tres indults de pena de mort per festejar la seva onomàstica, l'historial violent no havia fet més que créixer i créixer. El primer de maig d'aquell mateix any, les Rambles es van convertir en un camp de batalla, on les tropes van carregar contra els manifestants. I només va faltar que el rei Humbert I d'Itàlia morís en un atemptat a mans d'un anarquista que pretenia venjar el bany de sang de Milà, succeït l'any 1898, perquè s'extremessin les precaucions i tant l'exèrcit com les forces de l'ordre s'empressin a fons. Ni tan sols l'enterrament de mossèn Cinto Verdaguer, que esdevingué una immensa manifestació de dolor que va inundar Barcelona sencera, va aconseguir frenar el que ja semblava impossible d'aturar, perquè no va contribuir precisament a calmar els ànims l'aparició d'un escrit anònim que es repartia per tota Espanya i que es titulava "El liberalisme és pecat". Recordo que vaig llegir en ell frases tan suculentes com: "Tot i les declaracions i el magisteri de Sa Santedat Gregori XVI i de Sa Santedat Lleó XIII, cap estament oficial permet que s'ensenyi que el liberalisme és pecat", "...la veritat prevaldrà, de nosaltres depèn accelerar la victòria...", "hem de saber quants estem disposats a lluitar per la fe i aconseguir que la pàtria espanyola no sigui presa dels imitadors de Llucifer". A qui podia estranyar-li que l'any següent es produïssin manifestacions anticlericals, tant a Madrid com a Catalunya?

I els disturbis van prosseguir després de les eleccions de maig de 1901, en les quals es deia que, a Madrid, hi havia funcionaris municipals que havien votat fins a dotze cops. Era una ona gegantina que arrossegava tothom, enmig de la que, curiosament, anaven apareixent noves realitzacions, com la inauguració del funicular del Tibidabo, a la fi d'aquell mateix any.

El ben cert és que tots plegats havíem caigut a l'abisme de la bogeria, però continuàvem vivint i Barcelona continuava creixent entre disturbis, atemptats, vagues i treball. Ni una sola testa, corona o no, d'Europa o de fora, escapava als actes de violència. El setembre de 1901 moria per causa de les ferides rebudes William McKinley, president dels Estats Units de l'Amèrica del Nord; el novembre de 1902, el rei de Bèlgica va sortir il·lès d'un atemptat; el juny de 1903 van morir assassinats els reis de Sèrbia, juntament amb els dos germans de la reina, el president del Consell de Ministres, el ministre de la guerra i diversos oficials de la guàrdia reial; l'any 1904, a Barcelona, Antoni Maura, en aquell moment president del govern espanyol per tercera o quarta vegada, va rebre una ferida per arma blanca; l'any 1905 Alfons XIII es va salvar d'un altre atemptat en la seva visita a París; el desembre d'aquell mateix any, a Barcelona, el cardenal Casañas va ser salvat pel vicari general de morir apunyalat; el maig de 1906, els reis d'Espanya van patir un altre atemptat el dia de la seva boda amb una bomba llançada des d'un balcó, a causa de la qual van morir trenta persones; l'abril de 1907, a Barcelona, Francesc

Cambó, sent diputat per la Ciutat Comtal, va ser agredit; el febrer de 1908, a Lisboa, van morir el rei Carles I de Portugal i el seu fill Lluís Felip, també assassinats; aquell mateix any va ser veritablement fatídic per a Barcelona, amb una onada d'atemptats al port, a la Boqueria, a les Drassanes, a la muralla...; i el juny de 1909, a Barcelona, van esclatar dues bombes al teatre Principal. Un mes després ens va caure al damunt la Setmana Tràgica.

No era gens estrany que, amb aquests antecedents, els amos i impulsors de la magna obra cerquessin un mínim de seguretat. Per aquesta raó el meu treball era... Com ho definiria? Delicat i precís. Sí, això mateix. Delicat i precís en el qual cometre un error podia resultar fatal. Així que a ningú ha d'estranyar que portés una semiautomàtica del calibre 9 mm amagada sota la jaqueta i una vint-i-dos de quatre trets al turmell, agafada a una petita funda i amagada sota el mitjó. Per a la munició de la de baix calibre utilitzava poca pólvora. Em permetia disparar des de ben a prop sense produir massa soroll, però preparava les puntes dels projectils fent-los un forat el cap i tallant un parell d'estries al llarg perquè el dany que produís fos molt més gran del que es pot esperar d'una joguina tan petit. La meva llicència de detectiu privat em permetia dur armes i, a més a més, en aquells dies mai no se sabia el que podia succeir. Barcelona s'havia convertit en una ciutat perillosa en què la quantitat de delictes augmentava dia rere dia. Recordo haver llegit unes estadístiques en les quals el director de la presó de Barcelona ressaltava que l'any 1904 s'havien comès gairebé setanta mil robatoris, gairebé cinc mil violacions o intents de violació i més de tretze mil agressions a persones. En fi! A tot això calia sumar que els sindicalistes volien gresca, els anarquistes no perdien ocasió, els polítics havien de protegir-se, els grans empresaris ofegaven els obrers i els baixos fons aprofitaven les aigües brutes i esvalotades per llençar-hi les xarxes i treure'n bones peces.

Era normal que els meus serveis fossin d'allò més necessaris i és així com jo treballava per a ells i a més a més tenia temps per a altres ocupacions, algunes d'elles puntuals, que em proporcionaven una font d'ingressos extres. El ben cert és que estava en dansa les vint-i-quatre hores del dia, set dies a la setmana. Però podia permetre'm aquest luxe, perquè de mi només depenia el meu pare, que ja era molt gran. Tenia cura d'ell una dona a qui jo pagava perquè li donés tots els capricis. S'ho havia guanyat després de tot el que havia viscut i de tot el que m'havia ensenyat. Jo, de tant en tant, gaudia de les meves estones d'esbarjo. Per a això disposava de la Manuela, a la ja coneixia de petit i que em tractava amb tendresa, mentre que jo li corresponia amb el mateix afecte que empraria amb una cosina pròxima, encara que en el terreny físic anava molt més enllà.

Ella vivia amb el seu avi al començament de la Gran Via, on gairebé no havien arribat les cases. Ocupaven un pis més o menys decent, amb llum de gas, però sense aigua corrent. El seu avi era molt vell i a ella li havia tocat fer-se'n càrrec, d'ell, perquè era l'única dona de la casa. Durant els matins treballava en un taller de confecció de cortines i entre el que treia i el que jo li donava, anava fent i podia mantenir el seu avi. Els seus germans se n'havien desentès completament i ni tan sols la visitaven. No m'estranya. Un cop, mentre em vestia, assegut al llit, em vaig quedar mirant l'armari. La Manuela, estirada al meu costat, em va explicar que aquell havia estat l'armari de la seva àvia, que la pell d'aquella fusta tenia més anys que ella i que ves a saber tot allò que hauria vist, perquè no s'havia perdut cap ni una de les nits en què el seu avi arribava borratxo i descarregava totes les seves frustracions contra la seva àvia. Ara ella havia mort i ell estava fet un parrac i depenia de la seva néta, a qui, de ben petita, s'asseia als seus genolls i li tocava l'entrecuix mentre reia i feia bromes.

Eh! Que consti que donar-li diners no significa que fos puta, sinó que la nostra relació es basava en el fet que ella havia de menester escalf humà i jo n'hi donava a canvi dels seus serveis al llit, quan aprofitava per visitar-la per les tardes, els dies que anava a visitar al meu pare i de tornada passava per davant de casa seva. D'altra banda, mai no li vaig demanar ni li vaig exigir res fora del normal, que quedava per a quan pagava a una vertadera puta. Amb elles tot és permès, que per a això cobren. En canvi, a la Manuela mai no la vaig pagar. Això ha de quedar molt clar. Era una amiga i jo l'ajudava. De vegades, no acabàvem al llit, sinó que simplement xerràvem.

—En tinc prou. No em deixis res —fins i tot m'havia dit en alguna ocasió, encara que m'hagués satisfet. I això la salva de tot

El seu avi no plantejava cap problema. El pobre desgraciat es passava el dia sencer assegut en una petita galeria que donava al carrer, gairebé no parlava, sopava d'hora i la Manuela el ficava al llit. Crec que ni tan sols s'adonava de la meva presència. Mai no responia a la meva salutació. Llavors el pis semblava quedar-se buit, només per a nosaltres, així que sopàvem gairebé com un matrimoni, ens ficàvem al llit i quan ja en tenia prou, em llevava, em vestia, m'acomiadava d'ella i la deixava dormint. Per a mi representava una situació còmoda en què no havia de donar explicacions a ningú, perquè a ningú no prometia res i res no em comprometia i si se'm presentava una bona ocasió per gaudir d'un altre cos, l'aprofitava.

El meu pare no va passar mai de ser un obrer. Recordo que alguna vegada la meva mare li havia dit que una mica més d'empenta no li vindria pas malament, però ell responia:

"Aquest d'aquí algun dia serà algú". I m'assenyalava amb el seu dit índex, gairebé acusador. No obstant això, la meva mare li tenia molt de respecte i aquestes paraules les hi vaig sentir pronunciar en comptades ocasions i només quan els diners no li arribaven per comprar alguna cosa, que sempre era necessària. Mai no va ser un capritx. Llavors, un parell de dies més tard, el meu pare els hi donava. D'on els treia?

La resta del temps formaven un matrimoni ben normal. Mai no els vaig sentir discutir, mai una paraula més alta que una altra. I el dia que va morir la meva mare, el meu pare va aixecar els ulls cap al cel i vaig poder veure en la seva mirada que si hagués estat sol hauria escopit a l'univers. No obstant això, no va vessar ni una llàgrima. A ell mai no el vaig veure plorar. L'enterrament va ser luxós. El meu pare va comprar un nínxol que gairebé era més gran que la nostra casa i va pagar el que li van demanar pel millor taüt que hi havia, encara que al sepeli només vam assistir quatre gats.

—Se'l mereixia, aquest enterrament —em va dir quan tornàvem.

Vivíem a la falda de la muntanya de Montjüic, en una casa petita amb dues habitacions, un menjador amb petita aigüera, l'aixeta d'aigua que venia del dipòsit que la meva mare omplia totes les nits abans d'anar-se'n al llit i la cuina de carbó. Era de totxo tosc, que el meu pare havia emblanquinat per donar-li un aspecte més net. Des del menjador, per una porta amb un vidre que ocupava més de la meitat, s'accedia a un pati on hi havia la comuna que moria en un camp que hi havia al darrere i una carbonera que el senyor Bernat omplia de carbó, llenya i estelles un cop l'any i que havia de servir per alimentar el braser durant els mesos d'hivern i per encendre la cuina cada dia. Enmig del pati, el primer diumenge de maig, si és que no plovia, la meva mare disposava un gibrell que omplia amb aigua calenta. Aquest cerimonial m'alertava que s'havia acabat l'hivern i que, a partir de llavors i fins al primer dia d'octubre, cada dos diumenges, al matí, em banyaria. Això va ser així fins que vaig complir l'edat en què el cos comença a canviar i apareixen pèls. Llavors el meu pare va dir que aquests menesters bé podia fer-los jo, tot sol. Vaig creure que m'havia alliberat d'aquella tortura, però a partir d'aquell moment el meu pare es va encarregar de recordar-me els meus deures i no me'n vaig escapar ni una sola vegada.

El nostre carrer no tenia nom i poc més enllà començaven les barraques fetes amb quatre fustes i unes canyes. Gairebé es podria dir que, en comparació, casa meva era tot un palau. En aquesta vida sempre hi ha algú que està pitjor que tu i un munt que estan molt millor, naturalment.

El dia de Nadal la meva mare m'obligava a rentar-me les orelles i em posava colònia.

—Cal estar presentable per rebre el nen Jesús —em deia.

També m'obligava a canviar-me de roba i em vestia amb el pantaló fosc, que em va durar gairebé cinc anys, fins que ja semblava més un pantaló curt d'estiu que un llarg d'hivern. Encara sort que sempre vaig ser prim. El Cisquet, el fill del Vicenç Barroso, que vivia dues cases més avall i a qui anomenàvem el Tronxo, que era bastant més ple que jo i l'hauria rebentat al segon o, a tot estirar, al tercer any.

La meva mare rentava la roba un cop per setmana, però tant el meu pare com jo havíem d'aguantar-la quinze dies, perquè no hi havia sabó per a tanta bugada.

No obstant això, era molt neta i endreçada i cada matí, abans de sortir camí de l'escola, em rentava la cara amb un drap mullat perquè no em quedessin restes de mocs ni pintades i em pentinava, encara que la clenxa dels cabells durava el temps que trigava a arribar a classe i treure'm la gorra. Durant uns anys el meu món s'acabava al col·legi, al final de la baixada, i només podia veure la ciutat de lluny, quan m'escapava amb el Tronxo, l'Andreu, el Juli i altres que de vegades se'ns afegien. Li deia a la meva mare que anava a prendre'm el berenar fora, recollia la llesca de pa sucada amb vi i amb una mica de sucre i pujàvem a una mena de mirador natural des del que contemplàvem els munts de cases.

—Un dia jo viuré allà baix —deia, contemplant el món que s'estenia als meus peus.

—On? —preguntava el Tronxo.

—Allà. Al centre —assenyalava jo.

—Tu ets boig. Saps el que costa viure-hi? Vint duros, pel capbaix!

—Apa! No pot ser, home! —exclamava un de nosaltres.

—Cony, t'ho juro per tots els meus morts! Allà baix hi ha cases amb aigua corrent, que no l'han d'anar a buscar a la font i a la nit encenen llums de gas i les mantenen enceses tota la nit —replicava el Tronxo.

—Sí, home! —esclafíem de riure.

—Sí, senyor! Tota la nit. Que m'ho ha dit un que ho ha vist.

De manera que el dia que el meu pare em va portar per primer cop a la ciutat, em vaig passar tot el temps amb la boca oberta, mirant cap amunt, cap a les finestres més altes de les cases. On jo vivia tot eren plantes baixes.

—Què et sembla? —em va preguntar el meu pare, que em duia agafat de la mà.

—Un dia jo viuré aquí —li vaig contestar.

—On? —em va preguntar divertit.

—Allà dalt —vaig assenyalar el pis més alt de la casa més alta.

—La gent important mai no viu aquí dalt —va dir el meu pare, tot rient—. Viuen a baix, al principal, per no haver de pujar tantes escales.

Després, a poc a poc, a mesura que vaig anar acompanyant el meu pare en aquelles excursions, la ciutat va perdre la seva immensa màgia i el seu poder sobre mi i vaig deixar de mirar les cases amb cara d'idiota.

Una tarda, tot just acabava de complir els deu anys, vaig decidir que el fet d'haver entrat en l'etapa dels dos dígits ja era edat suficient com per viure la meva autèntica primera aventura en solitari i amb l'Andreu ens vam escapar del col·legi, vam caminar des de la falda de la muntanya de Montjuïc fins gairebé la Gran Via de les Corts i ens vam penjar del darrere d'un tramvia per dirigir-nos al centre de la ciutat, on els carrers estaven nets i empedrats, els tramvies compartien l'espai amb les tartanes i els carruatges elegants i podies veure gent ben vestida, botigues amb aparadors, confiteries que ens deixaven bocabadats, criades amb còfia i tot allò que només existia en els nostres somnis. Quin viatge! Fins i tot, si teníem sort, potser veuríem un automòbil, com el que explicava el Panxo que havia vist un cop i que anava sense cavalls que estiressin d'ell i sense rails com els trens o els tramvies.

Passejant per la Gran Via, en arribar al carrer Balmes, a poques passes de nosaltres vam veure a home amb cara de despistat que comptava els diners que duia a la cartera. El vaig observar atentament. Aquell tipus suava i se'l veia nerviós. Va acabar i es va ficar la cartera a la butxaca del darrere del pantaló, però el seu cap devia estar en una altra banda perquè li va quedar mig sortida.

—Guaita —li vaig dir a l'Andreu apuntant amb la barbeta.

—Li caurà —em va contestar.

—Mira que encara sóc capaç d'agafar-l'hi.

—Sí, home! —em va desafiar.

—És molt fàcil. Una petita empenta i seguim com si res no hagués passat. Ni se n'adonarà.

Ens vam posar a caminar, ens vam dirigir cap al subjecte i quan vaig ser-hi a prop em vaig tombar per fer una broma a l'Andreu. Llavors vaig xocar amb aquell home alhora que li treia la cartera. Li vaig demanar disculpes i vaig seguir caminant com si res no hagués succeït. Havia estat ben senzill.

Tot anava de meravella, fins que vaig sentir que cridava:

—Al lladre! M'han robat la cartera!

Em vaig girar i vaig veure que havia agafat l'Andreu per un braç. El molt imbècil s'havia quedat plantat al seu costat, mirant-lo fixament amb cara de badoc i —és clar!— s'havia adonat de tot, s'havia dut la mà a la butxaca del darrere, havia fet càlculs i...

Vaig dubtar, em vaig quedar quiet uns segons i això va ser la meva perdició. D'una de les cases va aparèixer un porter que se'm va llençar al damunt. Vaig caure de bocaterrosa, amb aquella bèstia aixafant-me, em vaig veure perdut i vaig deixar que l'instint actués per mi. Allà, estès a terra, vaig descobrir que tenia just sota meu el forat de la claveguera. No m'ho vaig rumiar ni un instant i vaig deixar anar la cartera que va desaparèixer immediatament sense que el porter s'adonés de res.

Els crits de la gent van fer aparèixer una parella de la guàrdia civil, que em van agafar pel coll, em van posar dempeus i em van sacsejar com a un ninot.

—Au va! Deixa anar la cartera —em cridava un mentre agitava la mà com un ventall.

—Jo no tinc cap cartera.

—Això ja ho veurem.

Em van escorcollar dues vegades, primer un i després l'altre, a consciència, però no van trobar-hi res. Després van escorcollar l'Andreu i tampoc. Van estar discutint entre ells, amb el porter, amb l'amo de la cartera, que cridava com un boig, i és així com l'Andreu i jo vam acabar en una comissaria de la Gran Via.

«I la cartera? On és?», no paraven de preguntar-me. «Jo no he vist cap cartera», vaig repetir sense parar. «El teu amic ha cantat», m'intimidaven. Però per més bufetades que em van donar, no em van treure ni una paraula com no fos per negar-ho tot i jurar i perjurar que jo no sabia res de la cartera.

—Jo he xocat amb aquest senyor, sense voler, però no li agafat res. Segurament l'ha perdut —vaig dir amb convicció. I d'aquí no em van treure.

Finalment, l'amo de la cartera va començar a dubtar de tot i va acabar creient-se que possiblement se li havia caigut. Se'n va anar a buscar-la i els de la comissaria van enviar encàrrec als nostres pares perquè vinguessin a recollir-nos. Què podien fer si no hi havia cos del delicte? D'aquí en vaig treure una gran lliçó.

Durant tot el temps que van trigar a arribar, que va ser una eternitat, l'Andreu i jo vam estar asseguts, l'un al costat de l'altre, en silenci, sense mirar-nos, encara que jo podia olorar la por d'aquell estúpid traïdor, mentre no tenia altre remei que donar-li la raó al meu pare, que sempre deia que la por es pot ensumar. Per això els animals saben qui mana. A ell els gossos, fins i tot els més ferotges, li tenien respecte. Aquesta era una qualitat que em tenia fascinat. Mirava un gos, aixecava el dit i l'animal amagava la cua i s'acostava amb les orelles ben plegades.

El primer a arribar va ser el pare de l'Andreu. Va entrar per la porta, va mirar a la seva merda de fill, va bellugar el cap, va aixecar la mà com si fos a matar-lo, però la va baixar i es va dirigir a l'agent de guàrdia, que li va deixar anar un discurset que sonava a cançó repetida mil vegades.

—Per aquesta vegada passa perquè no s'ha trobat la cartera, però val més que no li tregui l'ull de damunt. Comencen així i tard o d'hora acaben a la presó. Entesos?

El pare de l'Andreu es va desfer en explicacions, en disculpes i en xerrameca. Després va agafar el seu fill pel clatell i el va treure d'allà a empentes deixant anar un munt de renecs i aixecant la mà, però sense baixar-la, mentre el policia negava amb el cap, feia petar la llengua i continuava anotant alguna cosa. Ell sabia, igual que jo, que, com deia la meva mare, gos que borda no mossega.

Mitja hora més tard va aparèixer el meu pare i això ja van ser figues d'un altre paner. Recordo vivament la cara que posava quan va aparèixer a la porta de la comissaria. Ni un sol gest. Es va aturar just traspassar el llindar, va mirar a un costat i a l'altre, amb calma, sense bellugar el coll, estudiant el terreny, es va treure la gorra i se'n va anar a parlar amb el de guàrdia, que va repetir el mateix discurs amb idèntiques paraules.

El meu pare va assentir lentament, amb la gorra a les mans, li va donar les gràcies amb tota correcció, sense cap més comentaris, va venir cap a mi, que em vaig aixecar del banc i em va clavar una galtada que em va asseure novament.

—Quina òstia! —vaig sentir que exclamava el policia de guàrdia—. Si tots els pares fossin així, altra cosa seria.

El meu pare es va posar la gorra, va fer mitja volta, es va acomiadar del policia i es va dirigir cap a la porta sense deixar anar ni una sola paraula. Jo em vaig aixecar mig atordit i el vaig seguir. La cara em cremava. La seva bufetada m'havia dolgut més que totes les que m'havien clavat al cau del darrere mentre m'interrogaven. Vam caminar durant cinc minuts, en silenci, ell davant i jo darrere. De sobte es va aturar i es va plantar davant meu.

—Saps per què t'he pegat? —em va demanar.

—Per lladre —li vaig respondre esperant, si més no, un altre parell de bufetades.

—Perquè t'han pescat, idiota! Comprens?—va exclamar.

Encara que la sorpresa va ser majúscula, vaig reaccionar immediatament.

—Ha estat culpa de l'Andreu. Si ell no s'hagués quedat mirat com un imbècil...

—Ha estat culpa teva! Primer per confiar en un merda com aquest Andreu i segon per embrutar-te les mans. El que vol robar de debò mai no toca els diners. Sempre cerca a algú que ho faci per ell. Comprens?

—Sí —vaig assentir lentament, procurant assimilar les seves paraules, que sonaven com un cop de fuet.

—Si vols arribar a ser algú, abans has de ser un filldeputa de debò. I això no té res a veure amb la teva mare. Comprens?

Ja sabia que la meva mare no era cap puta! Vaig exclamar al meu interior. Puta era la Sarabia, la que vivia al costat del bar. Això era el que deia el Juli, que era puta perquè la hi tocava a tots. Però no vaig gosar badar boca per a res. El meu pare parlava amb una energia com mai no li havia vist. Deixava anar sentències, en comptes de frases.

Vam agafar el tramvia i el dia va acabar d'enfosquir-se mentre enfilàvem el pujador que conduïa fins a casa nostra.

En arribar la meva mare ens esperava a la porta. Em va abraçar plorant i em va ficar dins. El meu pare es va quedar fora. Vaig suposar que no volia enfrontar-se a ella, que se la veia disposada a defensar-me amb més energia que mai. No en tenia cap dubte que la pobra havia passat un calvari. El sopar era a taula i es va seure al meu costat en silenci, mirant-me amb tendresa mentre jo em cruspia la verdura, el pa i el formatge. I quan vaig haver acabat, va treure una taronja de la butxaca del davantal i me la va donar amb un somriure.

—Menja-te-la i ves a dormir abans que entri el teu pare —em va dir, fent-me un petó a la galta—. Mira que ens has tingut amoïnats!

L'endemà vaig tornar a escapar-me de l'escola, però no va ser per anar a casa, sinó que vaig arribar quan ja era fosc i la meva mare m'esperava amb una cara...

—Ja ha arribat el teu fill! —va cridar quan vaig obrir la porta.

Perquè quan no actuava segons allò que ella havia previst, esdevenia el fill del meu pare. D'aquí venia aquest "el teu fill", com si ella no hi tingués res a veure, amb mi.

Sense rumiar-ho dues vegades em vaig dirigir al petit pati que hi havia darrera la casa, on el meu pare hi passava moltes hores llegint. Devorava els llibres que treia de la biblioteca, l'un darrere l'altre, sense parar. Era l'únic del barri que podia treure llibres de la biblioteca que hi havia a mitja hora de tramvia. Ningú no sabia com ho havia aconseguit. Em vaig plantar davant d'ell i abans que pogués aixecar la mirada li vaig donar la cartera que havia recuperat de la claveguera. Per això arribava tard, perquè havia hagut d'esperar que tanquessin les porteries per poder estirar-me al terra i ficar la mà al forat per agafar la causant de tota aquella disbauxa.

—Cent vint-i-tres pessetes i dos rals —vaig dir.

Va alçar els ulls del llibre, va contemplar la cartera i després em va mirar a mi, directament. Vaig aguantar sense parpellejar. Al cap d'una estona va tancar lentament el llibre i el va deixar a la seva falda.

—Com has aconseguit conservar-la sense que ningú no la veiés?

Li vaig explicar el que feia el cas i ell no va moure un múscul de la seva cara fins que vaig concloure el meu relat. Llavors va allargar el braç, va prendre la cadira que tenia a la seva dreta i me la va oferir. La vaig acceptar i la vaig posar davant ell.

—No! —va exclamar—. Aquí —va assenyalar la seva esquerra—. I mira al front. No em miris a mi.

Li vaig fer cas i em vaig asseure al seu costat.

—Quan dos homes parlen mirant-se, significa que estan discutint algun afer, que hi ha temes pendents i que cal prendre decisions —em va dir—. Quan s'asseuen com tu i jo, són dos amics que volen compartir confidències. Per això no necessiten veure's la cara. Comprens?

Ell sempre acabava les seves explicacions amb aquella pregunta que venia acompanyada d'un gest amb el qual abaixava el cap i alçava les celles per mirar-me directament als ulls.

—El sopar ja és a taula i si no veniu es refredarà —vam sentir que feia la veu de la meva mare des de la cuina.

—El meu fill i jo hem de parlar. Si el sopar es refreda ja el tornaràs a escalfar —va respondre el meu pare amb el mateix to que havia emprat el dia anterior, en sortir de la comissaria.

I la meva mare ni va piular.

Aquí vaig començar a assabentar-me que ell i jo érem fillsdeputa, perquè els de dalt ens convertien en això. I llavors vaig començar a pensar en "nosaltres, els fillsdeputa".

Una setmana més tard vaig pagar una pesseta, cinquanta cèntims a cadascun dels dos nois que van esperar l'Andreu a la sortida del col·legi i li van clavar una pallissa que li va costar tres dents i un braç trencat. Ara ja sabia el que és un filldeputa de debò i també havia après que hi ha gent capaç de tot per diners. Per descomptat, ningú no em va relacionar amb l'incident. Els dos nois no eren del barri i podia permetre'm el luxe de gastar-me una pesseta, perquè en tenia més de cent. Bé, no exactament perquè el meu pare en va enretirar cinquanta per donar-les-hi a la meva mare i altres vint-i-cinc per guardar-les. La resta, quaranta-vuit pessetes i dos rals, me les va tornar. La cartera se la va quedar ell per fer-la desaparèixer.

—Tingues cura, administra't i no et facis el milhomes amb la teva riquesa. Que ningú no sospiti mai res, perquè per aquí moren tots el fatxendes, per idiotes. No t'ho gastis convidant els teus amics, perquè faran comentaris. Comprens?

Vaig assentir més que sorprès. Mai no hauria imaginat una cosa així, sinó que sempre havia cregut que el meu pare era l'home eternament silenciós, sense amics, que anava de casa al treball i del treball a casa. Però les sorpreses no havien fet res més que començar. A partir d'aquell dia, cada tarda el meu pare i jo ens assèiem al pati i ell em contava coses de la seva vida passada.

La primera gran sorpresa va ser descobrir que en realitat el meu pare no es deia Josep Pons, sinó Giuseppe Ponte i que havia nascut a Itàlia, al sud, a Calàbria, concretament a Catanzaro, la capital de la regió. No a Mollerusa, tal com indicaven els seus papers. I allà havia viscut durant gairebé trenta-cinc anys, allà s'havia casat per primera vegada i allà havia entrat a una família que formava part de la 'Ndrángheta calabresa. No una qualsevol, sinó la dels Maltesse.

Havia començat guanyant-se la vida amb tot tipus de treballs, aquí i allà, per ordre de l'Emiliano, un dels segons *capos*. Però de seguida va despuntar i va anar escalant llocs fins que ja començaven a respectar-lo. Sempre a les ordres de l'Emiliano, per descomptat, de qui esdevingué la seva mà esquerra. La dreta ja tenia amo. Les famílies no són com els negocis que pots fundar-ne un quan vols, sinó que neixen per ser eternes. Em va dir. Per això són famílies i no qualsevol cosa i pots entrar-hi, però no sortir-ne, com no sigui perquè et fiquin al clot.

—La paraula és sagrada i el silenci no té preu. Aquest és el secret. Comprens?

El cert és que em va explicar que en aquells dies la vida li somreia, s'havia casat, tenia un fill i n'esperava el segon. La felicitat completa. I jo l'escoltava amb molta atenció.

—Ja tens deu anys. A la teva edat jo ja feia dos que treballava per als meus caps —em va dir—. A partir d'ara, tu jo formem dues famílies: la que ens uneix a la teva mare i l'altra, la que és sagrada. Comprens?

El meu pare em va explicar que a les famílies, quan ja has entrat en certs nivells, només pots pujar quan qui està més amunt es retira o el retiren. Aquesta norma no era del grat de l'Emiliano que tenia aspiracions i volia tenir la seva pròpia família. De manera que un parell de misteriosos accidents el van situar en línia directa amb *don* Genaro, però el *don* posseïa aquesta intel·ligència que donen els anys i aquesta saviesa que només s'aconsegueix amb l'experiència i, encara que no s'alterava per res i sempre assentia beatíficament a tot el que li deien, de seguida es va adonar que allà hi havia alguna cosa que feia pudor. Poc després, l'Emiliano va aparèixer mort enmig del carrer. Algú li havia disparat a boca de canó dos cartutxos de balí i, per descomptat, ningú no havia vist res. I aquella mateixa nit també van morir els seus dos fills.

El pitjor de tot és que *don* Genaro no es va quedar tranquil perquè algú li va suggerir que potser l'Emiliano no havia actuat tot sol i va decidir aplicar la regla bàsica que diu no has de deixar arrels que puguin convertir-se en noves plantes i envair-te el jardí. De manera que es va reunir amb els *capos* de les grans famílies i va sol·licitar permís per donar un escarment exemplar que serviria de lliçó a tothom que pretengués seguir les passes del seu segon. Va haver-hi llargues discussions a porta tancada, d'on no s'escapava ni una paraula. Quan cal prendre una decisió que pot afectar d'altres, cal meditar-ho molt.

Finalment *don* Genaro va posar damunt la taula una llista de noms. Es van sospesar tots, se'n van eliminar alguns i al final tots van votar a favor de la proposta. Entre els que hi van quedar hi havia un nebot de l'Emiliano, que era la seva mà dreta, i el meu pare, que era la seva mà esquerra, perquè un manc d'ambdues mans poca cosa pot fer. De manera que una nit algú va entrar a casa del meu pare. Ell no hi era. Aquella mateixa tarda havia hagut de sortir urgentment cap a Sant Andrea perquè un oncle seu s'havia posat molt malalt. L'endemà les veïnes van trobar els cossos de la dona i del nen sense vida.

Al meu pare li va arribar la notícia a Sant Andrea per mitjà d'un cosí que havia sortit aquell mateix dia de Catanzaro, també per visitar el seu oncle.

—Ho sento molt, de debò —no deixava de repetir el pobre desprès de comunicar-li la notícia.

—Per què ella? —preguntava el meu pare, desesperat.

—Sembla que només havien rebut l'encàrrec del noi i teu, però en veure que la teva esposa estava embarassada van decidir que, davant el dubte de si era nen o nena, millor acabar amb tots plegats.

—Fills de la gran puta! —va cridar com un boig—. Els mataré a tots!

—Si intentes alguna cosa, totes les famílies es giraran contra nosaltres i no en quedarà ni un dels nostres —li va dir el seu oncle malalt.

Va mirar al seu oncle i al seu cosí. Sabia que la seva vida havia acabat i que el perseguirien fins a la mort. Ningú no s'escapa de la còlera d'una família si no té la protecció d'una altra. I ell estava sol, absolutament sol. Ningú no li donaria un cop de mà. Qui s'atreviria a desafiar una decisió acatada per totes les grans famílies? Necessitava temps i diners. Els diners els hi oferien el seu oncle i el seu cosí, però el temps és un bé massa escàs quan han posat preu al teu cap.

Va recollir quatre coses i també es va endur una escopeta de caça amb uns quants cartutxos. Durant mesos va viure a la muntanya, com va poder, amagant-se i fugint dels que el perseguien amb el desig d'alçar-se amb el trofeu de caça i així congraciar-se amb *don* Genaro i obtenir el premi ofert. Finalment, un dia van trobar el cos d'un home amb la cara destrossada pel tret de l'escopeta de caça. Duia la roba del meu pare, les seves sabates, la cartera i la documentació i l'escopeta era al costat del cadàver. Sense cap mena de dubte s'havia suïcidat disparant-se ambdós cartutxos a boca de canó.

Quinze dies després el meu pare desembarcava a Marsella amb la documentació d'un tal Josep Pons i tres anys més tard apareixia a Barcelona. Havia après el seu idioma suposadament natal, encara que amb un deix que ell explicava per la seva llarga permanència en altres països.

Em va explicar que va entrar a treballar en una fàbrica tèxtil i que va conèixer la Marta, la que era la meva mare, que vivia a la mateixa pensió i treballava a una fàbrica de suros. Es van casar i jo vaig néixer l'any 1880, un any rodó, en plena eufòria del que s'ha conegut com *la febre de l'or*. Des de l'any 1875 fins al 1882, Barcelona va créixer i va créixer fins al punt que a partir de l'any 1880 cada any arribaven vuit mil immigrants per poder ocupar un lloc a la indústria tèxtil, la metal·lúrgica i la química, a la construcció, a les companyies navals, a les noves companyies d'electricitat que es creaven i als comerços que s'haurien d'obrir. La ciutat canviava cada dia, apareixien nous carrers que seguien la quadrícula del pla Cerdà i les cases es multiplicaven, mentre apareixien barraques per tota la perifèria.

—Llegeix, llegeix, llegeix i no deixis mai de fer-ho —em va ordenar el meu pare—. Juga amb els teus amics, però cada dia, abans d'anar a dormir, llegeix una estona. Al començament llegeix-ho tot, qualsevol cosa que caigui a les teves mans. Simplement llegeix i entén el que llegeixes. Després, mira de treure el que s'amaga sota les lletres impreses. Els llibres et mostraran el camí. Cada dia has de llegir alguna cosa, has d'aprendre alguna cosa nova, has de buscar un significat a les paraules. A poc a poc et dirigiran cap a les lectures que necessites. I quan sàpigues llegir correctament, quan siguis capaç de veure l'ànima de qui ho va escriure i puguis entrar a la seva ment, jo t'ensenyaré a llegir en altres llocs. Llavors seràs el que vulguis ser. Comprens?

Vaig assentir lentament, encara que sense massa convicció. Què podia trobar als llibres?

—No et dius Vittorio per casualitat —em va dir—. Vittorio significa victòria i la victòria és per als que es preparen per vèncer. Comprens?

Aquell dia no el vaig entendre, encara que vaig assentir i li vaig fer cas. Així és com vaig aprendre a llegir correctament i un bon dia vaig descobrir que el meu pare havia estat tota la seva vida un simple obrer només per protegir-me a mi, per protegir el seu futur, tal com ell deia.

—Perquè si el teu futur s'acaba, tu mors per sempre, mentre que si deixes la teva llavor damunt la terra, la teva vida és eterna. El futur el canviaràs tu, perquè jo no puc. Comprens?

Ell tenia molt clar que *don* Genaro sempre exigia veure la cara de l'enemic mort i el cadàver que van trobar a Sant

Andrea no tenia rostre. Però, qui cercaria un pobre obrer que vivia en una casa miserable d'un barri perdut als afores d'una gran ciutat? Per això es llevava cada matí a les cinc, es rentava, s'afaitava, es vestia, prenia la carmanyola que li havia preparat la meva mare, es posava la gorra i entrava a la fàbrica a les sis del matí per tornar quan ja havia fosquejat. Arribava, es treia la gorra i s'asseia a llegir. Mai no es ficava en embolics ni acudia a les vagues ni res de res. Tampoc tenia amics, excepte els llibres. Aquest era el meu pare. I jo el recordo amb la seva gorra.

D'ell vaig aprendre molt. Em va dir com havia de comportar-me, com havia de mirar la gent als ulls i llegir a les seves entranyes, em va ensenyar italià i em va pagar classes de francès.

—L'italià has d'aprendre'l perquè és la llengua dels teus avantpassats i el francès perquè és el país que tenim més a prop i cal estar a bones amb els veïns —em deia quan jo protestava i em queixava que el francès no servia per a res.

I així vaig créixer i el francès esdevingué la clau que em va obrir les portes d'un món que semblava inabastable, perquè quan els socis francesos de la Societat Anònima La Rabassada van cercar algú que conegués els secrets de Barcelona, es van estimar més escollir algú amb qui poguessin entendre's directament i sense intermediaris. El meu pare, ho he de reconèixer i li ho haig d'agrair, era un home amb visió de futur.

2.- LA GRAN FESTA

—Senyor Pons, el criden a dalt —vaig sentir que feia una veu darrere meu.

Era l'Antoni Farreres, un amic de la infantesa que jo havia col·locat entre el personal de seguretat del casino. El seu pare treballava de paleta i ara es guanyava prou bé la vida. L'Antoni era casat, tenia dos fills i un pis llogat entre el Paral·lel i la Gran Via. Però de petit vivia a prop de casa meva, anàvem a la mateixa escola i formava part del mateix grup que jo, capitanejat pel Xurriguera, un dels grans, a qui vaig tenir l'oportunitat de substituir quan va deixar els estudis. No obstant això, el meu pare ho va evitar.

—No et barallis per ser el primer. No és el teu moment. Mira de passar desapercebut i tot anirà bé —em va ordenar.

El vaig obeir i vaig deixar que el Pep, a qui anomenàvem el Guenyo per tenir un ull amb el que no hi veia gaire bé, esdevingués el nou cap. No obstant això, n'hi havia tres o quatre de la colla que sempre em consultaven abans de prendre una decisió o de seguir les consignes del cap, perquè jo els havia fet un parell de favors i els havia demostrat que tenia més intel·ligència que aquell pobre desgraciat que es pensava que tot el seu poder es basava en la quantitat de cops de puny que era capaç de repartir, sense saber que en aquesta vida els favors fets amb astúcia reverteixen en bons beneficis. I aquest era el cas de l'Antoni que, encara que de petits havíem jugat plegats i ens coneixíem perfectament, ara em tractava de vostè davant la gent. Així ho havíem convingut per mantenir les formes. D'aquesta manera em passava informació del que escoltava per aquí i per allà i ningú no sospitava res sobre la nostra amistat.

Vaig assentir i vaig deixar d'observar els encarregats de les taules de joc per dirigir-me cap a l'escala que conduïa als despatxos. Eren les quatre de la tarda i una hora abans s'havia convocat una reunió final per comprovar tots els detalls de la festa inaugural. A aquestes reunions jo no hi assistia. Així ho havíem convingut amb *monsieur* Jean Boudineau, el vertader secretari del Consell d'Administració, de qui jo depenia directament. Al Lluís Estragué, el director del casino, gairebé ni el veia i juraria que havia parlat amb ell en un parell d'ocasions com a molt. Comentaven que Boudineau l'havia convertit en un home de palla.

L'Estragué no es ficava en res ni amb ningú, però era capaç de rebre qualsevol i quedar com tot un cavaller. Quan hi havia problemes simplement els traspassava. Jo el tenia per un home hàbil, capaç de tancar-se a la seva closca i esperar tranquil·lament temps millors.

El secretari era un home prim i nerviós, amb ulls de rata i uns llavis fins que es mossegava constantment fent la impressió que sempre estava meditant el que diria, però en els fons no tenia cervell, encara que era eficient i sabia escollir la gent que l'envoltava, virtut que el meu pare posava en un pedestal.

—Saber escollir bons companys de viatge no té preu —em repetia sovint quan era jove—. Ells poden donar-te un cop de mà o cobrir-te les esquenes quan sigui necessari. Recorda que no tens ulls al clatell. Comprens?

Boudineau tenia uns quaranta anys, procedia de Marsella, era casat i tenia dos fills. La seva esposa era massa bella, massa elegant i massa dona per a tan poc home, per la qual cosa més d'un comentava que hi havia seriosos dubtes sobre qui era el pare dels fills. Potser també per aquesta raó ocupava el càrrec que ocupava. Vés a saber!

Vaig pujar les escales, vaig arribar al replà on hi havia la taula que ocuparia la secretària de direcció quan s'incorporés i tres portes. La de la dreta donava al despatx del secretari del Consell d'Administració, la de l'esquerra al despatx del director del casino i per la del centre s'accedia a un altre despatx molt més petit que ocupava un comptable que venia a hores. Vaig trucar a la porta de la dreta i la veu ronca de Boudineau em va indicar que podia passar. La seva veu tampoc corresponia a la d'un home de la seva talla. Era massa greu per a un cos tan prim. Tot en ell era excessiu, fins i tot el seu desig d'aparentar una força i una autoritat que no tenia. Tot era massa en ell, excepte el seu cognom, que li quadrava d'allò més: Boudineau, *boudin d'eau*, salsitxa d'aigua. La primera vegada que el vaig sentir gairebé em pixo de riure.

—Segui Víctor, si us plau —em va dir arrossegant les erres amb un clar i inequívoc accent afrancesat i em va indicar la butaca que hi havia davant del seu escriptori.

M'hi vaig seure i vaig esperar pacientment que deixés de mossegar-se els llavis i comencés a parlar.

—He de dir-li que el Consell d'Administració desitja que li faci arribar la seva felicitació pel treball que ha fet durant aquest any que finalitza la setmana que ve —em va dir lentament—. Ha estat vostè molt discret i eficaç, fins al punt que hi ha hagut moments en què no sabíem si existia o no —va gosar fer broma, fet insòlit en ell.

—Ja els vaig dir que és el meu treball i que me'l prenc molt seriosament —li vaig contestar.

—Sí, sí, ja ho sé. Les seves referències eren immillorables —va dir, assentint.

—Els meus superiors em tenien certa estima —vaig replicar.

Les referències que esmentava eren dues cartes inventades i magníficament falsificades per un bon amic, que em van permetre accedir al lloc. En una d'elles m'atribuïa el mèrit d'haver estat seleccionat per formar part de l'equip que, l'any 1907, el famós detectiu britànic *mister* Arrow volia crear. Ell havia estat contractat per la ciutat per a tasques de vigilància i d'informació. Sota aquest eufemisme s'amagava que la seva feina se centraria a descobrir els autors dels atemptats amb bomba i posar-los a les mans de la justícia. No obstant això, va ser un desastre i no va aconseguir res. Però els polítics van convertir la seva actuació en un èxit sense precedents. Després el van acomiadar i el van enviar de pet cap a casa seva. Per aquesta raó, de cara a la galeria, tothom que hagués estat relacionat amb dit episodi adquiria un cert prestigi. Ningú no diria el contrari, perquè a ningú no li interessava quedar com un idiota.

—Al Consell li va agradar molt la forma com va solucionar l'intent de vaga del mes de febrer —va continuar parlant, mentre em mirava i assentia lentament, sense parar. Si seguia així, encara li cauria el cap, vaig pensar—. I el problema de la documentació que s'havia encallat al despatx d'urbanisme de l'ajuntament també va ser un detall molt digne de tenir-se en compte. La seva discreció va ser modèlica. Tant és així que encara no sabem ni com ho va aconseguir.

—Em van contractar per tal que no hi hagués problemes i no n'hi ha hagut. D'això es tractava, oi?

—Per descomptat! —va exclamar aixecant la mà—. I no li demano que em reveli els seus secrets. Vull simplement dir-li que ens agrada d'allò més la seva forma de treballar. L'últim que convé a un negoci com aquest és un escàndol. Els nostres clients pertanyen a l'alta societat i cal saber tractar-los com es mereixen. Bé! Tot és a punt i d'aquí ben poc els convidats començaran a arribar —va dir somrient obertament, cosa que tampoc era habitual en ell. El normal era que el seu somriure fos a mitges, amb la boca torta.

Jo també vaig somriure en recordar els ensenyaments del meu pare, que deia que quan vols ascendir cal saber vendre el producte. Naturalment la gent paga segons el que ells creuen que val alguna cosa, independentment del seu valor real. De manera que jo únicament havia venut un producte: els meus serveis. Però per vendre alguna cosa cal fer-ho amb intel·ligència, crear la necessitat en un possible comprador i saber en quin moment cal utilitzar els arguments. La precipitació és mala consellera. Donar corda al client és fonamental. Fins i tot, de vegades, cal arribar a l'extrem que pensi que no vols vendre-l'hi i llavors atacar amb força, però mai no donar-li peu per a què descobreixi, o tan sols imagini, que potser ha comès un greu error.

Durant mesos, des que em van contractar el juliol de 1910, esgarrifats davant l'arribada del primer aniversari de la Setmana Tràgica, vaig deixar que tot semblés una bassa d'oli i vaig solucionar petits problemes sense cap mena d'importància. No obstant això, el pas de l'estiu de 1910 sense incidents remarcables, la celebració del congrés de Solidaritat Obrera al Palau de Belles Arts els mesos d'octubre i novembre, també sense incidents, i l'eufòria de l'arribada del nou any, mentre les obres avançaven a bon ritme, van desembocar en què el Consell d'Administració es plantegés que la meva presència representava una despesa supèrflua de la qual possiblement en podien prescindir. Més encara quan el pressupost havia estat sobrepassat llargament i res no feia pensar que aquest balafiament es contindria. Encara sort que jo tenia ulls i oïdes per tota la casa, com l'Antoni, que em van alertar de la situació.

Vaig parlar amb algun amic sindicalista que sempre estava disposat a buscar brega, vaig deixar caure alguns diners aquí i allà i vaig cercar els canals adients per tal de propagar un parell de rumors. Va ser més que suficient perquè s'espantessin. De manera que Boudineau em va demanar força preocupat què tenia previst fer davant el que se suposava que s'acostava.

—Solucionar el problema —vaig fer—. Per a això em paguen, oi?

—Sí, sí, i és clar.

—Però necessitaré alguns diners. Cal agrair certs serveis especials.

—Quants?

—N'hi haurà prou amb unes tres-centes pessetes.

—Parlaré amb el Consell d'Administració.

Una setmana més tard els rumors havien desaparegut i el Consell d'Administració respirava tranquil, mentre jo em convertia en el seu heroi i recuperava amb escreix els diners invertits.

Això dels documents perduts al despatx de direcció d'urbanisme van ser figues d'un altre paner. Aquí no hi vaig tenir res a veure i em vaig trobar amb el pastís a les mans. Però, per fortuna, quan ja havia començat a moure'm, resulta que el dossier es va desencallar i va seguir el seu camí, sense que ningú no en sabés la raó, però que tothom va atribuir a la meva intervenció. I per què els havia de treure la il·lusió?

Recordo que per celebrar aquest èxit, fruit d'un cop de fortuna, me'n vaig anar al Paral·lel amb la Manuela, a veure l'espectacle del nou cabaret anomenat el Petit Moulin Rouge, imitació del local francès de fama internacional i que es dedicava a oferir espectacles de *music-hall*, una paraula inventada pels francesos i de la què podies esperar qualsevol cosa. Ella m'ho va agrair d'allò més. Sortir del seu pis, oblidar el seu avi durant unes hores, de qui es va ocupar una veïna a qui vaig pagar dues pessetes, i riure com feia anys, va ser el millor que mai li havia passat.

—Demana'm el que vulguis —va fer quan la vaig dur a casa seva.

—Posa'm a parir —li vaig contestar.

No sé què sent una dona en parir, però ella va estar tant a l'altura de les circumstàncies que em vaig quedar fregit i per primera vegada vaig sortir de casa seva a les vuit del matí, quan ja era de dia.

Vaig abandonar aquests records per centrar-me en les paraules de *monsieur* Boudineau.

—També estem molt satisfets amb la gent que ha contractat per a la seguretat del casino i ens agradaria que continués amb nosaltres —va dir.

—Per a mi ha estat un plaer treballar amb vostès i m'agradaria acceptar la seva oferta, però tinc altres compromisos...

—Potser no m'he explicat prou bé —va tallar les meves paraules—. Hem decidit que vostè és la persona ideal per fer-se càrrec de tot el tema de seguretat. Naturalment, som conscients de la responsabilitat que suposa i, per tant, li estic parlant d'incrementar en un vint-i-cinc per cent el que ara li paguem.

—Em sembla haver entès que ja havien escollit a qui ocuparia aquest càrrec i que arriba la setmana que ve —vaig dir, simulant perplexitat.

—Hem reflexionat i els nostres plans han canviat. Què me'n diu?

—L'oferta és temptadora, però...

—Bé! Posi el preu i l'estudiarem —em va interrompre novament.

Resultava molt evident que no estava disposat a perdre la partida tan fàcilment. Millor dit: no podia perdre-la. Així que em vaig prendre uns instants de reflexió i vaig recordar el consell del meu pare: «De vegades un no ven més que un sí, però cal saber que un no pot ser dit de moltes maneres per tal que es converteixi en un sí, i que, a més a més, acabis per obtenir més que no pas t'ofereixen sense tibar la corda i sense donar a entendre que només et preocupen els diners, que sempre s'acaben guanyant a la llarga».

—No és únicament una qüestió de diners —vaig respondre.

—De què més depèn? —va fer.

—De la forma de treballar.

—Hi ha alguna cosa que no li hagi agradat de la forma com l'hem tractat? O és potser el fet de romandre en un segon pla, sense que ningú sàpiga de la seva existència ni del seu treball?

—Ni una cosa ni l'altra. Ben al contrari: m'han tractat amb molt de respecte i a mi m'agrada que ningú no sàpiga de la meva existència. Em permet tenir les mans més lliures i prendre les meves decisions, però hi ha un punt que...

—Quin és? Endavant. Si us plau.

42

—Fins ara, quan he necessitat agrair algú els serveis prestats, he hagut de parlar amb vostè, detallar-li els motius i demanar-li permís. Llavors vostè ha parlat amb el Consell d'Administració, ho han discutit, han pres una decisió i me l'ha comunicada.

—Sempre ha estat positiva —em va interrompre.

—És natural. Totes les meves peticions eren raonables —vaig replicar—. Del que em queixo, si em permet l'expressió, és que es tracta d'un procés massa llarg, en segons quines circumstàncies, que pot coartar la meva llibertat, cohibir la meva agilitat i repercutir en la meva eficàcia.

—Sap el que també ens agrada de vostè? —em va preguntar i va seguir sense deixar-me contestar—. Vesteix amb una certa elegància i discreció, l'esmòquing li cau bé, es comporta amb educació, parla francès i tria molt encertadament les paraules, evitant-ne les desagradables, com suborns, càstigs, pallisses i moltes altres. Sí, ens agrada el seu llenguatge. És culte.

—Impropi d'algú que duu una pistola sota la jaqueta i que es mou per certs ambients —vaig puntualitzar somrient.

—No volia dir això. No, no, en absolut. Algú ha de baixar als nivells inferiors per saber què s'hi cou. No és cert? Això no significa que pertanyi a aquests móns. Potser m'he explicat molt malament. Vull dir que vostè és algú a qui se'l pot invitar a qualsevol lloc sabent que no desentonarà —va dir, i va fer una petita pausa abans de prosseguir—: Volem que treballi per a nosaltres i aquest detall que ha esmentat, sobre les gratificacions, no serà cap obstacle. Disposarà vostè d'un fons específic amb tota llibertat d'actuació i només haurà de presentar un balanç final. Li sembla correcte?

—De vegades no podré citar noms.

Es va quedar un instant en silenci, reflexionant.

—Acceptarem els conceptes i les quantitats, sempre que no siguin la majoria dels casos. D'acord? —va dir finalment, i jo vaig assentir—. Quant al seu salari, també li sembla adequat? —em va preguntar.

—Una dedicació exclusiva requereix d'un salari digne — vaig respondre—. Un cinquanta per cent d'augment em semblaria més encertat.

Boudineau es va posar tens. No li havia agradat aquest últim punt. Vaig mantenir ferma la mirada, sense moure un sol múscul de la cara. Ell no sabia que jo ja m'havia assabentat que el meu substitut els havia fallat i que anaven a pagar-li si fa no fa aquesta quantitat. Potser es pensava que jo era menys?

—Entesos! —va fer finalment. No li quedava altre remei...—. Però, a partir d'ara, només treballarà per a nosaltres.

—Naturalment. Quan vol que comenci?

—Té la nit lliure i res millor per a això que demanar-li que assisteixi al sopar d'aquesta nit, al menjador de l'hotel. És bo que conegui l'ambient en què ara es mourà. Moltes de les cares que avui veurà, espero que siguin habituals.

—Això significa que tindré lliure accés al casino? —vaig dir, somrient.

—Sí, però no li recomano que s'acosti massa a les taules de joc —va replicar, tornant-me el somriure.

—Potser es pensa que m'he tornat boig? —vaig fer, mentre li dirigia una mirada de complicitat.

—Al contrari. Em sembla vostè una persona molt assenyada.

—Una última pregunta. Qui em donarà les ordres?

—Oficialment, el senyor Lluís Estragué. És el director del casino.

—I extraoficialment?

No va contestar. Senzillament, va somriure.

UNA VIDA EN JOC

Vaig assentir lentament i vaig abandonar el despatx d'allò més satisfet. Havia aconseguit llibertat d'acció, que era tot el que m'havia proposat, un augment de sou considerable i la possibilitat de ficar la mà al compte especial quan ho cregués oportú, sempre que ho fes amb absoluta discreció i amb intel·ligència, la qual cosa em permetria llogar un pis més gran al centre de la ciutat i viure en un barri més elegant. Quan vaig començar a treballar per al Casino, em vaig mudar de casa del meu pare a un petit apartament situat al carrer de la Independència, un cinquè pis, que em permetia ser més a prop del centre i dissimular la meva procedència. El meu pare va venir a veure'l un dia i va dir que eren massa escales per a un home ja gran com ell. Tan vell que ja li costava sortir al carrer i fins i tot ja no llegia com abans. De manera que va continuar vivint a la petita casa de la falda de Montjuïc, la qual cosa m'obligava a anar sovint a visitar-lo i a quedar-me a dormir amb ell algunes nits. La Gertrudis, la dona que tenia cura d'ell, era viuda i vivia sola, perquè els seus fills eren grans i tenien la seva pròpia família, però d'aquí a dormir fora de casa... M'havia contestat quan li ho vaig plantejar. No obstant això, en aquesta vida, he après que gairebé tot és una qüestió de preu i ara podria pagar-li més i estava convençut que no em costaria gaire convèncer-la. A la seva edat ningú del barri no gosaria fer cap comentari i jo els visitaria sovint.

De bon començament em va fer pena que el meu pare no vingués a viure amb mi, però després em vaig adonar que havia resultat positiu. La meva llibertat d'acció era total i podia portar a casa qui volgués. No sé com hauria reaccionat en trobar-se amb una dona mig nua al passadís. D'altra banda, quan *monsieur* Boudineau em va demanar si tenia família, li vaig contestar que no i em vaig inventar que els meus pares, que no eren de Barcelona, havien mort. Així ja havia esborrat tot rastre del meu passat i podia construir-ne un altre, més coincident amb les meves ambicions.

De sobte tot es va calmar. Els cambrers es van quedar quiets, les noies del guarda-roba van deixar de traginar perxes, les ruletes van emmudir, el so de les últimes proves de les atraccions va desaparèixer, els decoradors que donaven els últims retocs es van esfumar com per art de màgia, els porters van ocupar els seus llocs, el director i tots els responsables es van afanyar per mostrar el seu millor somriure i les portes es van obrir de bat a bat per deixar pas als primers convidats que entraven i es quedaven extasiats davant l'espectacle que s'oferia als seus ulls: la ciutat al fons, la gran escalinata que baixava fins al parc d'atraccions, la vagoneta de la muntanya russa que es va engegar, buida, i el passadís que duia a les sales de joc amb tots els llums encesos i llançant llampades a través dels munts de llàgrimes que penjaven i escampaven la seva llum multicolor.

Veure-ho en la prova final, el dia anterior, va ser magnífic, però quan va aparèixer la gent va canviar completament, va adquirir una vida que només l'escalf humà i les paraules que s'escolten poden atorgar.

Tot just entrar-hi, els convidats eren obsequiats amb una copa de *champagne* francès que els cambrers els oferien en safates. Aquí començaven les expressions d'admiració, que van ser constants durant tota la tarda. Les dames arribaven vestides per a un sopar de gala, lluint tots els seus encants en una tarda d'estiu, però no van poder resistir la temptació d'acostar-se a les atraccions i no van ser poques les que van pujar a les vagonetes amb els seus elegants vestits per cridar mortes de por i d'emoció davant el desafiament de la força de la gravetat que les precipitava pel pendent, mentre els homes treien pit i procuraven que les seves emocions no es veiessin reflectides al seu rostre i que el somriure no se'ls glacés en cap moment.

Després va arribar l'hora de passar al menjador de l'hotel, una sala capaç d'acollir més de set-cents comensals, però que aquell dia només acolliria tres-cents per poder habilitar el centre com a pista de ball, que havia estat decorada amb un gust exquisit i plena de flors a rebentar. El luxe desbordava.

Em vaig dirigir a la taula del fons, la que Boudineau m'havia indicat. Una taula en un racó, molt discreta, però perfecta per poder observar sense que ningú reparés gaire en la meva presència. A ell el vaig veure que s'asseia a prop de la presidència acompanyat de la seva esposa, que semblava exhibir com un trofeu.

A la meva taula érem sis comensals. Davant meu tenia el senyor Just Boixeres, un empresari tèxtil de mitjana edat, calb i amb un gran bigoti, que venia acompanyat de la seva senyora, una dona sorollosa i grossa que deixava anar riallades amb les quals adornava el relat de les seves experiències particulars a les atraccions i que arrencaven les rialles dels presents. Jo em vaig seure entre dues senyores. La de la meva esquerra era una viuda d'uns seixanta anys, excessivament maquillada i amb uns llavis exagerats; vestia de negre, coberta amb totes les joies de la corona que s'escampaven per un escot tan generós que a través d'ell es podria sotjar fins i tot el color dels seus enagos. La de la dreta era molt més jove, a tot estirar trenta-cinc anys, prima, amb un rostre equilibrat, un cutis blanc, gairebé transparent i un tímid somriure. I, per descomptat, molt més discreta que la viuda, amb una faldilla llisa i una brusa blava, el cabell recollit i alt i unes arracades d'or amb una perla que decoraven unes orelles petites i ben formades. Era l'esposa de Demetri Peralba, un home prim, d'uns quaranta-cinc anys, que lluïa una barba grisa molt ben retallada. Es tractava d'un dels enginyers de la companyia de tramvies que havia construït la línia que sortia de l'avinguda de la República Argentina, just davant del Saló Craywinckel, i pujava per tota la carretera de La Rabassada per aturar-se davant de la porta principal del Casino. Bona part del cost havia estat sufragat per l'empresa propietària del complex. Més de cent mil pessetes!

Un cop asseguts i en silenci, l'alcalde de Barcelona, Excel·lentíssim Senyor Salvador de Samà, edil de la ciutat des del dia 6 de desembre de l'any anterior, va prendre la paraula per desitjar que aquella iniciativa es convertís en un emblema per a la ciutat que perdurés a través dels anys... i bla, bla, bla. Jo vaig escoltar les seves paraules amb un somriure als llavis. Si seguia la tradició dels alcaldes de Barcelona, no hi seria gaire temps al càrrec. Joan Coll tot just havia durat cinc mesos, Josep Collaso no va passar de tres i Josep Roig era gairebé un rècord històric amb els seus més de deu mesos. Potser es van desencallar miraculosament els papers d'urbanisme coincidint amb un canvi de regidors o de directors o de secretaris o...

Escoltava parlar l'alcalde sobre el futur i jo em demanava si el seu seria gaire llarg. Si més no hi posava força entusiasme.

—Tots els homes d'aquest món tenen el seu taló d'Aquil·les —em deia el meu pare quan em formava—. I els polítics no són cap excepció. Viuen de la seva imatge, dels favors que fan i dels vots que reben. Encara que no ho sembli, la major part no són més que esclaus. Comprens?

El governador civil, *don* Manuel Portela Valladares, nomenat l'any anterior, no havia acceptat la invitació i a ningú no l'estranyava, perquè deien que no estava gens d'acord amb la instauració del joc a gran escala. Segons ell era una font de problemes, i no anava gaire lluny d'osques. De fet bona part del personal de seguretat i dels xofers eren guardaespatlles disfressats i Boudineau mai no abandonava el local com no fos amb cotxe i acompanyat per un d'aquells angelets. Pel que sembla, durant la construcció ja van rebre la visita de certs inversors americans i italians interessats a participar d'un negoci que tothom s'ensumava força rendible. Montecarlo, una altra de les joies del Mediterrani, estava adquirint una fama i un renom que auguraven un futur certament prometedor. Diners, política, joc, màfies... El pas següent, que ja començava a notar-se, era l'increment de la prostitució de cert nivell. L'altra, la de sempre, formava part de Barcelona com és natural en qualsevol ciutat portuària que es preï.

Jo em sentia més proper als plantejaments del senyor alcalde. Barcelona en ben pocs anys havia passat d'un quart de milió d'ànimes a més de mig milió. L'any 1887 érem uns dos-cents setanta mil habitants, però l'any 1897, només deu anys més tard, ja érem més de cinc-cents mil. Aquí es va produir una aturada del creixement. El desastre de les colònies de 1898 pesava horrors, però Espanya el va superar i ara tornàvem a créixer amb l'arribada d'inversors estrangers. I és clar que, cal dir-ho tot, durant aquells anys s'havien agregat a Barcelona els municipis de Sant Martí, Gràcia, Sant Andreu, Sans i Horta. Aquest últim feia menys de vuit anys i segons el darrer cens de l'any 1910, ja érem gairebé sis-cents mil habitants.

Des del dia de la meva aventura particular a Barcelona, amb el meu pas per comissaria i la bufetada que vaig rebre del meu pare, excepte l'endemà, que vaig anar a recollir el meu botí, mai més no m'havia escapat per viure una altra aventura, si no era amb permís o acompanyat. Per això recordo especialment el dia en què el meu pare em va portar a visitar l'Exposició Universal de l'any 1888. Va ser el mes de juliol. Feia calor i un sol esplèndid. Jo tenia vuit anys i la impressió que em va produir el parc de la Ciutadella no té dita. Vaig passar per sota de l'Arc del Triomf i em vaig endinsar a la gran avinguda que desembocava al gran parc fins a arribar al castell dels Tres Dragons i prosseguir en direcció a la font i el llac. Aquells edificis i aquella majestuositat, amb tota la gent que hi havia, superava amb escreix allò que la meva imaginació era capaç de crear. Per això vaig escoltar el discurs de l'alcalde que va recordar munts de xifres, i unes poques més, sobre l'espectacular creixement de la ciutat.

Als polítics els tornem bojos les xifres. I com més grans siguin, millor. I se les atribueixen com si fossin els únics artífexs del miracle, oblidant del tot que altres, abans que ells, hi van posar els fonaments. Barcelona era el que era sense ells que, en només uns mesos, no tenien ni temps per saber de quin color era la tapisseria de la seva butaca, perquè quan el Governador Civil es cansava de veure'ls la cara, nomenava un substitut i aquí acabava la seva carrera. Qui de debò manava al consistori era el primer tinent d'alcalde, que era elegit per votació. Però el càrrec és el càrrec i la representació correspon a l'alcalde.

Després es va aixecar el president de la Societat Anònima La Rabassada, propietària de tot aquell magne projecte, i va agrair les paraules i es va sumar al desig que ell convertiria en realitat i més bla, bla, bla. A partir d'aquí, els aplaudiments, els brindis de rigor, les rialles, el desig unànime d'un gran èxit i finalment les converses van arrencar i van omplir l'espai mentre apareixien els cambrers i començaven a servir el sopar.

—I vostè a què es dedica? —em va demanar la viuda dels mil collars.

Em vaig quedar tallat. Què li podia respondre? Simplement que era un detectiu privat? Per aquella gent els detectius no tenien, precisament, bona premsa i dir-li que era el nou cap de seguretat... tampoc em semblava massa elegant. De manera que vaig haver d'improvisar.

—Sóc el que als Estats Units d'Amèrica es denomina un assessor en matèria de seguretat.

—Però, concretament, a què es dedica? —va insistir aquella estúpida viuda.

—Cerco el punt d'equilibri entre el compromís de seguretat i la possibilitat d'execució d'un projecte, procurant esquivar totes les situacions que poden degenerar en arestes que s'oposen al fi desitjat —vaig deixar anar, gairebé sense respirar.

—Ah! Molt interessant —va fer bocabadada, i es va dedicar al seu altre veí, l'empresari tèxtil. Era evident que s'estimava més parlar de teles que d'assessories.

Llavors em vaig tombar cap a la meva dreta i vaig mirar d'encetar una conversa amb la meva altra veïna, però no feia més que respondre amb concises afirmacions o negacions mentre abaixava els ulls o dirigia la mirada cap al seu marit en una actitud submisa, quasi demanant-li permís. No és que ell li fes gaire cas, però la seva persistència en aquella actitud em cansava fins a l'extrem que vaig desistir-hi. Ostres! Boudineau no havia estat gens encertat amb la taula que m'havia assignat. Potser ho havia fet perquè la meva atenció estigués centrada a la sala, perquè a l'esquerra m'havia col·locat una viuda negra i a la dreta una tímida beata. De manera que la resta del sopar va ser tan buida i tan insulsa com tots els sopars multitudinaris en les que tothom parla i ningú no diu res. Gairebé no vaig badar boca, com no fos per menjar o beure i vaig acabar per dedicar-me a observar.

Allà eren representats tots els grans pilars de la societat, de la política, de l'alta burgesia i de l'aristocràcia barcelonines. En major o menor grau tots estimem el joc i l'obertura d'un nou casino constitueix un atractiu difícil d'evitar.

—Jugar no és dolent —deia el meu pare—. El pitjor és perdre de vista que estàs jugant. Comprens?

Des del meu lloc podia descobrir les mirades de complicitat, les d'enveja, les que arribaven carregades de promeses, les de desig, les que oculten un greuge no rescabalat... Perquè en un sopar com aquest hi cap tot. I després els somriures, que per ells mateixos s'erigeixen en un món a part, tan ric com el de les mirades. També n'hi ha de molt diversa índole. Des del somriure sincer i amable fins al postís, el ventall s'obre en una extensa gamma gairebé infinita. I tot això tot just amb tres-centes persones. Però, quines tres-centes! Hi eren algunes de les més grans fortunes de Barcelona. No hi havia més que sentir-los explicar els seus últims èxits. El seu major problema consistia a saber què podien fer amb els diners. A la taula del costat, en la que hi havia deu comensals que semblaven conèixer-se molt bé, vaig posar atenció a les paraules d'admiració davant la brillant idea que havia tingut un altre dels comensals en invertir diners en un balneari per a cavalls de curses.

—Ha estat idea seva —va dir, mirant a la seva esposa.

—Per a quan els notes massa tensos —va explicar la dona—. A mi m'arriba que, de vegades, m'adono que no rendeixen el que caldria i els miro els ulls i descobreixo que alguna cosa els passa, que tenen algun problema, els veig preocupats i se'm trenca el cor.

—És que una idea com aquesta només se li pot ocórrer a una dona —va dir un home, amb un deix d'enveja—. Vosaltres teniu una sensibilitat que us permet trobar idees brillants per invertir-hi diners i, a més a més, fer un bé.

Cavalls! Cavalls preocupats i amb problemes que li trencaven el cor. A aquella gent la passejaria pel barri de la meva infantesa i de la meva adolescència i llavors sabrien el que és una preocupació.

Vaig somriure tot el que vaig poder, vaig seguir les converses sense immutar-me i vaig continuar observant fins que la meva mirada es va creuar amb la d'una dona jove, prima, morena i formosa. Els seus ulls eren grans, sota les celles molt ben perfilades, i més que mirar, acariciaven. El nas recte s'aixecava lleugerament de la punta i les seves aletes s'obrien i tancaven en gràcils moviments cada cop que mastegava, mentre que els seus llavis, magníficament dibuixats, i el mentó equilibrat donaven l'últim toc a un quadre que sens dubte atreia moltes mirades. S'asseia al costat d'un home jove, una mica més gran que ella, que anava ben afaitat i amb el cabell pentinat amb brillantina, i que parlava pels descosits i somreia constantment. Per un moment vaig imaginar que aquella dona em dedicava una llampada dels seus pensaments, però gairebé no va durar ni un parell de segons. No obstant això havia estat molt intensa. Això es nota. Per desgràcia no va tornar a dirigir-me la seva mirada.

La conversa va saltar d'un tema a un altre i el senyor Boixeres, l'empresari tèxtil, va parlar de la possibilitat que Barcelona esdevingués sèu d'uns jocs olímpics.

—Madrid no ho permetrà —va dir l'enginyer Demetri Peralba amb un mig somriure irònic—. Els jocs sempre han tingut lloc a la capital del país: Atenes, Londres, París i l'any que ve Estocolm.

—Oblida vostè San Francisco, que no és la capital dels Estats Units d'Amèrica —va fer el senyor Boixeres, tornant-li el somriure.

—Els Estats Units són un cas especial —va replicar l'enginyer—. San Francisco és la capital d'un dels seus estats.

—Barcelona és la capital de Catalunya, que és tot un país, i els catalans ho aconseguirem com sigui. És una iniciativa d'un grup d'empresaris que hem constatat que els jocs olímpics constitueixen una plataforma ideal per donar a conèixer els nostres productes al món sencer. Senyores i senyors, pensin que ens visitarien caps d'estat, ministres, atletes, comissaris, àrbitres i delegacions de tots els països civilitzats —va explicar el senyor Boixeres—. Sortiríem a tots els diaris del món. Una publicitat que a més de ser gratuïta ens beneficiaria a tots plegats. Sense anar més lluny, tinc entès que al casino li ha costat unes cent mil pessetes la immensa campanya publicitària als principals periòdics d'Europa, inclosa Espanya.

—Tot i així no crec que sigui una bona idea —va saltar la viuda que veia que la conversa es polaritzava i ella es quedava fora—. Si estiguéssim parlant d'esports elegants, com el polo o el tennis, encara. Però això de córrer per córrer o jugar a pilota, com els nens de barri, o veure qui salta més, són activitats més pròpies de la classe obrera.

—Senyora, permeti'm dir-li que els jocs olímpics han estat ressuscitats per un noble, el baró Pierre de Coubertin, que és el seu president des fa més d'una dècada —va replicar el senyor Boixeres.

—Oh! —va exclamar la dona i es va girar cap a mi cercant el meu suport—. I vostè què n'opina?

—No recordo cap esport que s'anomeni córrer per arribar a temps al treball o saltar del tramvia en marxa —vaig contestar divertit—. De manera que imagino que la major part dels esports els practiquen els que tenen temps per a això.

Tothom va riure, excepte ella, i la tensió es va relaxar entre els altres dos comensals, mentre jo recordava que el meu pare m'havia explicat, quan visitàvem el parc de la Ciutadella, durant l'Exposició Universal de 1888, que un enginyer, anomenat Gustave Eiffel, havia proposat construir a l'entrada una torre de metall molt alta, amb un disseny molt atrevit, però els organitzadors, membres del consistori de l'època, van decidir que no era el més adient i es van estimar més construir l'Arc del Triomf, molt més clàssic. Ara, la *Tour* Eiffel, que va ser acceptada a París i construïda per a la seva Exposició Universal de 1889, just un any més tard, s'estava convertint en un atractiu turístic de primer ordre. I això que el pla inicial era desmuntar-la un cop acabada l'Exposició, i a punt van estar de fer-ho, però el poble de París va sortir al carrer i s'hi va oposar. Suposo que els que a Barcelona van jutjar poc oportuna aquella construcció havien de ser parents de la viuda que tenia asseguda a la meva esquerra.

En fi! El sopar va concloure sense més contratemps i en desgreuge vaig ballar un parell de valsos amb ella. No obstant això, quan vaig escoltar que començaven les primeres notes d'un tango, vaig decidir que no podia permetre que gaudís més del que devia i acabés la nit amb el cos alterat i amb massa desigs insatisfets. No em va semblar just. Un cavaller sempre ha de rematar les seves accions i jo no estava disposat a una gesta com aquella en un camp de batalla com aquell. De manera que em vaig escapolir passant-se-la a l'enginyer i em vaig dedicar a moure'm entre els convidats, vaig prendre una copa i vaig sortir a la terrassa, on em vaig trobar precisament amb l'esposa de l'enginyer, que segurament seguiria entre les urpes de la viuda.

—Una nit molt agradable —vaig fer, sense esperar a canvi res més enllà d'un sí, o d'un no.

—Balla vostè molt bé el vals —em va contestar, aplegant-hi més paraules de les que jo li havia sentit pronunciar en tot el sopar.

Em vaig tombar cap a ella, que somreia obertament, i la vaig veure realment bonica, tan bella com la nit.

—Li agradaria? —vaig preguntar, somrient i assenyalant cap a l'interior.

—El meu marit és molt gelós i em diu amb qui puc i amb qui no puc. Em mataria si em veiés en braços d'un home amb qui m'ha prohibit parlar —va respondre i es va apartar una mica més per cercar la penombra d'un racó—. Diu que és vostè massa atractiu. I tot per una mirada que jo li he dirigit només entrar-hi. Fins i tot ara, si em descobrís parlant amb vostè...

—Tan perillós és?

—Només amb mi —va dir, mentre allargava la mà perquè jo la hi prengués i m'amagués a l'ombra, amb ella.

—I tan especial ha estat aquesta mirada que m'ha dirigit?

No va respondre. Simplement va abaixar els ulls i es va tombar per contemplar la ciutat que apareixia a la llunyania, allà sota.

—Encara no sé el seu nom.

—Lluïsa. I el seu, el de pila?

—Víctor.

—Fa una mica de fred —va dir tremolant lleugerament.

Li vaig posar el braç per damunt de les espatlles i la vaig atreure cap a mi. Ella es va arrupir contra el meu pit i va ficar la mà sota la meva jaqueta. De sobte es va esglaiar i es va apartar. Havia tocat la pistola.

—No tinc intenció de fer-la servir —vaig fer broma.

—Les armes em fan por. Són signe de violència.

—No tinc altre remei que dur-la. Em dedico a temes de seguretat —em vaig excusar.

Novament es va acostar a mi i es va arrupir. Vaig tornar a envoltar-la amb el meu braç, però amb l'altra mà vaig prendre la seva barbeta i vaig aixecar el seu rostre. Em va mirar als ulls i després als llavis. Era la seva invitació, que jo vaig acceptar de bon grat.

—Me n'haig d'anar —va dir quan els nostres llavis es van separar.

—No hi ha pressa.

—Sí que n'hi ha. El meu marit ja haurà començat a buscar-me —em va contestar amb cara d'esglaiada.

Es va apartar per anar-se'n, però jo la vaig retenir de la mà. Ella ho desitjava molt més que jo.

—Voldria tornar-la a veure.

—Impossible! Això ha estat una bogeria. El meu marit...

—Vull tornar-la a veure —vaig insistir amb energia, en to autoritari.

Va dubtar. Em mirava amb una barreja de temor, de timidesa i de súplica, procurant ser desitjable. En aquest instant vaig veure aparèixer per la porta de la terrassa la dona jove dels ulls grans.

—Divendres al Liceu, a les deu —em va murmurar la Lluïsa.

Vaig assentir sense gaire entusiasme. Ara la meva atenció era en un altre lloc. Vaig deixar anar la seva mà i va desaparèixer.

Vaig esperar fins que la nouvinguda arribés a la barana i s'hi recolzés. Llavors em vaig dirigir cap a ella.

—Una nit molt agradable —vaig repetir la frase que ja havia emprat per encetar la conversa amb l'esposa de l'enginyer.

Em va mirar de cua d'ull, només un instant, i va tornar a fixar els seus ulls a la llunyania.

La vaig observar. Ja havia aconseguit el meu èxit aquella nit i divendres obtindria el premi. I amb les dones, com amb el joc, cal saber retirar-se a temps i no temptar la sort per segon cop. «De vegades ven més un no que un sí», vaig recordar les paraules del meu pare. Vaig respirar fondo, vaig assentir lentament i vaig girar cua per dirigir-me cap al menjador.

—Quan anirà a l'òpera? —vaig escoltar que feia la seva veu, i em vaig aturar de cop, sorprès per la pregunta.

La seva veu era càlida, ferma i agradable. No em mirava.

—A quina òpera?

—L'he vist amb la Lluïsa —em va contestar, i va girar el cap per mirar-me directament als ulls, mentre em llançava un somriure picardiós.

—Perdoni la meva sorpresa, però no entenc...

—Li ha explicat que el seu marit és molt gelós, que la mataria si la veiés amb vostè i li ha posat ullets d'animaló desvalgut —em va dir, mentre bellugava el cap a cantó i cantó, negant divertida.

—Sí —vaig assentir. A què treia cap mentir?

—Després, vostè li ha demanat una cita, ella s'ha fet la màrtir i finalment ha accedit a veure'l al Liceu, on hi va regularment perquè la seva família té una llotja i on el seu marit no hi va perquè l'avorreix l'òpera.

—Divendres, a les deu —li vaig contestar. Què podia fer davant d'aquell desplegament de coneixements? Semblava talment com si hagués assistit a la trobada.

Va contemplar de nou la ciutat i jo em vaig dedicar a dibuixar el seu perfil amb els meus ulls. Em resultava molt simpàtic aquell nas.

—Hi anirà? —em va demanar, de sobte.

—No en tenia la més petita intenció —vaig mentir—. Però, ara, depèn.

—De què?

—De si vostè també hi anirà.

Va tornar a guardar silenci.

—Al seu marit tampoc li agrada l'òpera? —vaig fer i ella em va mirar—. L'home que estava assegut a la seva esquerra, no és així?

—Ah, el Bruno!

—Hi anirà vostè? —vaig insistir.

—No sóc amant de l'òpera. M'avorreix.

—Carla! —vaig escoltar que feia una veu masculina des de la porta.

Em vaig tombar i vaig veure el Bruno que s'acostava.

—Fa ja estona que et busquem per anar a casa del Mariano Bogas, que vol ensenyar-nos la seva col·lecció d'armes —va dir, i em va mirar—. Oh! Potser he interromput alguna cosa important?

—No. El senyor Víctor Pons i jo només comentàvem que fa una nit molt agradable —va replicar la Carla.

Em vaig quedar encara més sorprès i vaig trigar a reaccionar. Com sabia el meu nom?

—Ha estat un plaer —vaig dir.

—Fins a una altra, senyor Pons.

—Encantat d'haver-lo conegut —va dir el Bruno i se la va endur.

Llàstima! Era una dona com poques i no li agradava l'òpera. A mi tampoc. Només hi vaig anar una vegada i representaven Juli Cèsar. Vaig anar-hi perquè vaig pensar que aquell nom amagava una història apassionant, però em vaig endur una gran decepció. La mateixa que acabava de rebre en veure entrar el marit d'aquella bellesa. Què li farem! Sempre em quedava el consol de la Lluïsa, divendres, o el llit de la Manuela, per a quan volgués.

Poc després vaig veure la Lluïsa que se n'anava amb el seu marit. Ell al davant i ella al darrere, amb el cap baix. Quan arribava a la porta, es va tombar i em va dedicar un tímid somriure, furtiu. Aquella dona era molt perillosa. D'alguna manera, i salvant les distàncies, em recordava la Virtudes, una noia que vivia unes cases més avall i que res tenia a veure amb la santa verge a la gràcia de la qual li devia el seu nom, però no la seva puresa. Quan va marxar del barri per casar-se amb un andalús que havia perdut el seny per ella, em sembla que no quedava en tot el barri cap bragueta que no portés impreses les seves empremtes en cadascun dels botons. La meva la va descordar quan tot just acabava de fer els catorze anys, gairebé com un regal d'aniversari. Va ser la primera vegada que tocava uns pits. Ella va somriure i va començar a moure la mà. Déu! Estava tan excitat que tot va acabar en només mig minut i ella es va enutjar tant, perquè li havia tacat la màniga de la brusa, que es va eixugar la mà amb ràbia al meu pantaló. Tornar a casa i que la meva mare no se n'adonés de res va ser tota una odissea. Per contra el meu pare em va filar només veure la forma com m'asseia a la taula i quan em retirava a dormir em va dir: "La pròxima vegada, treu-la ben enfora".

Vaig cercar el Jean Louis Perigord, el responsable del Cercle d'Estrangers, que ho sabia tot de tothom, i li vaig preguntar per alguns convidats. Em va donar tota mena d'explicacions: qui era cadascun dels que havien ocupat la taula presidencial, alguna xafarderia sobre alguna de les dames, em va confirmar que tothom, excepte el marit (com és natural), estaven al corrent de les aventures de l'esposa de l'enginyer i del que succeïa a les llotges del Liceu, quan s'apagaven els llums, o a certs reservats d'alguns locals elegants de Barcelona. Quant al que m'havia explicat la Lluïsa sobre la gelosia del seu marit, pures invencions. El pobre era un addicte al treball. D'aquí que la seva esposa, per causa del seu avorriment, fos addicta a altres coses.

—Ah, la senyoreta Carla Torres! —va fer quan vam arribar al punt que m'interessava.

—Senyoreta? No està casada amb l'home que s'asseia al seu costat?

—No! —va fer—. No és el seu marit, sinó el seu germà.

—Ah! —vaig fer jo. Aquella era la sorpresa més agradable de la nit.

—Formosa jove. No li sembla?

—Molt. I no té compromís?

—A hores d'ara no ho crec pas —va dir mentre alçava les celles i deixava caure el cap a un costat.

—Això significa que hi va existir en altre temps.

—Sí, però va acabar molt malament —va fer, i va abaixar el to fins a deixar-ho a nivell de les confidències—: Sembla que ja gairebé hi havia un compromís amb el fill petit dels Rius Castanyer, però es va ficar per mig el marquès de Vanos, que anava com un boig darrere d'ella. Llavors el jove en qüestió va agafar una gelosia que el va fer emmalaltir d'amors i va acabar ofegat al mar, a la Barceloneta. Alguns diuen que es va suïcidar i d'altres que alguna cosa hi va tenir a veure el marquès.

—El marquès va darrere la Carla Torres? —vaig preguntar, sorprès—. Potser el seu desig de dones no té límit?

—Segons apunten els rumors, era l'últim objectiu que s'havia fixat, però no ha pogut coronar-lo —va respondre el Jean Louis somrient—. Diuen que la senyoreta Torres és molta plaça per ser conquerida amb poc setge.

—On és ara el marquès? No l'he vist.

—No ha vingut. Tampoc crec que l'haguessin invitat. Diuen que és a Niça, amb la seva esposa, que se l'ha hagut d'endur perquè ja no sabia ni on anar, aquí a Barcelona. Quan entraven en qualsevol restaurant atreien totes les mirades i eren el blanc de tota mena de comentaris. Sobretot després de la desgraciada mort d'aquell pobre noi.

—Quan va tenir lloc tot això?

—La tardor passada.

Jo no coneixia personalment el marquès. Ni tan sols de vista, però la seva fama, casat amb Azucena Arriestre Zuloaga, una de les grans fortunes de Madrid, era d'allò més dolenta i havia arribat ben lluny. Fins a les meves oïdes. Faldiller, jugador, bevedor... deien que no hi havia festa a la qual ell no assistís. Fins i tot hi havia qui feia comentaris sobre les seves inclinacions per els jocs prohibits. Tothom deia que la senyora Arriestre Zuloaga havia comprat un títol.

Així que el marquès anava darrere la Carla... Caram! En aquesta vida les sorpreses abunden més que no pas creiem i mai no sabem el que de debò succeeix a l'interior de ningú, en aquest lloc tan ocult i tan personal on no concedim permís a ningú per accedir-hi.

La festa va continuar a les taules de joc fins que va marxar l'últim dels convidats. Llavors em vaig reunir amb els de seguretat i em van donar el seu informe. Tot havia anat de meravella. Ni el més petit incident.

Aquella nit em tocava dormir a casa del meu pare. Quan vaig arribar, a les tres de la matinada, el vaig sentir roncar. Em vaig ficar al llit, encara que em va costar agafar el son. El rostre de la Carla se m'apareixia a cada moment amb els seus enormes ulls que em miraven i el seu nas d'aletes tremoloses. Déu, què maca que era! El que em mantenia inquiet era que ella conegués el meu nom. Una dona no es preocupa de saber el nom de qui no li interessa. El pitjor era que ens havien interromput just en el millor moment. Què hi farem!

L'endemà tota la premsa es va fer ressò de l'èxit de la inauguració de Casino de La Rabassada. Punt i final a la gran festa i començament del meu nou treball al capdavant de l'equip de seguretat.

3.- UNA SORPRESA

Haig de reconèixer que qui estava al càrrec del projecte havia tingut cura fins del més petit detall. La xifra de cent mil pessetes que havia donat el senyor Boixeres sobre allò que s'havia invertit en donar a conèixer el casino es quedava curta, perquè havia arribat a les meves orelles que calia afegir-hi la gens menyspreable quantitat de cinquanta mil pessetes més, dedicades a sucar periodistes per tal que escrivissin grans reportatges i articles sobre la nova i més gran atracció de Barcelona. Total: cent cinquanta mil pessetes! Tota una fortuna.

Tanta publicitat al llarg i ample de tota la geografia espanyola, aplegada a la campanya que es va realitzar a tot Europa, va atreure molta gent d'altres terres i gairebé l'endemà mateix de l'obertura de les portes al públic l'anomenat Cercle d'Estrangers va començar a omplir-se. Aquesta havia estat una brillant idea d'un francès del Consell d'Administració, el nom del qual no recordo, que cercava crear una atmosfera propera a altres casinos de fama i èxit. Francesos, italians, portuguesos, alemanys, britànics i fins i tot russos es donaven cita a una sala luxosament decorada i apartada del sarau general, on podien prendre una copa, fumar-se un bon cigar de l'Havana, de primera qualitat, llegir la premsa amb absoluta tranquil·litat, gaudir d'una distesa conversa o tancar un tracte de negocis. Tot tenia cabuda en aquell espai privilegiat i dedicat als visitants il·lustres d'altres terres que, tard o d'hora, acabaven escurant-se les butxaques en alguna de les sales de joc.

L'aristocràcia estima amb bogeria aquests petits regnes privats que estan vedats als altres mortals. Era tot un espectacle veure el Jean Louis entrar i sortir d'aquella sala amb l'esquena ben dreta, estirat tant com podia, amb el seu etern somriure i aquelles reverències davant les dames i els cavallers que lluïen els seus pomposos títols de marquès, comte, baró... o el seu no menys ostentós títol d'un compte corrent extraordinàriament voluminós. Jo envejava la seva habilitat per descobrir, amb una sola ullada, la categoria de qui tenia al davant.

—Això es veu de seguida —m'havia dit—. Com menys et miren, més alta és la seva posició. El to de veu és fonamental i cal estar-hi molt atent. Si expressen els seus desigs sense alçar la veu i donen per fet que els has sentit... Ull viu! Significa que estan habituats a manar. Si creuen el saló pel centre, sense mirar, i les seves mans sempre saben on són i el que fan, pot jurar que han dormit en un bressol que ni vostè ni jo hem pogut somiar. És imprescindible veure'ls les mans i com les manegen. Mai s'avergonyeixen de mostrar-les. No com els obrers, que maseguen la seva gorra i no saben què fer amb elles mentre parlen amb l'amo. Després estan els moviments del cos, el llenguatge que no utilitza la paraula, sinó el gest. En ells no hi ha tensió ni nervis. Es mouen i l'espai els pertany. Si, per atzar, es queden quiets en un racó, aquest els acull amb respecte, perquè l'omplen del tot Se n'adona? Són aquí i el món ha de saber-ho. I si el món no se n'assabenta, ja se n'assabentarà. No obstant això, i malgrat tot això, es comporten amb una senzillesa aclaparadora. Es poden permetre el luxe de ser condescendents amb qui vulguin. Arribat el moment de posar les coses al seu lloc, sabran trobar la frase més escaient perquè cadascú ocupi el seu graó de l'escala social. I no hi haurà rèplica.

Sí, aquella definició quadrava d'allò més bé amb molts dels que podia trobar a la zona privada, encara que jo havia d'afegir-hi un detall important. Tot aquell món, tan atractiu als ulls dels altres, podia resultar molt fals, un enorme castell de cartes construït, a més a més, damunt la sorra, i albergar els vicis més aberrants. D'exemples, n'hi havia a carretades: des del títol nobiliari que amagava la seva passió per desflorar cossos de dotze o tretze anys (fins i tot menys i sense importar-li el sexe) pels quals pagava generoses quantitats de diners que incloïen la discreció absoluta, fins al què molts matins es despertava amb una ressaca increïble després d'haver estat posseït per un altre home, passant pel que pegava a la seva esposa fins a deixar-la estesa i amb el cos cobert de blaus, però mai a la cara. I les dames? Tampoc se n'estaven i, amb molta major discreció, practicaven tots els plaers que els estaven permesos i algun més. Un món tancat en què la roba bruta sempre es rentava a casa. Un univers civilitzat en el qual els escàndols no abundaven i, si se' produïa algun, de seguida es diluïa. Fes pels altres allò que tu vulguis rebre. Discreció per discreció.

El dia abans de l'obertura del casino em van presentar la senyoreta Llúcia Pascual, la nova secretària de direcció. Això de senyoreta era... Bé, era... En fi! Que semblava que l'havien escollida les esposes en comptes dels directius. Grassoneta, amb ulleres de cul de got, el cabell ben recollit, una faldilla que semblava una taula de braser, una brusa amb més botons dels que calien... Però molt eficient. Això sí. Molt eficient. Amb la seva flamant màquina d'escriure, el seu pot dels llapis, els papers perfectament ordenats, els seus arxivadors, el telèfon i el seu intèrfon. Parlava un francès molt correcte i somreia tota l'estona. Quan la cridaven sempre entrava amb el seu bloc de notes i el llapis ben dispost. Treballava fins a les vuit en punt. Ni un minut més. Però ni un minut menys. Tractava tothom de vostè i de senyor, encara que fos l'escombriaire. I era una tomba. No hi havia qui li tragués una sola paraula que ella no volgués pronunciar.

La meva jornada laboral començava a la tarda i acabava quan es tancaven les portes del casino. Els de l'equip de seguretat disposàvem de mitja hora per sopar i ho fèiem per torns en un petit reservat al costat de la cuina de l'hotel. La primera setmana va concloure sense cap incident, igual que la segona, per la qual cosa el meu treball resultava força còmode. En l'instant que un client alçava la veu, de seguida apareixia el Pere o l'Antoni o qualsevol dels de seguretat i el convencia discretament per tal que moderés el to o abandonés la sala. Tot això amb summa correcció. Els havia entrenat seguint els desigs de Boudineau, que es mostrava molt satisfet amb el resultat.

Jo sempre mirava arribar al casino cap a les quatre de la tarda, rebia els informes verbals dels meus nois i començava la jornada, que acabava quan tots els clients havien abandonat el local. Les atraccions no eren de la nostra incumbència, encara que, si ens ho demanaven, podíem donar un cop de mà en el cas que aparegués algun client excessivament sorollós, que algun n'hi va haver. El primer cas el vam tenir amb un parell d'obrers que havien begut més del compte i no respectaven les normes de seguretat. Vaig enviar el Néstor i l'Antoni, que van solucionar el problema en un tres i no res i els dos homes es van veure ficats en el tramvia i amb el bitllet pagat. Vaig fer córrer la veu i no va tornar a repetir-se res de similar fins passats uns mesos.

El segon diumenge, gairebé ja era fosc, vaig veure arribar el Bruno Torres. Venia acompanyat per un altre cavaller alt, ros i elegantment vestit, amb un bigoti fi i molt ben retallat, un somriure entre burleta i suficient, i uns ulls de parpelles caigudes que semblaven perdonar-te la vida a cada moment. Vaig preguntar discretament al Jean Louis, que em va informar que aquell home era el baró Otto von Brütsner.

Vaig aprofitar que es dirigien a la sala de joc per observar-lo amb atenció. Segurament practicava algun esport. El seu cos tenia totes les traces de ser àgil i fort. I juraria que ballava bé, perquè s'endevinava en la seva forma de caminar. De manera que no tindria problemes per enamorar les dones amb els seus dots i el seu port distingit.

Van estar jugant, bevent i xerrant i van acabar a la taula de la ruleta de cavalls. Arribada l'hora l'encarregat de la taula va informar que es tancava i els clients van recollir els diners que encara els quedava i van anar desfilant. Vaig veure que Boudineau s'acostava discretament al Bruno i li deia alguna cosa a cau d'orella. Li estava oferint una partida de cartes, possiblement el set i mig o unes mans de pòquer, que començaria en una de les sales privades, just en tancar les portes.

—Excel·lent! —va exclamar el Bruno—. Què me'n dius? —va preguntar al baró.

—Accepto. Estic en ratxa —va respondre von Brütsner mentre feia el recompte dels seus guanys.

Quan tenien lloc les partides privades només es quedava un dels nois i Boudineau. Ni tan sols el Jean Louis hi assistia, a aquestes trobades entre jugadors de molt alt nivell. Jo tampoc, però aquella nit vaig decidir que em quedaria i vaig enviar el Pere a casa seva.

Boudineau es quedava, segons semblava, per garantir que el joc seria net i que en aquestes partides la casa no hi participava.

Aquella nit em vaig endur una bona sorpresa. El secretari remenava el mall de cartes amb una agilitat i una neteja envejables i les cartes sortien volant fins a aterrar suaument davant de cada jugador mentre ell gairebé ni movia els canells, sinó que les expulsava amb el dit polze. Era tot un espectacle veure'l actuar.

A la taula van seure quatre persones. Josep Lluís Carulla, amo de gairebé un carrer sencer de Barcelona, Manuel Requena, empresari andalús que tenia tres o quatre cellers, una empresa de suro, un *cortijo* on criava braus i un munt de negocis, el Bruno i von Brütsner. El germà de la Carla ja portava al damunt unes quantes copes i reia com un idiota. En canvi, el baró es comportava amb exquisida correcció. L'andalús explicava acudits molt graciosos i Carulla no apartava els ulls de les mans de Boudineau encara que el matessin.

Havien decidit jugar al set i mig i el joc es va allargar fins a altes hores i els guanys se'ls van repartir entre el català i el baró. El germà de la Carla es pot dir que no va sortir gaire escaldat, perquè l'andalús va pagar tots els plats trencats.

—Millor ho deixem córrer, que avui no és el meu dia —va dir Requena, a qui ja feia una bona estona que se li havien acabat els acudits.

—Ni el seu dia ni la seva nit —va dir el Bruno amb veu una mica pastosa i un somriure que no acabava de convertir-se en rialla.

—Sí! Serà millor deixar-ho. Ja és molt tard —va intervenir Carulla, que va començar a comptar les seves fitxes.

Assegut al meu racó, vaig aclucar els ulls i vaig respirar fondo. Em vaig aixecar i vaig obrir la porta. L'ambient estava força carregat. Tots havien fumat i begut. Vaig sortir i vaig mirar per la finestra que donava al parc d'atraccions. Ja havia sortit el sol. Em vaig tombar i vaig veure el baró guardar-se els diners a la butxaca, aixecar-se i arreglar-se la corbata. Fora esperaven tres automòbils i una calessa, que era de l'andalús. Ens vam acomiadar, el senyor Carulla es va dirigir cap al seu automòbil, el baró i el Bruno van prendre el segon, Requena va pujar a la calessa i Boudineau i jo vam esperar fins a veure'ls marxar. Llavors vam prendre el que quedava, conduït per un dels xofers del casino.

—Un gran jugador, el baró —vaig comentar quan l'automòbil descendia la costa.

—Molt hàbil —em va contestar somrient.

—Ha fet trampes?

—No n'hi he vist fer —va dir, sense deixar de somriure.

—Això no significa que no les hagi fet.

—El senyor Carulla també ha guanyat.

—I el senyor Bruno Torres també ha perdut. Però l'andalús ha marxat ben servit.

—Jo em quedo per garantir que tot és correcte. El casino no participa en aquestes partides. Només cobra per llogar-los la sala.

—Ah! Llavors no és un servei gratuït?

—En aquesta vida no hi ha res de gratis.

—Entenc.

—El deixo en algun lloc en particular? —em va preguntar.

—En arribar al carrer Aragó. Allà m'anirà bé.

UNA VIDA EN JOC

Em vaig baixar a la cantonada del passeig de Sant Joan amb el carrer Aragó. Em sentia cansat, però necessitava respirar l'aire del matí. Així que vaig començar a caminar. Havia estat una nit molt llarga en la que havia après coses interessants, com que res no és gratis i que el baró segurament estava en ratxa gràcies a les seves habilitats, que n'eren moltes i ben variades.

Caminar a aquelles hores del matí és una sensació que feia temps que no experimentava, des dels meus primers treballs al port, quan descarregava vaixells per guanyar-me quatre pessetes. Allà vaig aprendre a conviure amb gent dura, amb treballadors que només parlaven de dones i de política, però mai del que succeïa als vaixells o als molls, de les feines nocturnes ni dels diners que es movien amb rapidesa i anaven a parar a les mans dels duaners o dels policies que es feien l'orni. Era un món fosc, tant de dia com de nit. Allà va ser on vaig conèixer el Gordo, que dominava aquell cau, a què li vaig fer el pes perquè era educat i sabia de números. De manera que em va oferir un treball a l'oficina i em vaig dedicar a controlar els estibadors.

—Això és per a un temps, però no per sempre. Els ports no són un lloc adequat per fer carrera. Comprens? —em va dir el meu pare.

—Paguen bé i podré estalviar —vaig replicar.

—Entesos.

Van passar els mesos. El treball era còmode, encara que hi havia molt per fer. El Gordo sempre n'estava barrinant una de nova, cercant nous negocis, apartant els competidors, ampliant el seu territori...

—Quants anys tens? —em va demanar un dia.

—Vint-i-un —vaig mentir. En tenia dinou.

—Necessito algú que pugui passejar-se per aquí i per allà, cercar informació on sigui i que em doni un cop de mà sense embrutar-se massa —em va dir.

—Què haig de fer? —vaig preguntar.

—T'he estat observant i ets un noi espavilat. T'agradaria tenir una llicència de detectiu privat?

—I és clar que sí! —vaig fer sense rumiar-m'ho dues vegades.

"A cavall regalat...", deia la meva mare. La setmana següent, sense haver fet res ni posseir cap mèrit especial, excepte el de ser un protegit del Gordo, ja tenia la meva llicència i rebia el meu primer encàrrec de vigilar a un tipus que tenia un bar al carrer Princesa, a uns cinquanta metres de la Via Laietana, al casc antic, i vivia al carrer Sant Pau, ben a prop de l'avinguda del Paral·lel. Només havia de vigilar-lo i prendre nota de tot el que feia, de qui visitava, amb qui parlava, les seves entrades i sortides... Si la policia em preguntava què feia, jo els ensenyava la meva llicència de detectiu i els deixava anar que no estava obligat a revelar el nom del meu client. Era secret professional.

El meu pare es va mostrar molt preocupat. No ho veia gens clar.

—Et tacaràs les mans?

—No. Vol que em mantingui al marge de tot. Només li buscaré informació.

—I quan decideixis marxar, deixarà que te'n vagis, sense més ni més? —em va preguntar.

—Ja ho hem parlat. Durant dos anys faré el que ell em digui i després decidiré lliurement —vaig mentir.

—O li has caigut molt bé o aquest tipus no és gaire llest —va dir, bellugant el cap i fent petar la llengua.

Ni li havia caigut tan rebé al Gordo com perquè volgués fer-me un favor, perquè mai no els feia, ni era cap ximple.

Simplement m'havia posat l'ull al damunt i m'havia estat controlant durant tot aquell temps, fins que va estar segur de mi i va decidir engegar el seu pla de disposar d'un petit exèrcit d'informadors, el primer dels quals en seria jo, als que la policia no pogués posar-los la mà al damunt. Per això em mantenia al marge quan calia fer un treball brut i per aquesta mateixa raó, quan la policia em va interrogar sobre la mort del propietari del bar del carrer Princesa, la meva resposta va ser que no en sabia res de res. I era absolutament cert.

—Com menys sàpiguen els altres, menys risc per a tu —m'havia dit un dia que jo li havia preguntat pel que pretenia que esbrinés, perquè els informes que li passava ho contemplaven tot, fins quan pixaria—. I com menys en sàpigues tu, més segur viuràs i més tranquil em sentiré jo.

Em recordava el meu pare. Semblaven tallats amb el mateix patró i utilitzaven el mateix llenguatge i idèntica filosofia. Tres anys després moria cosit a trets enmig del carrer. Llavors van començar les disputes per quedar-se amb el seu petit imperi, que va acabar trencant-se en mil bocins, però jo vaig retenir la meva llicència de detectiu i em vaig dedicar a fer treballs pel meu compte. Era el millor que m'havia pogut succeir. Com bé pensava el meu pare, el Gordo era molt llest i no m'hauria deixat escapar fàcilment. La vida, de vegades, té aquests cops de fortuna.

Ai! Vaig arribar al pis que tenia llogat al carrer de la Independència, vaig obrir la porta, la vaig tancar i em vaig alliberar de la corbata. Havia estat una nit força interessant i instructiva.

Quants diners havia corregut per damunt d'aquella taula? Milers de pessetes! I en ben poques hores. Havien canviat de mà i tothom s'havia quedat tan panxo. Una petita fortuna amb què qualsevol persona hauria muntat un bon negoci i ells jugaven amb els diners com nosaltres amb els cromos quan érem nens.

«Ni se t'acudeixi jugar. Comprens?», va sonar al meu interior la veu del meu pare.

En fi! L'endemà seria un altre dia. O aquell mateix dia seria un altre dia. Tant se me'n donava, en aquell moment!

La meva vida estava fent un gir important. Moure's en aquells cercles i escoltar pessics de converses van excitar el meu desig d'explorar nous horitzons i aprendre a seguir les seves converses, per la qual cosa dedicava cada dia una estona a repassar les notícies de la premsa. És així com tres dies més tard, a començament del mes d'Agost, vaig llegir als periòdics la notícia de l'entrada de la canonera alemanya Panther al port d'Agadir. Encara que el ministre alemany d'afers exteriors manifestava que era per protegir les empreses del seu país, al Cercle d'Estrangers es comentava obertament que era una excusa per tenir un peu al sud del Marroc, molt ric en recursos minerals. Diversos països d'Europa van protestar per la ingerència alemanya. Sobretot França, que havia enviat tropes a Fes durant el mes d'abril per desig exprés del sultà, amb vista a protegir la seva vida i els seus interessos, i el govern de la Gran Bretanya que va manifestar que allò constituïa una amenaça per a la pau, recolzat pels banquers londinencs que apuntaven que, una vegada signada la pau al Marroc, caldria pensar en indemnitzacions i reparacions, ja que ells eren els banquers i els asseguradors del món.

L'endemà, 2 d'agost, es va produir un motí a bord del Numància, una fragata espanyola ancorada a la badia de Tànger. El motí es va saldar una setmana més tard amb la condemna a mort del capitost, un cert Antonio Sànchez, fogoner del vaixell, que va ser afusellat a coberta, mentre que altres sis tripulants eren sentenciats a cadena perpètua. Resultava força evident que el Marroc s'estava convertint en un polvorí i que aquella guerra ja començava a passar factura.

Barcelona i Catalunya sencera, per la seva banda, protestaven per l'enviament dels seus joves a una guerra que tant els feia i encara tenien tendre el record del desastre de Cuba de 1898, les conseqüències del qual es van viure durant els anys següents.

—Una guerra marca —deia el meu pare—. Són ferides que triguen a cicatritzar, però els polítics no van al front ni agafen un fusell. Tan sols dicten ordres des d'un despatx i la major part són excrements de vaca.

Era com per donar-li la raó, perquè, mentre els joves de classe baixa anaven al Marroc i els fills dels rics pagaven per no anar-hi, al casino es vivia a un altre ritme, oblidant per complet el món exterior. Allà la gent venia a divertir-se, a oblidar, a beure i a jugar. Lluny, a la ciutat que dormia als nostres peus, quedava la violència que s'anava cobrant víctimes entre els empresaris, els polítics i els obrers.

4.- EL RETROBAMENT

La ciutat i els seus voltants continuaven creixent a una velocitat increïble. Es construïa pertot arreu, s'obrien noves línies de tramvies, el tren demandava nous baixadors i noves estacions i cada any arribaven noves onades d'immigrants que aconseguien trobar una habitació en un pis de rellogats o acaben construint la seva barraca amb quatre fustes als suburbis i començava a treballar a la construcció, al port, que apareixia perpètuament en obres, o a alguna de les moltes fàbriques que es construïen sense descans.

La casa del meu pare havia estat engolida per altres cases i les barraques s'havien retirat uns bons metres per pujar encara més a la falda de la muntanya de Montjuïc. Ja gairebé es podia dir que no pertanyia als suburbis pròpiament dits i fins i tot ja no havia de caminar tant de tros per arribar fins a la parada del tramvia, quan la Gertrudis l'havia acompanyar al metge per a què li fes una ullada a les cames que se li botien i li impedien caminar tot el que ell voldria. Amb els diners que jo li passava, els seus estalvis i una mísera pensió, vivia millor que qualsevol dels seus veïns. Em vaig oferir per buscar-li un pis més a prop de la plaça d'Espanya, però ell no va voler. S'hi trobava bé on era, va ser la seva sentència.

—Ningú no et persegueix. Han passat molts anys i a Catanzaro segur que ningú no se'n recorda, de tu —li vaig dir.

—Mai! M'has sentit? —em va apuntar amb el dit índex ben alt i ben dret—. Mai no se t'acudeixi presentar-te a Catanzaro ni dir qui ets ni d'on véns. Perquè ells mai no obliden res. Comprens?

—No veig en què pot perjudicar-te una cosa tan senzilla com llogar un pis...

—No! Aquí ningú no em veu ni ningú no vindrà a cercar-me. Aquí sóc l'oncle Josep, l'obrer. Comprens? Anar-me'n a viure a un altre lloc és ficar la sabata a l'aigua del toll. Sembla neta, però si la remous aixeques el fang i tots els ulls la miren. La gent pregunta, volen saber qui ets i fan comentaris. Aquí estic bé i tu pots moure't lliurement. Comprens?

Quan deixava anar una sentència, ja podies cantar o dir missa, que no havia forma humana de fer-lo canviar de parer.

Aquell any 1911 havia començat d'una manera força peculiar amb la creació de la Volta Ciclista a Catalunya, just el dia 6 de gener, el dia de Reis, com un regal portat de l'Orient. Encara que no tot van ser notícies agradables, perquè cinc dies més tard, el dia 11 de gener, Barcelona va enterrar Domènech Sanllehy, que n'havia estat alcalde durant els anys 1906 i 1908. Tot un rècord, si fèiem un cop d'ull a la durada dels mandats dels últims inquilins del despatx principal de l'ajuntament. L'acte va tenir lloc a la catedral i a la cerimònia van assistir tots els polítics del moment. Gairebé no va passar un mes que el nom de Barcelona va tornar a sonar amb força gràcies a una altra proesa. Per primera vegada una dona, Elena Ditrieu, sobrevolava la ciutat en un aeroplà; deu dies més tard van començar a construir-se les primeres cases destinades als obrers, que pagaria La Caixa; al cinema Kursaal, inaugurat l'any anterior a la Rambla Catalunya, se li afegia el cinema Ideal, obert al públic el dia 22 d'abril de 1911 a la Gran Via, que va tenir gran repercussió per haver guanyat el concurs anual de façanes organitzat pel consistori; la quantitat de cotxes augmentava de forma increïble i amenaçava de crear un caos perillós en una ciutat dominada pels carros, els cotxes de cavalls, els tramvies i els vianants, fins al punt que a l'abril s'havia publicat el reglament municipal de circulació; i durant el mes de maig es van engegar les atraccions del Saturn Park de la Ciutadella, amb unes muntanyes russes que van regnar durant uns mesos, fins que van aparèixer les de La Rabassada amb els seus dos quilòmetres de longitud.

No hi havia dubte que estàvem al capdamunt del progrés i que Barcelona, malgrat totes les vagues, manifestacions, assassinats i represàlies, s'estava convertint en una de les grans urbs d'Europa, que tenia dos pols creats de forma absolutament artificial, com tots els pols de qualsevol ciutat. D'una banda els terrenys de Montjuïc al costat del port, plens de barraques pels quatre costats, potser atretes pel cementiri, que els rics no consideren un lloc apropiat per a ells. Fereix la seva sensibilitat en recordar-los constantment que algun dia acabaran ficats en un forat i els seus hereus els ho arrencaran tot. I, per l'altre, la serra de Collserola, que a la seva part més alta albergava els grans projectes de diversió i que els seus habitants i propietaris no permetien que fos ocupada per immigrants bruts i pudents carregats de mocosos mig nus que juguen enmig del fang. I entre aquests dos enclavaments, la ciutat construïa carrers paral·lels i perpendiculars en una gegantina quadrícula que seguia el pla Cerdà, nom que devia al seu gran creador Ildefons Cerdà i que era l'enveja de tot Europa. El meu pare li tenia un gran respecte i deia d'ell que va ser una de les ments privilegiades i que el seu pla d'urbanisme va haver de ser aprovat a Madrid perquè la burgesia barcelonina s'hi oposava. Ningú és profeta a la seva terra i, no obstant això, ara es descobria que va ser un visionari que es va avançar a l'arribada de l'automòbil, que s'adaptava d'allò més bé als carrers paral·lels i perpendiculars. Excepte algunes rares excepcions, com la Diagonal, el Paral·lel i alguna més, la resta de les avingudes i carrers representaven l'ordre absolut, el centre neuràlgic del qual el constituïa el passeig de Gràcia, lloc predilecte de la gent de diners. Un quilòmetre d'ampla avinguda que arrencava a la plaça de Catalunya i s'endinsava a la ciutat com si fugís del mar per acabar travessant l'avinguda de la Diagonal i morir a les portes de Gràcia, ara ja convertida en barri de la gran Barcelona, després de l'annexió. Aquesta monumental avinguda estava flanquejada pels edificis més espectaculars que produïen les noves tendències de l'arquitectura modernista. Pertot arreu sonaven els noms de Gaudí, Puig i Cadaflach o Domènech i Muntaner, per citar-ne alguns. Barcelona s'estava convertint en la gran ciutat del Mediterrani. I aquí, en aquesta gran urbs, en aquest focus de nous projectes, jo havia decidit plantar el meu estendard.

No tenia cap dubte que el meu pare, amb aquella passió per la lectura que em va imposar, havia despertat en mi el plaer per les coses belles, que gairebé sempre són les més inabastables, i em vaig passar matins sencers movent-me pels voltants del passeig dels somnis, tal com ell l'anomenava, a la recerca d'un apartament, encara que fos petit. No obstant això, el que m'agradava resultava prohibitiu, fins i tot per a algú a qui li han apujat un cinquanta per cent el seu salari i que a més a més es treia uns bons ingressos extres amb certs treballs, a més de tirar mà discretament del compte especial que Boudineau havia posat a la meva disposició.

Finalment, cansat d'anar de fracàs en fracàs, se'm va acudir pensar que potser m'havia equivocat de planejament. No és a partir del centre, que cal començar, sinó just al revés. Des de l'exterior cap a l'interior. És així com s'assetja i s'ha de conquerir una plaça. A més a més, d'aquesta forma no pateixes la decepció de veure que les teves expectatives van caient a mesura que avances i et veus obligat a allunyar-te d'allò més alt, amb la qual cosa cada vegada t'agrada menys el que vas trobant. Així que vaig decidir començar des del carrer de la Independència cap al passeig de Gràcia i em vaig adonar que a mesura que em desplaçava cap al centre el meu ànim creixia considerablement i que cada carrer guanyat era un èxit. Vaig seguir endavant i finalment vaig trobar un petit apartament en un cinquè pis d'una casa del carrer Bailèn, gairebé cantonada amb el carrer Aragó. Sense ser res de l'altre món, no estava malament i amb els mobles que tenia al de carrer de la Independència més altres pocs quedaria prou digne. Vaig comptar el que tenia estalviat, vaig fer els meus càlculs i vaig veure que en podia pagar el lloguer. De manera que vaig donar la paga i senyal, vaig signar el contracte i vaig sortir d'allà amb les claus a la butxaca.

El meu somni començava a fer-se realitat. M'havia acostat catorze carrers al meu gran objectiu. Catorze carrers que representaven molt més de mil quatre-cents metres, perquè havia travessat el passeig de Sant Joan, frontera que marcava un salt a l'esfera social. Ja estava només a cinc carrers del passeig de Gràcia i per damunt del carrer d'Aragó. I per si no fos prou, la casa tenia porter i ascensor.

Vaig trigar setmanes a aconseguir uns mobles a l'altura de les meves aspiracions. Naturalment eren de segona mà, procedents d'una subhasta. A la gran Barcelona tot estava regulat, bé per llei o per costum, entenent com a costum la llei no escrita que es respecta estrictament, molt més que l'escrita que sempre acaba tenint forats per on els advocats s'escapen. Igual que havia fet amb el pis del carrer Independència, me'n vaig anar a veure al Panxo Gallofré, l'home que dominava les subhastes i li vaig exposar els meus desigs.

—La setmana que ve hi ha subhasta i he vist un lot que et pot interessar —em va dir—. Un menjador sencer amb una taula de faig massissa, preciosa, i vuit cadires entapissades. Pujarà. T'ho adverteixo. Però paga la pena.

—Panxo, no m'emprenyis! —vaig fer—. Quan tu has necessitat que et doni un cop de mà, no me n'he aprofitat. Recorda el Cantero. No ha tornat a molestar-te mai més —vaig dir, i vaig esperar que ell assentís—. Vull una cosa que quedi digna. Ja m'entens. I si he d'esperar una mica més, no hi ha problema

—Bé! Si no t'importa esperar potser podré apartar alguna cosa i fer que no arribi a la subhasta pública.

I així va ser. Per cent set pessetes vaig aconseguir el que en qualsevol botiga de mobles m'hauria costat deu o quinze vegades més i el pis va quedar perfectament moblat. El Pep Rozas, un altre amic d'infantesa, me l'havia pintat de dalt a baix per divuit pessetes. A més a més, com era un manetes, m'havia fet un parell de petits treballs, com la rajola de la cuina, just darrere la porta, que es desprenia i que ara s'havia convertit en un perfecte amagatall. La meva caixa forta particular. Un altre favor que revertia.

—Quan facis un favor, que quedi clar que és un favor i que els favors, tard o d'hora, es paguen —recordo les paraules del meu pare—. Però, sobretot, vigila que la balança dels favors concedits i rebuts sempre estigui del teu costat i que et deguin molt més que no pas tu has rebut. Els que no tenen en compte aquest detall sempre acaben malament, perquè el dia que tothom li reclama els seus deutes no tenen amb què pagar. I no parlo de diners, perquè tot allò que es pot comprar no planteja cap problema. El pitjor és allò que no té preu. Comprens?

El dia que vaig escoltar per primera vegada que Maties, el porter, em deia "*don* Víctor", em vaig sentir important. El passeig de Sant Joan s'havia erigit en la diferència entre el senyor Pons i *don* Víctor. I és clar que també havien contribuït el fet que em veiés arribar diverses vegades amb taxi, servei que només feia un any que existia a Barcelona i que només era utilitzat per la gent de diners, i el detall de deixar-li anar un duro. A partir d'aquell instant, amb les cinc pessetes a la butxaca, esdevingué la persona més servicial i devota d'aquest món. Com deia el meu pare, cal ser generós amb els diners, però saber molt bé on els deixes caure. Gràcies a la propina, que vaig decidir donar-li cada mes, vaig passar a ser el veí més ben informat de tota l'escala. Sabia que al principal vivien un metge, casat i amb tres fills barons, i un advocat, també casat i amb una filla i la dona embarassada; al primer una senyora molt gran, viuda, amb una néta beata, i un comerciant de vins casat i amb quatre fills, dos nens i dues nenes; el segon se'l repartien dos germans que l'havien heretat dels seus pares i regentaven un petit negoci de passamaneria, un d'ells casat i l'altre solter; al tercer es trobava un altre advocat, casat i amb tres filles, que ocupava tota la planta perquè també hi tenia el seu despatx; al quart, just sota del meu apartament, vivia l'amo del restaurant que hi havia a la cantonada, viudo, amb dos fills i una criada, de qui el porter deia que feia "de tot"; a l'altra porta hi havia un matrimoni vell, el marit retirat, que es passaven el dia discutint; el cinquè pis l'havien dividit en quatre apartaments, dos d'ells pertanyien a una dona soltera que no apareixia mai i que els mantenia buits, i els altres dos, un l'ocupava jo i l'altre un comptable solter, pertanyien a un home que vivia de rendes, però al que no coneixia perquè el vaig llogar a través d'un despatx d'advocats; al sisè vivien dos amics que el porter deia que eren "bastant més que amics" i, al costat, un altre matrimoni amb dos fills; finalment, les golfes les ocupaven el porter i la seva esposa, que feia feines per les cases i a més a més ajudava al seu marit. No tenien fills. En fi! Una casa d'allò més normal.

El dia que van acabar de pujar els mobles vaig decidir fer-me un regal i em vaig dirigir al passeig de Gràcia per comprar-me un parell de corbates amb què engrossir la petita col·lecció que penjava del meu nou armari. En un home, la corbata és tot un símbol d'elegància i el color i la textura defineixen el moment del dia, la categoria de la cita o el nivell de la celebració.

Cap a mitja tarda vaig arribar al passeig de Gràcia pel carrer Aragó i vaig decidir pujar cap a la Diagonal per la vorera de l'esquerra. Allà a prop hi havia un parell de botigues interessants i la temperatura a començament de setembre continuava sent molt alta, per la qual cosa s'agraïa l'ombra que projectaven els edificis. Em vaig aturar en el primer dels aparadors i vaig fer un cop d'ull a la corbata que lluïa el maniquí.

—Massa ostentosa, si no és per a una festa —vaig sentir que feia una veu femenina al meu costat.

Em vaig tombar i la sorpresa va ser majúscula. La Carla, la germana del Bruno Torres, la dona de la terrassa de la festa d'inauguració del casino, també es mirava el maniquí i venia acompanyada per una altra dona jove.

—Jo també pensava el mateix, si em permet comentar-ho senyoreta Torres —vaig dir, traient-me el barret.

Va girar el cap i em va mirar. Durant uns instants va semblar no reconèixer-me i recercar la meva imatge a la seva memòria.

—La festa d'inauguració del Casino de La Rabassada, a mitjan de juliol —li vaig fer memòria.

—A la terrassa, amb la Lluïsa —va assentir lentament.

—Això mateix.

—Senyor Pons, oi que sí? —va preguntar amb el to de qui recorda el detall en aquell instant.

—Víctor Pons, per servir-la.

—Li presento la meva amiga, la senyoreta Dolça —va dir, girant-se cap la seva acompanyant.

—Un nom molt adient per a un rostre tan bonic —em vaig afanyar a dir, mentre li dedicava una lleugera reverència.

—Que pensava comprar-se una corbata? —em va preguntar Dolça, fent que ignorava amb elegància el meu compliment, encara que no va poder dissimular el somriure de satisfacció que li havia produït.

—En necessito una de nova —vaig assentir.

—Per a quin tipus de vestit? —em va demanar.

—El senyor Pons és molt capaç de trobar la corbata més escaient —ens va interrompre la Carla.

—Sempre accepto un consell de qui té bon gust —vaig replicar—. I estic segur que a vostès, el que és gust, els en sobra. M'acompanyarien per escollir-la? —vaig preguntar, alhora que els indicava la porta de la botiga.

La Dolça no es va fer de pregar i va estirar la seva amiga, mentre jo les seguia.

Un cop dins, l'empleat, després d'escoltar la meva petició d'una corbata que anés bé amb un vestit blau fosc, va desplegar una dotzena damunt del taulell i jo vaig esperar pacientment que la Carla i la Dolça les examinessin a plaer, em dediquessin diverses mirades, prenguessin alguna d'elles, me l'acostessin al coll...

Finalment, després de marejar el pobre empleat durant gairebé una hora i fer-li retirar totes les corbates per substituir-les per una altra dotzena i tornar a les primeres i retirar unes i demanar unes altres, cadascuna d'elles es va decidir per una de diferent. Vaig quedar com tot un cavaller quan vaig dir que me les quedava ambdues. De fet ja havia sortit amb la idea de comprar-ne un parell. El que ja no em va saber tan bé va ser assabentar-me'n del preu. El meu sastre, el del carrer de la Independència, per aquella exorbitant quantitat m'hauria fet un vestit i encara m'hauria sobrat per prendre'm un parell de copes. Sort que acabava de cobrar uns diners que em devia un tipus, que m'havien servit per pagar els mobles i quatre coses més i que encara em sobrava una mica, perquè en cas contrari m'hauria vist en un compromís.

Vam sortir fora i la Carla es va queixar que feia una calor insuportable. Jo vaig aprofitar el comentari per convidar-les a prendre un refresc.

—És vostè molt amable, però haurem de deixar-lo per a una altra ocasió —em va contestar—. Hem quedat per visitar una amiga. De fet, estàvem fent temps.

—Quina llàstima! —va dir Dolça amb un deix de pena —. En una altra ocasió.

—Continua anant al casino? —em va preguntar la Carla.

—Cada dia —li vaig respondre.

—Ai, és veritat! Si vostè hi treballa, precisament —va dir, tapant-se la boca amb la punta dels dits—. Ara, després d'haver estat tot el mes d'agost a Biarritz, torno a la meva vida normal i alguna vegada aniré a dinar o a sopar al restaurant. Suposo que ens veurem.

—Això espero —vaig contestar i els vaig dedicar una petita reverència.

Les vaig veure caminar en direcció a la plaça de Catalunya i jo vaig creuar per dirigir-me a casa. Tenia el temps just per deixar la meva compra i sortir a buscar el tramvia.

Hauria de canviar de sastre? Em vaig demanar quan entrava al vestíbul del casino. Potser sí, si tenia en compte les meves pretensions, però la resposta es tornava negativa si pensava en la forma especial de les meves jaquetes que havien de dissimular l'arma. Sabrien fer-ho els sastres de la classe alta o s'esgarrifarien davant d'aquesta petició? Jo dominava molt bé el meu ambient i era capaç de trobar qui fos per solucionar qualsevol problema que se'm plantegés, sense importar l'índole del mateix, però aquest nou escenari que depèn d'un cercle tancat i restringit, em resultava desconegut.

«Abans d'entrar a qualsevol lloc, cal estudiar a fons el terreny per no cometre errors», deia el meu pare.

Qui podia donar-me un cop de mà? La resposta segurament era el Jean Louis. Ell, pel seu especial treball i situació, tenia accés a secrets vedats als pobres mortals com jo.

—No és cap problema per a cap d'ells —em va contestar—. Els sastres de cert nivell són com els confessors. Ni tan sols la policia gosaria preguntar-los sobre les converses que tenen lloc als seus tallers o a casa dels seus clients. Per descomptat, els senyors de cert nivell ja no van a casa del seu sastre, sinó que és el sastre que es desplaça. És molt més elegant i dóna prestigi. Tant a uns, com als altres. Que vegin un sastre entrar a casa de segons qui és un punt positiu per a ell i que vegin entrar a segons quin sastre a casa d'algú és una manifestació clara del nivell social de la persona en qüestió.

—Pot donar-me el nom d'algun d'ells?

—Per a vostè? —em va preguntar somrient divertit.

Juraria que m'estava prenent mesures per fer-me un vestit, perquè es va apartar una mica i em va mirar de dalt a baix.

Vaig aclucar un xic els ulls amb duresa i ell es va adonar que s'havia excedit. Es va aclarir el coll, va adoptar una postura digna i va esborrar el seu somriure burleta.

—Potser Sastreria Minguella. És a la Diagonal cantonada amb el carrer Bruc, al segon pis —va dir.

—Magnífic! La tinc ben a prop de casa.

—On viu vostè? —em va preguntar gairebé tartamudejant.

—Al carrer Bailèn, per damunt del carrer Aragó —li vaig contestar sense donar-hi més importància.

—Oh! —va exclamar i per l'expressió del seu rostre vaig deduir que la sorpresa havia resultat majúscula—. Quan hi vagi, pregunti pel senyor Zacaries. Segons he sentit comentar és qui pren les decisions i qui està assabentat de tot.

—Gràcies, Jean Louis.

A partir d'aquell dia em va tractar amb més respecte. Viure a l'esquerra del passeig de Sant Joan era un punt positiu molt a tenir en compte.

5.- UN ESCÀNDOL

Les alarmants notícies que arribaven de Bilbao, on eren en vaga general des del dia 4 de setembre i ja es comentava que les autoritats volien declarar l'estat de setge el dimarts dia 12, si la situació no s'encarrilava, i altres rumors que apuntaven que Saragossa volia sumar-se a la vaga, van fer que tots els ulls es tombessin cap a mi.

—A Barcelona, pel moment, regna la calma —vaig informar Boudineau.

—No obstant això tenim notícies que el Governador Civil ja ha signat l'ordre de clausura d'alguns locals obrers, que els jutges han dictat ordre d'intervenció a la UGT i que es vol prohibir la CNT. Fins i tot es parla de suspensió de les garanties constitucionals —em va dir molt preocupat—. I tot això no contribueix que vingui gent de fora. Ja sap com són els diners. Sempre tenen por i fugen davant la més petita alerta de perill.

—Suposo que es tracta de mesures preventives, però les meves notícies no van en el sentit de sumar-se a la vaga general —vaig continuar mantenint la meva postura—. Malgrat això, si el Governador Civil tiba massa la corda, la classe obrera pot reaccionar. Mai no se sap fins on aguanta una corda.

—Està segur que la situació està en calma?

—Per descomptat. Les meves fonts d'informació són immillorables —vaig mentir descaradament—. Però, com ja li he dit, si al Governador se li escapa la mà, pot succeir qualsevol cosa.

—Faré arribar les seves apreciacions al Consell d'Administració.

—I jo em mantindré alerta per si canvien les circumstàncies.

Bé! En aquesta vida cal saber nedar i guardar la roba. Si esclatava qualsevol conflicte, seria culpa del Governador Civil, massa procliu a emprar la força i la coacció. Però els nostres clients, els estrangers, que eren els més interessants, podien viure tranquils a l'hotel, gaudir de la música i els espectacles i deixar el seus diners damunt la taula de joc. Boudineau s'alarmava amb molta facilitat.

Jo, per la meva part, en poc més de dos mesos havia passat de viure al carrer Independència a saltar el passeig de Sant Joan i plantar-me al carrer Bailèn. No estava gens malament. Ara havia de començar a conrear les relacions i cercar una porta d'entrada. El Jean Louis no era el més indicat, perquè era massa servil. Boudineau no hauria acceptat. Tenia molt clar que els empleats mai no han de barrejar-se amb els clients. Amb l'Estragué no hi tenia prou confiança i suposo que també s'hi hauria negat. I la Llúcia, la secretària de direcció, no calia comptar amb ella. Seguia tan discreta com sempre i això que jo havia intentat algun acostament estratègic dedicant-li alguna paraula amable, però somreia i prou. D'aquí no passava i quan li demanava alguna cosa, invariablement em contestava que l'hi preguntaria al senyor Estragué o a *monsieur* Boudineau, segons convingués.

El millor era buscar-me la vida pel meu cantó i, encara que no sabia per on començar, aquella nit resultaria força interessant.

Tot va començar quan el Nieto va venir a buscar-me.

—S'està muntant un petit enrenou a la porta —em va dir.

—Per què? —vaig demanar. Haurien començat ja amb la vaga i els piquets d'obrers?

—Val més que ho vegi vostè amb els seus ulls —em va contestar i va tombar el cap mentre esbossava un mig somriure.

Si somreia no podia ser greu, així que no vaig continuar preguntant i em vaig dirigir ben de pressa cap a la recepció del casino seguit pel Nieto.

—Bona nit, senyoreta Torres —vaig sentir que deia la veu del Jean Louis en arribar davant del guarda-roba.

La cara de l'encarregat del Cercle d'Estrangers era tot un poema. I no hi havia per a menys! La Carla Torres s'havia presentat amb una faldilla pantaló, de les que estaven aixecant tanta polèmica, i el Jean Louis feia vertaders esforços per mirar-la a la cara i mantenir-se impassible, mentre que els altres clients s'amuntegaven al seu voltant, se la menjaven amb els ulls i feien comentaris. Tenia un cintura ben ajustada i els malucs molt marcats, mentre que la tela queia recta a un costat i a l'altre del cos i podies imaginar com eren les seves cuixes. Mirar-la m'alterava el pols. N'estava tan, d'atractiva...

—Bona nit, Jean Louis —vaig sentir que saludava la veu del Bruno.

UNA VIDA EN JOC

Fins aquell instant no m'havia adonat que venia acompanyada. I al darrere van aparèixer el baró von Brütsner i la seva esposa, que també lluïa faldilla pantaló en un acte de provocació sense precedents. Evidentment, l'elegància de la Carla guanyava a la de l'Adelaida Campillo, però la baronessa presentava un cul que atreia totes les mirades i no feia el més petit esforç per dissimular-lo. Ben al contrari: el bellugava i el realçava. Al Jean Louis se li va tallar la respiració. Què havia de fer? Avisava al director o a Boudineau? Potser ambdós? Jo recordava haver llegit en algun diari que a Madrid s'havia produït un incident quan una jove, al mes de febrer, s'havia passejat pel carrer Major exhibint aquesta peça de roba. Concretament va ser el dia 22. La data havia quedat impresa a la meva memòria. Les protestes van ser de tal calibre que va haver d'intervenir la policia i van haver de treure-la d'allà dins d'un cotxe. De la mateixa manera que recordava perfectament que el creador d'aquesta moda, el francès Paul Poiret, havia aconseguit el seu escàndol particular durant la presentació. Després l'escàndol s'havia propagat per tot Europa i havia desbordat els escenaris de la moda fins a l'extrem que les discussions van arribar a la ciència mèdica. Em petava de riure cada vegada que recordava que un metge suec, anomenat Berg, havia comentat que la faldilla pantaló era molt apropiada per a les dones, entre d'altres raons, perquè els permetia major llibertat de moviment a les cames, les protegia millor del fred i els evitava els microbis de l'ambient i la pols del terra que amb la faldilla tradicional s'aixecava i les obligava a rentar-se més sovint. Immediatament va arribar la rèplica d'un altre insigne metge, el doctor Devove, antic degà de la facultat de medicina d'Escandinàvia, titllant el seu col·lega d'ignorant respecte a l'anatomia femenina. El pantaló i la faldilla, segons ell, no eren només una qüestió de moda, sinó d'estructura anatòmica. El cos femení és diferent del masculí i la faldilla ampla proporciona major llibertat al seu cos i majors facilitats per manegar-se en certes circumstàncies. I no seria més lògic demanar les dones que hi diguessin la seva? Potser, aquests grans homes de ciència s'endurien una bona sorpresa.

Mentre recordava tots aquests detalls no deixava d'observar el Jean Louis, perquè, ara, eren dues dones, i les dues d'altura, les que desafiaven les normes establertes.

—Ordeni que portin una ampolla de *champagne* i quatre copes, si us plau —va dir el baró amb la seva habitual autoritat i va oferir el braç a la seva esposa.

—Bé... és que... —va titubejar el Jean Louis, incòmode davant la situació.

De sobte la Carla em va veure i va venir cap a mi.

—S'ha estimat més una altra corbata —em va dir.

—La que va escollir vostè la guardo per a les grans ocasions —vaig respondre.

—Per exemple?

—Per a quan la moda evolucioni una mica més i pugui oferir-la-hi —vaig dir amb un somriure.

—Li sembla una moda poc adient per a una dona? —em va demanar, mentre obria els braços per mostrar-me el seu vestit i dirigia una mirada al Jean Louis, que suava.

—Ben al contrari —vaig fer i també vaig mirar el Jean Louis—. Ja no cal endevinar tant i el que es mostra és del meu gust. Té vostè una figura com no hi ha una altra.

—Fa una mica de calor —va dir.

—A la terrassa corre un pessic d'aire fresc.

—Potser sortiré d'aquí una estona —va contestar, em va mirar, es va tombar i es va aplegar als seus tres acompanyants que ja es dirigien cap al Cercle d'Estrangers.

El Jean Louis va aixecar la mà per cridar un dels cambrers i li va ordenar que portés l'ampolla de *champagne*. Què podia fer, el pobre?

—Si demà surt als periòdics la notícia que al Casino de La Rabassada s'admeten dones amb faldilla pantaló... —em va dir en passar pel meu costat—. No vull ni imaginar l'escàndol!

—Això no farà més que proporcionar-nos publicitat gratuïta —vam escoltar que feia la veu de Boudineau, que ja havia estat avisat pel director.

—I això és bo? —va preguntar el Jean Louis.

—Vostè què n'opina? —li vaig preguntar a l'Estragué.

—Qui s'oposa al vent acaba exhaurit i derrotat —va contestar.

—Bé! —va exclamar Boudineau—. Procurem no concedir-li més importància de la que té. De fet, la faldilla pantaló aconsegueix que les dones ocupin menys espai. Serà més fàcil ballar amb elles. I, d'altra banda, si apareix la notícia, taparà altres que no són del grat dels nostres clients.

L'Estragué havia estat molt astut. La seva frase es podia prendre en qualsevol sentit. Llàstima! M'hauria agradat preguntar-li qui era, segons ell, el vent i qui el que s'hi oposava.

A poc a poc els comentaris es van anar diluint, els curiosos es van dispersar i les dues dones van tenir l'amabilitat de no moure's del Cercle d'Estrangers, lloc que quedava a recer de totes les mirades dels que havien abandonat el restaurant i el parc d'atraccions per entrar al casino alertats per la notícia que dues dones s'havien presentat gairebé nues, segons les últimes versions. Cal veure fins a quin punt pot canviar la visió d'un fet a mesura que passa el temps i es divulga.

Vaig esperar prudentment fins que els ànims es van calmar i llavors em vaig dirigir cap a la terrassa, encara que la veritat era que no feia massa calor. La Carla estava mig asseguda a la barana, amb una cama en l'aire, balancejant-la, i sostenia a les seves mans una copa de *champagne*. Sí, indubtablement, la faldilla pantaló era una peça molt còmoda. Al costat d'ella es trobava el baró amb una altra copa a la mà.

Tres homes més romanien a pocs metres i no deixaven de mirar-la. No hi havia per a menys. Amb la seva postura se li marcava tota la cuixa amb una precisió absoluta. Vaig sortir i em vaig quedar en un racó. El baró mantenia el seu posat altiu i somreia mentre li parlava amb aquell to que semblava situar-lo per damunt del bé i del mal. Ella em va veure, va beure un glop i va aprofitar per llançar-me una mirada. Llavors va aparèixer l'Adelaida.

—Pots venir un moment, estimat? —va fer des de la porta.

—Em disculpes? —va dir von Brütsner a la Carla, dedicant-li una petita reverència amb el cap, i es va dirigir cap a la seva esposa.

Un dels tres homes que estaven a la terrassa va fer esma d'acostar-se a la Carla, però ella el va mirar amb desinterès, es va posar dempeus i li va donar l'esquena. Vaig veure que aquell home es preparava per a l'assalt i em vaig avançar.

—Una nit preciosa —vaig dir quan ja era al costat d'ella.

L'home em va mirar sorprès i enutjat per la meva intromissió, però em va reconèixer, va fer els seus càlculs i es va adonar que tenia totes les de perdre, per la qual cosa el meu gest va ser suficient per fer desistir el conquistador, que va tornar amb els seus amics, va fer un comentari despectiu i provocador, que vaig ignorar, i tots tres van marxar. Gos que borda no mossega, deia la meva mare.

La Carla va tombar lleugerament la cara cap a mi, igual que la primera vegada que ens vam veure gairebé en aquell mateix lloc, i va fixar novament la seva vista a la foscor de la nit sense pronunciar paraula. Em vaig recolzar a la barana i la vaig contemplar. La llum de la terrassa il·luminava el seu perfil retallant sobre el fons negre la perfecció del seu mentó i dels seus llavis que em temptaven, d'aquell nas petit i tremolós i de les seves llargues pestanyes, mentre el cabell s'ondulava amb la lleugera brisa i descobria una orella d'admirables proporcions que jo somiava mossegar-li amb tendresa. Al costat d'ella se m'accelerava el pols.

—No vaig anar a l'òpera —vaig dir.

—Va perdre una oportunitat tan clara? —em va preguntar mirant-me i alçant les celles.

—Només es perd quan no es pot obtenir allò que es desitja. De manera que no vaig perdre res.

Va tornar a fixar la vista en els llums de la ciutat i va respirar l'aire de la nit. Encara feia calor.

—Em sento incòmoda —va dir—. Ha estat una estupidesa presentar-me vestida així. Ja m'ho ha advertit el papà, que tots es creurien amb dret a... —va deixar la frase a l'aire. S'endevinava que no desitjava seguir allà.

—Si li sembla, puc ordenar que portin un cotxe fins a la porta del darrere. Buscaré un xofer de la meva absoluta confiança perquè la condueixi fins a casa seva o fins on desitgi.

—Sola?

La seva pregunta era el més semblat a una invitació, però amb una dona mai no pots refiar-te'n, tal com deia el meu pare.

—Vol que avisi el seu germà?

Els seus ulls es van clavar en els meus. Un altre missatge i una altra invitació?

—No crec que abandoni al baró i a la seva esposa —em va contestar.

—Llavors, si em permet, jo l'acompanyaré.

No va respondre. Es va quedar mirant les atraccions i escoltant els crits que arribaven des de la vagoneta de les muntanyes russes barrejats amb la música de l'orquestra que tocava a l'interior. Qui calla atorga, deia la meva mare. A ella li encantaven els refranys.

Vaig anar a buscar l'Antoni i li vaig donar les instruccions precises perquè es fes amb un automòbil i el portés fins a la part de darrere, fins a un petit racó molt discret i ben a prop de la porta lateral. Un dels bons, li vaig dir. Després vaig tornar, però en passar per davant del Cercle d'Estrangers vaig descobrir que la Carla estava molt animada xerrant amb la baronessa i tres homes més. Vaig somriure divertit. Un joc molt típic en una dona. Et posa el caramel a la boca i te'l treu quan ja has començat a agafar-hi gust.

Anava a fer mitja volta per abandonar el Cercle quan vaig sentir al meu costat la veu del Bruno.

—Necessitaria una de les sales petites per aquesta nit —va fer—. Sembla que hi ha un empresari francès que desitja emocions.

—Com l'andalús? —li vaig preguntar amb un somriure de complicitat.

—Aquest és més ximple —em va contestar sense mirar-me, i va afegir, en veu baixa—. I té més diners —llavors va tombar el seu rostre cap a mi. Podia llegir a la seva expressió que havia parlat més del compte—. Que no falti un bon licor.

El vaig observar. Estava completament serè, cosa estranya en ell. Després em vaig fixar en el baró, que estava xerrant amb l'empresari francès i bevia. No calia ser un llumener per descobrir el seu joc. A la partida amb l'andalús, el Bruno feia tota la fila d'anar d'alcohol fins a les celles i el baró es mantenia serè. Ara era a l'inrevés. Von Brütsner semblava molt alegre i jo li havia vist beure una mica més del compte. Segurament perdria alguns de diners, el francès es deixaria fins a la camisa, el Bruno s'ompliria les butxaques i el quart jugador seria l'afortunat a qui li toca un segon premi a la loteria. Mentrestant, Boudineau faria els ulls grossos. Segur que el secretari no era més que una garantia que el casino mantenia les mans netes i no participava dels guanys, excepte en el lloguer de la sala? Potser sí, però i ell? Tampoc hi participava? La veritat era que començava a dubtar-ho seriosament.

—Li diré al Jean Louis que ho prepari tot. Les senyores també es queden?

—Crec que no. La baronessa vol anar a ballar i la senyoreta Torres no es troba gaire bé i ja ha insinuat que potser es retirarà —va dir.

No havia dit la meva germana o la Carla, sinó la senyoreta Torres, la qual cosa significava que ell, naturalment, no em considerava ni de la seva posició ni del seu cercle ni de la seva confiança.

—Ah! —vaig exclamar i vaig buscar la Carla amb la mirada—. Doncs, sembla molt animada.

—Totes les dones tenen un do especial per al teatre. Ho porten a la sang —em va dir, com una gran revelació—. Poden estar morint-se i aparentar que no succeeix res o tot al contrari. Segons convingui.

—I en aquest cas, què podem imaginar?

Em va mirar i després va mirar la Carla.

—Amb la senyoreta Torres mai no se sap. A més d'un do especial per al teatre posseeix la facultat del misteri. Els seus ulls expressen el que vol en el moment que vol i amb qui vol. I puc assegurar-li que és més que convincent —em va dir, i em va deixar.

Vaig abandonar el Cercle per fer una volta i controlar que tot estigués perfecte, em vaig trobar amb el Jean Louis davant de l'entrada del petit teatre i el vaig informar dels desigs del Bruno.

—Ja ha parlat amb monsieur Boudineau? —em va demanar.

—Espero que ho faci vostè. Jo em dedico només a la seguretat.

—No s'hi quedarà?

—Aquesta nit s'hi quedarà el Néstor.

La veritat era que no tenia el més petit interès a veure com plomaven l'empresari francès. Ja coneixia el seu joc.

A la galeria em vaig aturar per parlar amb el Néstor i comunicar-li que aquella nit li tocava servei extra.

—És a punt l'automòbil? —vaig sentir que preguntava la veu de la Carla darrere meu.

—No s'amoïni, senyor Pons. Em faré càrrec de tot —em va dir el Néstor i es va retirar discretament.

—He cregut que ja no el necessitava —vaig dir a la Carla.

—Ens n'anem? —va preguntar i sense donar-me temps a contestar va fer mitja volta i es va dirigir cap a la porta lateral.

Vam sortir a l'exterior. L'Antoni havia deixat l'automòbil just on jo li havia indicat, però ell no hi era. Bé pel noi! Havia escollit l'Hispano Suiza.

—Ara mateix crido un xofer —vaig fer.

—Tinc pressa —em va contestar.

—Llavors, conduiré jo —vaig dir, alhora que obria la portella posterior i la convidava a pujar.

—M'estimo més anar al davant —em va replicar—. És una experiència que encara no he tastat.

Vaig tancar la portella i vaig obrir la del davant. Ella va entrar-hi i com duia faldilla pantaló no vaig haver de recollir-se-la per no agafar-se-la en tancar. Llàstima! Sempre és una oportunitat per tocar un turmell.

Vaig arrencar i vam abandonar el casino per baixar la llarga carretera de La Rabassada.

—On vol anar? —vaig preguntar.

—Al carrer Còrsega, entre la Rambla de Catalunya i el passeig de Gràcia.

—El baró estava molt animat —vaig dir, com un comentari.

—Massa —va contestar, contundent.

—Segons m'ha informat el seu germà, la baronessa volia anar a ballar. La pregunta és què succeirà quan es presenti tal com va vestida.

—L'Adelaida sap molt ben com manegar-se en les situacions complicades. Entrarà acompanyada per tres o quatre homes i ningú no gosarà fer altra cosa que no sigui despullar-la amb la mirada —va dir, i va afegir en veu més baixa—. Cosa que la complau de valent.

—Vostè no balla?

—Avui no és el meu dia.

—Però, li agrada?

—No em desagrada —va contestar i va aclucar les parpelles.

Volia intentar un acostament, però la seva actitud em va frenar. Resultava evident que no desitjava conversa, així que durant una bona estona vam romandre en silenci, fins que les llums de la ciutat ja eren damunt dels nostres caps. Durant el trajecte la vaig mirar diverses vegades, però ella seguia amb els ulls tancats i descansava. Vaig pensar en el comentari del seu germà. Fingia? Impossible saber-ho.

Barcelona dormia i els carrers apareixien deserts. Si més no, seria un agradable passeig en automòbil. M'agrada conduir.

—Una ciutat solitària és molt trista —vaig comentar quan ja érem a la Diagonal i ella havia obert les parpelles.

—De vegades la soledat és molt agradable. I el silenci, també —em va contestar.

De les seves paraules vaig deduir que continuava estimant-se més el silenci i no vaig tornar a badar boca fins arribar a la nostra destinació.

—On vol que la deixi?

—Aquí. En aquest portal —em va dir.

Vaig aturar l'automòbil i vaig baixar per obrir-li la portella. Havia resultat un trajecte molt curiós. Ambdós en silenci. Jo amb la mirada a la carretera i ella amb els ulls aclucats. Semblàvem un matrimoni que tornen cansats després d'una llarga vetllada, potser avorrida. No obstant això, jo n'havia gaudit, del viatge. Sentir la seva presència, olorar el seu perfum, escoltar la seva respiració i fregar el seu braç de tant en tant representava un plaer ben estrany. Era la primera vegada que estava disposat a fer tot allò sense esperar res a canvi, encara que m'atreia amb una força gairebé irresistible i quan els nostres rostres, per qualsevol circumstància, estaven una mica a prop, m'assaltava un immens desig de besar-la.

—Vol prendre una copa? —em va preguntar quan l'acompanyava fins al portal i donava un parell de cops per avisar al sereno—. És el que puc fer per agrair-li la seva cavallerositat.

—Seria un plaer —vaig respondre.

Era una curiosa invitació procedent d'algú que gairebé no t'ha dirigit la paraula en tota l'estona i que diu que no es troba bé. Però, com és natural, no em negaria. Ni de bon tros! Novament vaig pensar en les paraules del seu germà. Fingia? Potser, havia descansat a l'automòbil i s'havia recuperat, em vaig estimar més pensar.

De seguida va aparèixer el sereno fent cops a la vorera amb el seu pal i fent sonar les claus. Durant aquest curt espai de temps la vaig contemplar i ella no va apartar els seus ulls dels meus.

—Bona nit, senyoreta Torres —va saludar el sereno amb una inclinació del cap.

Si hagués trigat quinze segons més en arribar, no hauria pogut resistir la temptació de besar-la.

Va remenar les claus i va escollir la del portal.

—Pot fer-hi una ullada al cotxe? —vaig preguntar, mentre lliscava una pesseta a la seva mà.

—No s'amoïni, que, quan vostè torni, el cotxe seguirà aquí —em va contestar fent desaparèixer la pesseta a la butxaca.

Vam entrar-hi i vaig escoltar el so de la clau en tancar-se novament la porta. L'escala estava il·luminada per llums de gas.

—Mai no prenc l'ascensor. Em produeix un sentiment d'ofec —va dir la Carla quan jo em dirigia a obrir-li la porta—. No es preocupi. Vivim al principal.

—Durant un temps he viscut en un cinquè pis i sense ascensor —vaig replicar.

L'escala era ampla i em permetia pujar al costat d'ella. Vam arribar al replà i va estirar la campaneta. Poc després es va obrir la porta i va aparèixer una donzella.

—Ha tingut una bona nit, senyoreta? —va preguntar la noia.

—Sí. Gràcies Maria. Encara està llevat el senyor?

—El seu senyor pare és a la sala, llegint, com sempre —va informar la Maria, mentre prenia el meu barret i el deixava al penjador del rebedor.

El pis era enorme. Només el rebedor era com gairebé la meitat del meu apartament. Donava a un pati interior que estava separat per una vitrina de colors, a través de la qual s'hi endevinaven plantes. La donzella va obrir la porta de davant nostre i va aparèixer un ample corredor flanquejat per cinc portes. Al fons hi havia llum.

—El papa pateix insomni i es passa les nits llegint —va dir la Carla—. La mama, al contrari, dorm com una soca.

Vam entrar a una sala gran, decorada amb fusta noble i ben il·luminada. Hi havia una tauleta baixa de marbre i vidre, amb les potes treballades. Ella sola ocupava més espai que la del menjador amb les vuit cadires que jo havia aconseguit a la subhasta, i estava envoltada per dos sofàs i quatre butaques de cuir negre i brillant. En una d'elles hi havia un home de cabell gris, amb bigoti i ulleres.

—Hola papa —va fer la Carla i li va fer un petó a la galta—. Et presento el senyor Víctor Pons. És el director de seguretat del Casino de La Rabassada.

Director, havia dit la Carla. «Director de seguretat» sonava bé. Per descomptat que sí! Molt més que cap.

El seu pare em va mirar un instant i novament es va dirigir a la seva filla.

—Ja t'he advertit que no pots anar per aquests móns de Déu vestida d'aquesta manera —va replicar ell, mentre feia petar la llengua i negava amb el cap.

—El fet que l'hagi acompanyada fins aquí no hi té res a veure amb la seva forma de vestir —em vaig afanyar a aclarir.

—Segur? —va preguntar mirant-me per damunt de les seves ulleres.

—Té vostè la meva paraula, senyor Torres.

—Segui, jove —va dir, assenyalant una de les butaques que tenia davant seu.

—Puc retirar-me ja? —vaig sentir que deia la Maria en veu baixa.

—Deixa la clau del portal al rebedor —va contestar la Carla.

—Au, va! Si més no serveix-li alguna de beure al senyor Pons —va fer el seu pare.

—Què prendràs, Víctor? —em va demanar.

Em vaig quedar clavat. Acabava de tutejar-me i m'havia cridat pel meu nom de pila.

—Prendré el mateix que tu —vaig reaccionar.

Es va tombar i es va dirigir cap a una taula on hi havia copes, vasos i ampolles. La vaig veure escollir una ampolla de conyac i abocar-hi dues copes. Les va servir amb molt d'estil. Després va prendre'n una a cada mà, va tornar, me'n va oferir una, va remoure l'altra, en va beure un glop i la hi va entregar al seu pare mentre s'asseia al braç de la butaca i passava el seu braç per damunt de la seva espatlla.

—Per un moment he cregut que anava de debò, això de prendre't una copa de conyac —va dir el senyor Torres.

—Ja saps que amb un glop en tinc prou.

Durant una bona estona vam estar xerrant. Ell estava llegint "Els tres mosqueters" d'Alexandre Dumas. Era el tercer cop que llegia aquella novel·la, em va informar. Vam discutir sobre aquesta obra, que jo també havia llegit, i vam riure en recordar algunes de les aventures relatades pel gran escriptor gal. De tant en tant mirava la Carla, que somreia divertida.

—És molt tard —va dir el senyor Torres, gairebé una hora després, quan va notar que la seva filla començava a badallar.

—Sento haver-me estès tant —vaig fer.

—Per mi, em quedaria tota la nit. No és freqüent trobar algú amb qui poder parlar de bona literatura.

—T'acompanyaré per obrir-te el portal —em va dir la Carla.

—No cal que et molestis. Segur que el sereno encara està vigilant l'automòbil.

—Ha vingut en automòbil? —va fer el senyor Torres—. De quina marca?

—Un Hispano Suiza.

—Oh! Diuen que és d'una elegància exquisida.

—Ho és —vaig afirmar amb convicció.

—El té aparcat aquí al davant?

—Just davant del portal.

Albert Salvadó

El senyor Torres es va aixecar entusiasmat i es va dirigir al balcó.

—Perquè vaig en bata i no puc baixar, però sóc un apassionat del progrés —em va explicar—. Diuen que als Estats Units d'Amèrica ja n'hi ha més de mig milió, d'automòbils, circulant per les seves carreteres. I diuen que en un futur cada família en tindrà un. És difícil conduir un d'aquests automòbils?

—S'ha de menester una mica de pràctica. Res més. Mai no ho ha intentat?

Negà amb el cap i va posar els ulls en blanc.

—La meva esposa s'ha quedat ancorada en el temps de les calesses i no suporta els automòbils. Considera que és una moda passatgera. On hi hagi un bon parell de cavalls, que es facin enrere els motors. No sap ni de què parla!

—Papa, és molt tard i el Víctor deu estar cansat. A més a més, el sereno se n'ha atipat, d'esperar, i se n'ha anat.

—Si vol, un dia vinc amb un dels automòbils i sortim a provar-lo —em vaig oferir.

—Jove, li prenc la paraula —em va contestar.

Ens va acompanyar fins al rebedor i em va fer una forta encaixada de mans. Era un bon home, el senyor Torres, ben allunyat dels estirats clients del casino. Semblava mentida que el Bruno fos fill seu.

En arribar al portal, la Carla va obrir la porta. El seu rostre estava il·luminat per la feble llum de l'escala i per la que arribava del fanal del carrer.

—Divendres, dia 15, debuta la Raquel Meyer al teatre Arnau i tinc un amic que pot aconseguir-nos unes bones localitats. Vols venir? —li vaig preguntar.

—A casa tenim telèfon. El número és el 5423. Truca'm demà. Avui ja és molt tard i tinc mal de cap.

—Ha estat una vetllada molt agradable —li vaig dir.

UNA VIDA EN JOC

Va somriure, es va dur dos dits als llavis, els va besar i després va fregar amb ells la meva galta.

Ni el petó de l'esposa de l'enginyer a la terrassa del casino ni totes les nits que havia passat al llit de la Manuela, inclosa aquella en què em va posar a parir, ni totes les aventures del món! Aquella carícia va ser moltíssim més! Per un instant vaig tornar als millors temps de la meva infantesa, als records més tendres, a les converses amb el meu pare, a les carícies de la meva mare, a les passejades per la platja, a les meves excursions pel bosc i als confins de l'univers. Aquella dona em tornava boig, però no vaig fer el més petit gest per anar més enllà. Tenia sobre mi un poder inaudit.

—Quan estimes, el món s'atura. Quan sents entre els teus braços la dona que ha de ser teva per tota l'eternitat, l'univers esclata. No hi ha major força que la de la passió. Comprens? —em deia el meu pare—. Tot home ho sent una vegada a la seva vida. Només una! I mai més. La resta són aventures, que poden resultar increïbles o relacions duradores que poden ser per a tota la vida, però no són el mateix. Les dones haurien de saber això. Comprens? Perquè elles són aquesta dona per a aquest home una vegada a la vida. Només una! I ningú els arrabassarà aquesta glòria. Comprens?

El dia que va pronunciar aquestes paraules mirava cap a la llunyania. Ho recordo molt bé. I va ser una de les poques ocasions en què em va preguntar tres vegades seguides si el comprenia. I en aquell instant, al portal de la casa dels Torres, quan la porta ja es tancava, només en aquell instant, el vaig entendre, perquè quan li havia dit que sí, anys enrere, no sabia ni de què em parlava. Hi ha coses que cal viure-les i sentir-les ben endins per saber de què es tracta.

Vaig veure que aquella porta es tancava i encara vaig esperar uns segons per dirigir-me a l'automòbil, pujar-hi i arrencar. El deixaria al garatge i me n'aniria a casa tranquil·lament. La nit invitava a passejar i jo em sentia content, feliç... Eufòric!

6.- EL BRUNO

—Com va anar ahir?

—El gat va sortir escaldat i es va quedar sense ratolí i el ratolí va ser molt més llest i es va cruspir el formatge —em va dir el Néstor.

—A veure, a veure. Anem a pams i explica-m'ho tot, però lentament, que això sembla que té molta salsa —vaig fer.

—El baró, el senyor Torres, el *monsieur* de torn i un italià que s'havia sumat a la partida van convenir que deixarien damunt la taula quinze mil pessetes cadascun d'ells i que no podien ficar-hi ni un cèntim més. El joc acabava quan un d'ells ho perdia tot o quan ho decidien de mutu acord. I no es podien deixar diners. Aquesta va ser la norma que va proposar el francès, que no tenia un pèl de ximple i que havia decidit posar un límit i assegurar-se que no jugava contra trenta mil pessetes.

—Quinze mil cadascú? —vaig fer, i vaig xiular.

—Tal com sona! Damunt d'aquella la taula hi havia seixanta mil pessetes —va dir el Néstor, xiulant i assentint nombroses vegades—. Van començar a jugar al pòquer descobert i el francès va guanyar una mica i després va perdre. L'italià anava aguantant. Una hora després, el francès va proposar abandonar el pòquer i jugar al set i mig, al·legant que no li agradava la forma de barallar de *monsieur* Boudineau. El baró i el senyor Torres van rondinar una mica, però finalment van acceptar. Van aixecar la carta més alta i li va tocar ser banca al senyor Torres. El francès va continuar perdent fins que va tenir una ratxa de sort i es va fer amb la banca. A partir d'aquest instant, tot va canviar i en un parell d'hores més va deixar sec al baró i gairebé sec al senyor Torres. L'italià es va retirar content, amb uns petits beneficis.

—I *monsieur* Boudineau, què va dir quan el francès el va fer fora de la partida?

—El francès no tenia pèls a la llengua, però *monsieur* Boudineau és molt hàbil. No va encetar cap discussió, sinó que simplement va somriure i es va retirar amb elegància, encara que se'l veia tocat. En acabar la partida, em va ordenar que l'acompanyés fins a casa seva i durant tot el viatge no va badar boca per a res —em va explicar el Néstor.

—No és fàcil empassar-te l'orgull.

—Tampoc és fàcil sentir-te caçat —va replicar.

—Què insinues?

—El francès era un mestre manegant-se amb el mall de cartes. El vaig estar observant i semblava ximple, però no ho era pas. Movia els dits amb una finor... Mare meva! —va exclamar—. Mai no havia vist res semblat. I em temo que va començar a fer-ho quan va descobrir que els altres li estaven passant la mà pel llom.

—*Monsieur* Boudineau? —vaig preguntar, alçant una cella.

—Jo no el vaig veure fer cap cosa estranya, però la mirada que li va dirigir el francès i la forma com va reaccionar... —va respondre i va deixar caure el cap a un cantó mentre arrufava els llavis—. Segons he pogut saber, en un altre temps *monsieur* Boudineau va treballar de *crupier*. L'altre dia l'hi vaig sentir comentar al Jean Louis.

—Caram, caram... —vaig murmurar. Ara ja no em sorprenien tant les seves habilitats amb les cartes.

Poc després em vaig trobar amb Boudineau i amb el Jean Louis. El secretari actuava com si res no hagués passat, va acabar de donar les seves instruccions i va venir cap a mi.

—Què tal? Com va tot? —em va demanar.

—De moment hi ha calma —vaig respondre.

—Les meves fonts d'informació diuen una altra cosa —va replicar—. Apunten que la guerra al Marroc serà motiu d'una vaga general a tot Espanya.

—No tindrà èxit. La UGT i la CNT no es posen d'acord i hi ha una bona colla d'obrers que no ho veuen gens clar —vaig gosar vaticinar, gràcies a la informació que havia rebut dels meus contactes—. De totes maneres, aquí podem estar tranquils. El casino es troba apartat i els hostes poden estar segurs a l'hotel.

—Si apareixen piquets a la porta, ens quedarem sols —va dir molt seriós.

—Si hi ha vaga general, ni els tramvies ni les calesses circularan. Ningú no pujarà a peu per plantar-se davant d'un parc d'atraccions. Barcelona és molt gran i els piquets tenen prou espai per organitzar els seus actes de demostració de cara a la galeria, per tal que la premsa en prengui bona nota —vaig replicar amb seguretat.

Abans de pujar a La Rabassada havia anat a veure a un dels meus informadors, que m'havia dit que ningú no veia clara aquella vaga. Ni els de la CNT ni els de la UGT ni els partits ni el mateix Govern Civil. Se n'havia parlat massa i les forces de l'ordre ja estaven sobre avís. Bona part dels patrons ja s'havien treballat els obrers i la situació no pintava bé. S'entén que no pintava bé amb vista a fer una vaga.

—Encara sort que el director és previsor i ja ha ordenat fer magatzem de queviures i omplir els cellers.

Vaig somriure. L'Estragué era molt llest. Actuava abans que li ho demanessin i ho feia amb sigil, però procurant que qui havia d'assabentar-se'n no se'n perdés ni un detall. Bé! I si es produïa una vaga general, què podia fer-hi jo? Potser algú pensava que era l'encarregat d'evitar les vagues a Barcelona?

—És una bona mesura —li vaig contestar—. Esperem que els meus informadors no s'hagin equivocat.

—Sí —va fer i es va quedar uns moments en silenci—. El que s'hi va quedar ahir..., em refereixo al vespre, a la partida... Juanes... Oi que es diu així?

—El Néstor Juanes —li vaig recordar.

—Això mateix. Doncs no... no és el més adient per a aquests casos.

—Per què? Va haver-hi algun problema?

—No, no! Només que no dóna la talla per a situacions com la d'ahir. Els clients eren de molta rellevància i ell desentonava una mica. Es deixa veure massa. M'estimaria més que una altra nit s'hi quedés un altre. No sé... el que s'hi va quedar el primer dia, per exemple.

—El Pere Nieto?

—Aquest! —va fer, assenyalant-me amb el dit—. És més discret, vesteix millor, no és tan expressiu i es fa notar menys.

—Parlaré amb ell. Però, tingui en compte que, si es fa càrrec de totes les vetllades, caldrà pagar-li un extra.

—No hi ha problema. No faci cap comentari a l'altre. Ja m'entén. Pacti-ho vostè mateix i prengui diners de la seva caixa particular —em va dir en un to que mirava de treure importància al tema, i es va allunyar.

Això era la mala llet que li quedava de la nit anterior, per més que pretengués dissimular. El Néstor devia d'haver fet algun gest que no havia passat per alt a Boudineau. Bé! Si se sentia més còmode amb el Pere, no costava res complaure'l, encara que jo confiava més en el Néstor. Només en un aspecte tenia raó Boudineau: el Pere era molt més discret i menys expressiu. Mai no m'hauria relatat el que havia succeït la nit anterior amb tant de detall. Simplement hauria dit que el francès havia guanyat, que l'italià havia quedat a la par i que els altres havien perdut. Possiblement, si jo no li ho hagués preguntat, ni tan sols hauria esmentat l'incident amb Boudineau.

A mitja tarda vaig trucar la Carla per telèfon. No hi era, em va informar la Maria, la donzella. La podia trobar a l'hora de sopar, pels volts de les vuit. Em vaig passar tota la tarda pensant en ella i comptant les hores, els minuts i els segons fins que va ser l'hora.

—El papa diu que no és prudent sortir de nit, tal com estan les coses —em va dir, quan per fi vaig aconseguir parlar amb ella.

—T'acompanyarà un expert en matèria de seguretat —li vaig contestar.

—Tot i així...

—Taxi de porta a porta i tornada. El teu pare no s'ha d'amoïnar per res. Responc de la teva seguretat amb la meva vida.

—Amb la teva vida, fins i tot? —la vaig sentir exclamar, sorpresa per la frase.

—Amb tota la meva vida —vaig repetir, contundent.

—Sent així...

—Passaré a recollir-te a les set. Buscaré un restaurant per a l'ocasió.

Quan vaig penjar em sentia a la glòria. Sortiria amb ella i aquesta vegada no seria només per acompanyar-la a casa, com un xofer, sinó que soparíem plegats, aniríem al teatre i passejaríem per Barcelona.

L'endemà, dimarts, es va declarar l'estat de setge a Bilbao. Feia la impressió que la guerra del Marroc hagués saltat l'estret per envair la península. Boudineau m'esperava a prop del guarda-roba i per la cara que feia em vaig olorar la torrada. Segurament em demanaria que muntès guàrdia les vint-i-quatre hores del dia per tal d'evitar que algú assaltés el casino o que un boig llencés una bomba o incendiés l'hotel. Els que tenen diners s'espanten de seguida, però el meu interès, en aquell moment, es trobava ben lluny, al carrer Còrsega i en el divendres dia 15.

—No he rebut cap notícia, però tornaré a posar-me en contacte amb els meus informadors —li vaig dir.

Vaig abandonar el casino i en aquesta ocasió em vaig dirigir al Poble Sec, al bar La Graella, que freqüentava el Tronxo, el meu amic de joventut convertit en un dels capitostos de la UGT. Necessitava confirmar que la meva informació era bona i esperava que seguís amb els seus costums, encara que feia temps que no el veia, però el de la barra em va dir que continuava sent un bon parroquià.

Sortosament no vaig haver d'esperar gaire per veure'l arribar. Seguia tan gros com sempre, amb la seva cara somrient, la gorra, la jaqueta i la seva eterna camisa de quadres.

—Cony, Víctor! —va exclamar en veure'm—. M'havien dit que t'anava força bé i veig que vesteixes com un dandi. Què hi fas, aquí? T'has perdut?

—Gairebé —li vaig contestar, mentre rebia la seva abraçada—. De temps en temps m'agrada tornar a veure els meus amics.

—¿De temps en temps? —va fer i va deixar anar una riallada—. Quant fa que no ens veiem? Dos o tres anys?

—Sí, per aquí va la cosa, però tu no perds la panxa encara que et matin —vaig respondre i li vaig fer un cop a aquell timbal que tremolava cada cop que reia.

—Això s'ha de celebrar! —va fer, i em va agafar per les espatlles—. Paco, posa'ns un parell de vins! —va cridar—. Què siguin del negre, eh! —va afegir.

Primer en van ser un parell, de gots, després altres dos i vam acabar amb gairebé tota l'ampolla mentre recordàvem els vells temps i els antics amics, alguns ja difunts, altres casats i un parell a la presó. Un per motius polítics i l'altre per tenir les mans massa ràpides.

—Això de la vaga va de debò? —li vaig preguntar quan el vaig veure d'allò més animat.

—Què més voldria! —va fer, i va abaixar la veu—. La meitat dels meus veïns diuen que no hi aniran, que ja no poden aguantar més i que necessiten mantenir els seus fills. Saps que els cabrons dels amos ja han començat a assenyalar els que se aniran al carrer si hi ha vaga? I saps a qui han assenyalat? Als més febles, als submisos, als cagats. Comprens la jugada? Després del desastre de la Setmana Tràgica, hi ha molts que tenen por i els amos ho saben.

—O sigui que pot fracassar... —vaig suggerir.

—Si de mi en depengués, et juro que me'ls menjava tots plegats, amb patates, però això pinta molt malament.

—Bilbao...

—Els de Bilbao s'han equivocat, home! —em va tallar, gairebé cridant, i va fer un gest amb la mà espantant una mosca imaginària—. S'han llençat al carrer sense encomanar-se ni a Déu ni al diable i ara volen estendre la vaga a tot Espanya. Aquestes coses cal preparar-les amb temps, en silenci, no com aquests idiotes que s'han cregut que... —va tallar la frase i va aixecar la mà per colpejar algú, també imaginari. Potser a tots els responsables de la vaga de Bilbao.

Vam continuar xerrant i bevent fins que ens vam cansar i ens vam acomiadar a la porta del bar. Resultava evident que només un miracle aconseguiria unir totes aquelles forces escampades i convertir-les en una d'única per a què la vaga produís efecte. De manera que les meves informacions s'ajustaven molt bé a la realitat.

—La vaga serà un fracàs absolut —vaig dir a Boudineau, aquella mateixa nit.

—Esperem que no s'equivoqui —em va respondre, molt seriós.

Divendres dia 15, tal com ja havia anunciat, no vaig anar a treballar. De tant en tant em toca una jornada de descans. Vaig ser a casa, vaig prendre un bon bany, vaig endreçar el menjador, vaig fer el llit... En fi! Que mai no se sap com pot acabar una vetllada. Si més no, els homes no ho sabem mai. Per contra, les dones sempre saben el que succeirà. I és clar que sí! Elles són les que deixen anar amarres, fixen el rumb i maneguen el timó. En aquest tema nosaltres som simples mariners, per més que ens imaginem que som algú.

A les set en punt el taxi es va aturar davant del portal de casa dels senyors Torres i jo vaig fer un bot fins a la vorera.

—Esperi'm aquí —vaig ordenar.

La portera de la casa em va mirar de fit a fit i em va donar la seva aprovació, perquè no em va aturar ni em va demanar on anava. El vestit fosc i la corbata segurament li havien semblat prou adients.

Vaig pujar l'escala i vaig trucar a la porta. La Maria va trigar una mica en obrir i quan ho va fer em va conduir fins a la sala que ja coneixia, on hi havia una dona d'uns cinquanta anys, elegant, que em va mirar distant. La mare, vaig suposar immediatament.

—Vostè és el senyor Víctor Pons? —va fer.

—Sí, senyora Torres —vaig assentir i li vaig dedicar una petita reverència amb el cap.

—Acosti's, jove —em va ordenar—. Vull veure-li bé la cara.

Vaig obeir sense piular i em vaig sotmetre a la tortura de la seva mirada inquisidora. No vaig tenir altre remei que somriure i aguantar el tipus.

—Duu alguna arma? —em va preguntar, de sobte.

Em vaig quedar mut. A què treia cap aquella pregunta?

—Per la meva professió posseeixo permís d'armes —vaig respondre, quan em vaig refer de la sorpresa.

—Però, en porta alguna?

—Sí, senyora.

—Mostri-me-la.

Vaig dubtar durant uns segons. La treia i li l'ensenyava? No, millor no. Així que em vaig obrir lleugerament l'americana i vaig deixar que li fes una ullada a la culata de la semiautomàtica. L'única cosa que volia era comprovar que el que jo li deia era cert.

—Sap usar-la? —va seguir amb el seu interrogatori.

—Com ja li he dit, tinc permís d'armes. I això inclou saber com va.

—L'ha fet anar alguna vegada?

Sant Déu! Allò era pitjor que un tercer grau de la guàrdia civil. Què podia respondre-li? Perquè la següent pregunta seria: Contra qui? I, a partir d'aquí, em temia que en volgués més detalls.

—Mama! —vaig sentir exclamar la veu de la Carla—. Com se t'acut preguntar aquestes coses?

—En el temps que corren cal saber amb qui vas —va respondre la senyora Torres.

—Víctor és director de seguretat —va replicar la Carla.

Ja era la segona ocasió que em presentava com a director de seguretat. Cada cop em resultava més evident que el títol de director era agradable a les oïdes de la gent de cert nivell. Hauria de pensar en això més detingudament.

—Si és així... —va respondre la mare.

—Però si t'ho he dit, mama!

—Sí, però val més assegurar-se'n —va replicar, i llavors em va mirar—. No creu vostè, jove?

Pobra dona, vaig pensar. Però m'havia demanat ajuda i no podia deixar-la a l'estacada.

—Per descomptat, senyora —vaig respondre—. Avui en dia hi ha molta gent desaprensiva per aquests móns de Déu.

—Ho veus?

—Sí, mama —va fer la Carla amb resignació—. Marxem? —em va preguntar.

—Quan vulguis —li vaig respondre, i ella es va dirigir a la seva mare i la va fer un petó a la galta.

—No vull que tornis gaire tard —va dir la senyora Torres.

—Quan acabi el teatre la portaré directament a casa —vaig intervenir-hi, li vaig dedicar una altra reverència amb el cap i em vaig acostar a ella, que va estendre la mà—. Ha estat un gran plaer, senyora Torres —i la hi vaig besar, la mà.

—Tingui molta cura d'ella, i si ha de fer anar això... —va assenyalar la meva aixella amb el dit—. Faci-ho.

—No crec que sigui necessari, però si arriba el cas no dubtaré de fer-ho. Responc d'ella amb la meva vida —vaig dir per segona vegada en uns dies.

—És el que s'espera d'un cavaller.

En arribar a la porta del pis ens va atrapar la donzella.

—La senyora Marta pregunta si soparà fora o si li preparo alguna cosa per a quan torni —va dir dirigint-se a la Carla.

—Soparé fora —va contestar ella.

—Una dona increïble, la teva mare —li vaig dir quan estàvem asseguts al restaurant La Pineda, al carrer Ferran, que estava ple com un ou. Encara sort que se m'havia acudit reservar taula.

—De vegades es posa una mica pesada —em va contestar.

—És lògic que es preocupi per la seva filla.

—Més li valdria preocupar-se pel seu fill —va replicar i es va quedar mirant cap a la porta.

Vaig seguir la direcció de la seva mirada i em vaig trobar amb el Bruno, que arribava acompanyat d'una dona molt atractiva que vestia amb un certa desimboltura i reia les seves idees. El germà de la Carla ens va veure, va aixecar la mà i, fent cas omís del *maître* que li comunicava que el restaurant estava ple i que no podia proporcionar-li taula, va agafar la seva acompanyant pel braç i va venir directe cap a nosaltres.

—Hola, germaneta! —va fer amb veu alta perquè el cambrer que venia a buscar-lo seguint les indicacions del *maître* s'aturés—. Què tal, senyor Pons? —em va saludar a mi, i després va mirar el cambrer—. Ens asseurem aquí.

—Estem sopant —va dir la Carla.

—Ja ho he vist —va somriure el Bruno i em va mirar—. Però al Víctor segur que no li importa que us fem companyia —va esperar un instant, per veure la meva reacció.

Ostres! Acabava de deixar de ser el senyor Pons per convertir-me en el Víctor. Vaig interrogar la Carla amb la mirada. El missatge era molt clar: si l'he de fer fora, no m'hi estaré.

—El compte el pago jo i no regatejaré amb el vi —va dir el Bruno.

—Duus un vestit preciós —va comentar la dona que l'acompanyava.

—Serà millor que s'asseguin o el Bruno acabarà fent un espectacle —va dir la Carla, amb resignació, mirant el *maître* que s'havia situat al seu costat—. Víctor, et presento la Susa.

—Vostès manen, senyors —va acceptar el pobre home, també resignat, i va fer un gest amb els dits perquè el cambrer posés dos coberts més a la taula i cerqués un parell de cadires.

La Susa es va seure de seguida, mentre que el Bruno es dirigia a saludar un parell d'amics que havia vist al fons del menjador.

—Quan acabem de sopar anem a veure la Raquel Meyer —va dir l'amiga del Bruno.

—Quina casualitat! Nosaltres també hi anem —va exclamar la Carla, i no precisament amb alegria.

—Diuen que està divina...

I es van posar a parlar i a parlar mentre jo em concentrava en la sopa de peix i escoltava en silenci, fins que va arribar el Bruno i tot va canviar. A partir d'aquell moment tots ens vam dedicar a escoltar el que ell desitjava explicar. El més divertit va ser que, malgrat dir-me pel nom de pila, va seguir tractant-me de vostè. Havia de quedar clar que jo no era de la seva classe.

En fi! Un sopar deliciós, com per no oblidar-lo. I la resta, fins a arribar al teatre Arnau, encara va ser millor.

El Bruno va fer cridar un taxi, que ens esperava a la porta de restaurant. Vam sortir i ell es va afanyar per obrir la portella del darrere perquè entressin les dames.

—Aquí al darrere no hi cabem els quatre —em va dir—. Amic Víctor, li ha tocat sacrificar-se i anar al costat del conductor.

Va entrar i va tancar la portella.

Vaig respirar fondo i vaig ocupar el meu lloc. M'hauria agradat d'allò més trencar-li aquella cara de nen estúpid. Durant tot el trajecte el vaig sentir parlar i parlar i a la Susa riure i riure. No podia participar de la conversa perquè el taxi era dels que portava un vidre de separació.

En arribar a la porta del teatre, el Bruno va fer un bot i va ajudar la Susa a baixar per dirigir-se ràpidament a l'entrada. El missatge era clar: Nen, paga el taxi! Vaig pagar i llavors em vaig adonar que la Carla encara no havia baixat. Vaig allargar la mà cap a l'interior del taxi. Ella me la va prendre i, alhora que s'aixecava del seient, em va estirar perquè hi entrés el cap i em va fer un petó a la galta.

—Ets un encant —em va dir, mentre es retirava, m'observava, treia el mocador que jo portava a la butxaca superior de l'americana, em netejava el carmí que havia quedat a la meva galta i tornava a posar-lo al seu lloc.

Tot en només uns segons, amb una elegància exquisida i un somriure que il·luminava la seva cara. Novament se'm va accelerar el pols. Perquè la vorera estava abarrotada de gent i el taxista no deixava de mirar-nos, que si no...

Sort que la Susa i el Bruno tenien localitats ben allunyades de les nostres i en un lateral, mentre que les que jo havia aconseguit eren al centre de la sala i no ens vam perdre detall de l'extraordinari debut de la Meyer. Bé! Jo sí que me'n vaig perdre molts, de detalls, perquè no deixava d'observar la Carla: aquell perfil, aquell nas i aquells llavis. Em vaig passar tot el temps imaginant que l'abraçava i la besava.

Quan va acabar l'espectacle vam aplaudir fins que els palmells de les mans ens feien mal. Em vaig sentir de meravella.

Després de dues repeticions es va fer el silenci, el teló va caure definitivament i vam anar sortint lentament, mentre comentaven l'actuació i dedicaven elogis a una dona capaç de fer esclatar un escenari amb el seu poder i la seva gràcia. Jo, per la meva part, pensava que per fi podria estar a soles amb la Carla i que això no tenia preu.

—Em vindria de gust una tassa de cafè —va dir ella, quan vam aconseguir arribar a la porta del teatre.

—A les Rambles? —vaig suggerir.

—Millor a la Plaça de Catalunya.

Els que sortien de la sala s'amuntegaven en la vorera per aconseguir un mitjà de transport. De manera que no seria fàcil, però si caminàvem pel Paral·lel, segur que trobaríem un taxi. A aquella hora molts venien a la zona dels teatres.

—Carla! Mira a qui he trobat —vaig sentir que feia la veu del Bruno.

Maleït siguis! No ens deixaria en pau ni un instant. Em vaig tombar i el vaig veure en companyia del baró von Brütsner i de la seva esposa, que es va acostar i va fer un parell de petons a la Carla.

—Anem a prendre unes copes —va dir l'Adelaida Campillo, la baronessa.

—Em sento molt cansada i m'estimo més anar-me'n a casa —va contestar la Carla.

—I aquest jove, qui és? —va preguntar, mirant-me amb curiositat i després mirant la Carla.

—És el Víctor —va contestar ella.

—No ens hem vist abans?

—És l'encarregat de la seguretat del Casino de La Rabassada —va intervenir el Bruno.

—Director de seguretat, si no t'importa —el va corregir la Carla, mirant-lo amb una certa duresa.

—Perdó. Director —va fer el Bruno, allargant l'última síl·laba i posant els llavis ben rodons mentre feia vibrar la llengua en pronunciar la lletra erra, com si fos en castellà.

Li hauria trencat la cara.

—T'acompanyarem. L'Otto ha portat el Rolls —va dir l'Adelaida.

—No hi cabrem tots. Ja prendrem un taxi —va somriure la Carla.

—Sí, que hi cabem. Condueix l'Otto —va replicar el Bruno.

Sant Déu! Un altre viatge al costat del conductor. Vaig pensar. Però, no. Aquesta vegada em vaig equivocar. El Bruno, l'etern mestre de cerimònies, em va acomodar a la part del darrere, en un petit seient que mirava cap als passatgers, mentre ell s'asseia entre la Susa i l'Adelaida. A la Carla la va situar al seient davanter, al costat del baró. Què fill de puta que ets! Vaig pensar. Però no com el meu pare i com jo, sinó dels de debò!

Va haver-hi un cert instant, quan enfilàvem la Gran Via a prop de la Rambla de Catalunya, que vaig estar a punt de saltar-li al coll i escanyar-lo, quan va començar a fer bromes estúpides sobre la meva persona i el meu càrrec al casino. Va faltar el cantell d'un duro, però el molt desgraciat tenia la immensa habilitat de saber tallar just a temps i canviar de conversa quan detectava que la corda ja estava massa tibant.

Albert Salvadó

Vam arribar a la porta de casa dels senyors Torres i vaig fer gest de baixar i obrir-li la portella a la Carla, però el Bruno em va agafar per la màniga i m'ho va impedir.

—Al baró se li dóna molt bé, això d'obrir la porta a les dones —va dir, somrient—. A més a més, hem acompanyar-lo a vostè fins a casa seva.

El molt cabró desitjava saber on vivia jo o potser, lluny de la Carla, seguir provocant-me fins que perdés els estreps. Sí, segur que li interessava més la segona part que no pas la primera. No obstant això, no se'n sortiria, perquè la Carla va esperar pacientment fins que el baró la va ajudar a baixar i, en comptes de deixar que l'acompanyés fins al portal, es va girar, va obrir la portella del darrere i em va mirar somrient.

—Has promès la mama que respondries de la meva seguretat amb la teva vida i un cavaller, que fa aquesta promesa, acompanya la dona fins al portal i s'assegura que arriba perfectament a casa seva. No creus? —va dir.

—Oh! La mama l'ha obligat a prometre aquesta cursileria? —va fer el Bruno i va esclafir en una sorollosa riallada.

—No m'ha obligat a res. Per a mi ha estat un plaer. I no voldria, per res del món, que m'ho retregués —vaig respondre.

—Un cavaller que promet alguna cosa, ha de mantenir la seva paraula —va dir el baró, dibuixant als seus llavis un mig somriure.

—Sí, però només els cavallers estan obligats a complir la seva paraula —vaig sentir que feia la veu del Bruno a les meves esquenes, mentre reia, i la sang em va pujar al cap.

Vaig ser a punt de girar cua, però la Carla es va penjar del meu braç i em va agafar amb força. El missatge era: no paga la pena. De manera que no em vaig aturar ni vaig tornar enrere ni li vaig trencar la cara.

—L'esperem —va dir el baró.

—No cal. Segur que el Víctor vol saludar el papa —va dir la Carla i jo l'hi vaig agrair infinitament.

Els vaig veure marxar i em vaig quedar més tranquil. Si hagués deixat que m'acompanyessin a casa, aquella història hauria acabat molt malament.

Anava a picar de mans per cridar el sereno, quan la Carla va treure de la bossa de mà la clau del portal i me la va allargar. Vaig obrir i ella va entrar-hi. Vaig treure la clau i també vaig entrar-hi, però ella em va impedir que tanqués.

—Sento que tot hagi anat així —em va dir.

—Em costa entendre l'humor del teu germà —li vaig respondre.

—No és humor. És mala llet i despit. Ahir va tenir una baralla amb el papa, que sempre li recrimina que perd el temps divertint-se i no atén als negocis.

—T'acompanyo i així la teva mare veurà que sóc un home de paraula.

—La meva mare ja fa estona que dorm. Millor ens acomiadem aquí.

—Bé! Ha estat una nit...

—Especial —va acabar la frase ella, rient.

—Per a mi, molt especial —vaig assentir, seriós.

Va deixar de riure i em va mirar als ulls.

—Llavors, el comiat també ha de ser especial —em va dir i es va penjar del meu coll, oferint-me els seus llavis.

7.- AIGÜES BRAVES

Ningú no sap com va arribar tan de pressa, però la notícia va entrar a Barcelona i es va escampar per tota la ciutat, com si fos una riuada. Saragossa s'havia sumat a la vaga general de Bilbao, aquell mateix dissabte 16 de setembre. Vaig arribar al casino i vaig reunir els meus homes. Faríem torns i no deixaríem el casino sol ni un instant. Calia protegir als nostres hostes.

—I el parc d'atraccions? —va preguntar l'Antoni.

—No és feina nostra. Si l'han de tancar uns dies, el tancaran i en pau. Si hi ha vaga general, els tramvies no funcionaran i no hi vindrà ningú. El que interessa de debò és, en primer lloc, el casino i després l'hotel, perquè s'hi allotgen part dels nostres clients. Alguns ben importants. Entesos?

—On ens posem nosaltres? —va preguntar el Pere.

—Dos a la porta del davant. I amb vosaltres que es quedin els conductors dels cotxes. Que pugueu desplaçar-vos ràpidament cap a l'hotel o cap al casino i que sempre en quedi almenys un parell de guàrdia a la porta principal. La llista de torns la trobareu al despatx de dalt. D'acord?

Vaig pujar, vaig confeccionar una llista amb tots els horaris, vaig parlar amb els de l'hotel, perquè reservessin una habitació on els meus homes poguessin descansar i a mitja tarda vaig trucar per telèfon a casa dels senyors Torres per disculpar-me amb la Carla. No podria anar a buscar-la l'endemà, diumenge, al matí, tal com havíem quedat. Ella no hi era i vaig deixar l'encàrrec. Déu! Per què mai no surten les coses com les has planejat?

A la nit, vaig aprofitar uns moments de soledat i vaig tornar a trucar. La Maria em va dir que havia anat a sopar a casa dels seus oncles. Li deixaria l'encàrrec, em va prometre.

L'endemà, diumenge, es respirava un ambient tens, encara que el parc continuava funcionant i els tramvies arribaven regularment. No obstant això, els clients es mostraven un xic neguitosos i s'alteraven per qualsevol cosa. Alguns dels jugadors habituals de Barcelona no es van presentar. Les notícies apuntaven que la gent no sortia de les seves cases passades les set de la tarda i que l'endemà, dilluns, se n'estava preparant una de grossa. Què volien dir amb una de grossa? Què passa? No hi ha ningú capaç de dir les coses pel seu nom? Una de grossa! Com si aquestes dues paraules ho diguessin tot.

—Hi ha reunions al Govern Civil —em va dir Boudineau, que es mostrava molt preocupat.

—Ho tenim tot controlat —vaig mirar de tranquil·litzar-lo.

—Algú del Consell d'Administració ha demanat que ens enviïn soldats, si cal.

—Els soldats a la porta del casino no contribuiran, precisament, a mantenir la calma. Són poc discrets —em vaig queixar.

—S'han demanat policies, però el senyor Manuel Portela, el nostre flamant Governador Civil, ha contestat que el millor que podem fer és tancar el casino, perquè és un problema per a la ciutat —va replicar.

—El senyor Portela no és gaire amic del joc, però d'aquí a negar-nos protecció... No obstant això, l'exèrcit dóna idea d'estat de setge o de guerra.

—Sigui com sigui, cal garantir la seguretat dels nostres clients —va sentenciar—. O ens en sortim nosaltres mateixos o demanem ajuda. Entesos?

El vaig mirar als ulls. Estava espantat. Aquell home no havia viscut cap situació com aquella en tota la seva vida. Jo, per contra, m'havia criat i mogut per barris que ell ni gosaria trepitjar, fins i tot caminava de nit pels molls i en alguna ocasió m'havia vist embolicat en algun sarau en el qual s'havia escapat algun tret. No em preocupava l'aparició de piquets. Parlava el seu mateix llenguatge i ens podíem entendre.

Fins l'endemà no vaig aconseguir localitzar la Carla. Quan per fi la vaig tenir al telèfon, em va comunicar que el seu pare li havia dit que la volia a casa a partir de les set de la tarda.

—Què té de particular aquesta hora? —vaig demanar.

—És quan els obrers tornen a casa seva —va fer ella.

—Les vagues són en hores de treball, no quan tornen a casa —vaig replicar divertit. Es veu d'una hora lluny que la gent de diners no coneix en absolut els costums dels obrers.

—Deixa que passi aquesta situació, que es calmi una mica.

—Entesos. Et trucaré quan s'hagi acabat tot.

UNA VIDA EN JOC

Dos dies més tard va arribar la notícia que el govern de Madrid havia suspès les garanties constitucionals en tot el territori nacional. Al mateix temps va aparèixer la notícia que l'*Olimpie*, el més gran dels transatlàntics que existia, en abandonar el port de Southampton per dirigir-se a Nova York, havia xocat contra un creuer de l'armada reial britànica, el *Hamke*, i a punt havia estat de produir-se una tragèdia de dimensions colossals. Hi viatjaven més de dues mil persones.

L'endemà, dia 21, em vaig vestir amb discreció, amb un vestit vell i gorra, i em vaig dirigir a La Graella per mirar de parlar amb el Tronxo. Vaig haver d'esperar gairebé dues hores per, finalment, veure'l entrar suant, gairebé corrent.

—Què t'arriba? —li va preguntar el Paco, el de barra.

—Posa'm un vas de vi —va dir ell—. Que sigui negre, Eh!

—Per fi veuré com rebaixes aquesta panxa —vaig dir quan m'acostava.

—Cony! No et veig mai i en ben pocs dies dues vegades —va exclamar—. Has deixat el casino o estàs de vaga?

—Sembla que tens problemes —vaig fer sense contestar a la seva pregunta.

—Que són idiotes, home! —va cridar, alçant les mans en senyal de desesperació—. Els he dit que la cagaran, que es trobaran més sols que la una i que ens estan esperant, i no se n'adonen.

—Quanta gent hi anirà, a la vaga?

—Quatre desgraciats! —va fer—. Si és que són idiotes. Demà no passarà res.

—Estàs segur?

—Ostres! Tan segur com que em dic Cisquet Barroso.

—Llavors, per què has entrat tot corrent?

—Perquè ens estan buscant a tots plegats i no me'n puc anar a casa. Ja han caigut uns quants i abans que arribi el matí hi haurà uns quants més a la garjola. Jo em prenc aquest vi i ja m'heu vist prou, fins diumenge que ve. Com vols que hi hagi vaga si els principals estan tancats? I no els deixaran anar fins que els vingui de gust. Que són idiotes! Que no hi ha garanties constitucionals! Mira que els ho he dit, Eh!

Es va beure el vas d'un sol glop, va pagar i va desaparèixer. Vaig esperar una mica. No convenia que em veiessin amb ell. Vaig sortir al carrer, que estava desert, i poc després van aparèixer dos policies i em van demanar la documentació. Em vaig identificar com a detectiu privat, em van saludar i em van deixar tranquil.

Vaig tornar al casino i em vaig trobar amb el Jean Louis, que procurava aparentar una calma inexistent.

—Diuen que serà demà —em va informar—. La vaga general a tot Espanya.

—La vaga fracassarà —vaig dir.

—Com ho sap?

—Els principals capitostos ja són al calabós i la major part dels obrers no s'hi apuntarà.

—Déu l'escolti! —va fer.

—No és Ell, qui ha d'escoltar-nos —vaig replicar.

El dia 22 es despertà serè, excepció feta d'un parell o tres de núvols que creuaven el cel. Em vaig llevar d'hora i vaig baixar al carrer. Era un divendres, com qualsevol altre i la gent anava al treball. Vaig veure que obrien els comerços i que tot semblava normal. Vaig agafar el tramvia i em vaig dirigir a l'avinguda de la República Argentina, davant del Saló Craywinckel, des d'on arrencava la línia que em portava fins a la porta del casino. Els carrers no presentaven cap aspecte diferent del de qualsevol divendres de qualsevol setmana.

Vaig agafar el tramvia i vaig intercanviar un parell de frases amb el conductor, que em coneixia d'haver-me vist molts dies prendre'l i fer el mateix trajecte. Tot seguia normal.

—Sembla que tot està molt tranquil —vaig comentar.

—Sí, això sembla —em va contestar.

Vam pujar sense veure res fora de lloc i vaig arribar a la porta principal, on muntaven guàrdia el Marià Calvo i el Josep Costes acompanyats per dos dels conductors dels automòbils.

—Com va tot? —vaig preguntar.

—De moment no passa res —em va contestar el Marià —. L'Antoni és dins, al costat del guarda-roba, i el Pere ha anat a l'hotel.

—Bé! Seré per aquí, movent-me. Aviseu-me si passa alguna cosa. Entesos?

Vaig entrar. No hi havia massa gent, però també era molt d'hora per a això. En creuar la galeria vaig mirar pel finestral per observar el parc d'atraccions. Les vagonetes de la muntanya russa baixaven a una velocitat que feia cridar els seus ocupants, igual que les del Water Chute. Tampoc no hi havia molts visitants, però continuaven arribant, encara que amb timidesa.

Cap al migdia ens va arribar la notícia. La vaga havia estat un rotund fracàs. A tot Espanya! Vaig respirar alleugerit.

A primera hora de la tarda em vaig trobar amb Boudineau, que va venir a saludar-me.

—El felicito. Els seus canals d'informació són extraordinaris —em va dir—. El Jean Louis ja m'ha explicat que vostè li ha dit que no es produiria la vaga.

—És normal. El govern de Madrid ja havia pres cartes a l'afer i la clausura dels locals obrers, més la prohibició de la CNT, més la suspensió de les garanties constitucionals han fet reflexionar a més d'un. No obstant això, seguirem als nostres llocs fins que tinguem la seguretat absoluta que no succeirà res.

—Ha fet vostè un gran treball —em va felicitar novament.

—Per a això se'm paga —li vaig contestar. Mai no s'ha de menysprear cap oportunitat de deixar molt clar que vals, si més no, el que et paguen.

El dia 23, dissabte, va aparèixer a la premsa la notícia del fracàs de la mobilització general a tota Espanya, el dia 24, diumenge, va ser el tema de conversa a tots els bars i totes les tavernes de la ciutat, el 25, dilluns, ja havien minvat molt els comentaris i el 26, dimarts, la notícia quedava substituïda per una altra de major calibre: a la base naval de Toló, a bord d'un cuirassat anomenat *Liberté*, s'havia produït una terrible explosió al celler on guardaven la munició, que havia enfonsat el vaixell produint la mort a més de cent cinquanta soldats i deixant més de quaranta ferits greus. Una tragèdia com no havíem vist una altra d'igual. Semblava que el mar estava remogut i que les aigües baixaven braves, perquè encara estava calenta la col·lisió entre l'*Olimpie* i el creuer *Hamke*.

No obstant això, entre tragèdia i tragèdia, resultava clar que havíem posat el punt i final a una vaga que va quedar en intent.

El millor de treballar en un lloc com el casino és que et permet estar al cas de la situació mundial. Amb el Gordo l'única cosa que importava era saber el que succeïa al port i qui planejava què. La resta formava part d'una altra galàxia. En canvi, el cercle d'estrangers i les sales petites eren llocs d'informació i de discussió, a més de l'hotel, el hall del qual també esdevenia lloc de reunió. Allà es comentava, per exemple, que la situació a Trípoli, amb la guerra entre els turcs i els italians, tenia una repercussió directa en certs valors de la borsa i en la possibilitat de rendibilitzar certs negocis. Per aquesta raó totes les grans fortunes vivien tan pendents de les notícies, perquè allà sí que si jugaven de debò els diners.

Per aquell hotel havien passat personatges de molta rellevància. Suposo que, en part, atrets per la publicitat que parlava d'una situació privilegiada, amb un entorn de pins, sa i plàcid, sense rival a tot Europa. I fins aquí venien matrimonis que buscaven uns dies de descans i que, mentre elles prenien les aigües que es presentaven com litioso-cabono-magnesiades, passejaven pels jardins botànics plens de plantes procedents d'arreu del món o es delectaven escoltant l'orquestra Tziganes, dirigida pel mestre Frank Bertrand, ells es deixaven caure pel casino i xerraven amb els altres homes o jugaven una estona. Tot sota un aspecte idíl·lic en què no semblaven existir els nombrosos conflictes que ocupaven les pàgines dels diaris.

Entre els hostes de l'hotel hi havia un rus, anomenat Nikolai Brogoniev, que també era client del casino, que una tarda va fer les maletes i va marxar esperitat, sense acomiadar-se de ningú. En veure'l partir amb tanta pressa se'm va acudir preguntar i l'Estragué em va explicar que Brogoniev havia rebut un dur cop al lloc que més mal li feia, la cartera, perquè tenia forts interessos a Líbia i la guerra que acaba d'esclatar entre italians i turcs per causa de l'ocupació de Trípoli posava en perill bona part de la seva fortuna. I és així com vaig començar a interessar-me molt més per l'univers de l'economia. Però ara ja no era per poder seguir les converses del Bruno i dels seus amics, de les que em veia exclòs, sinó amb la intenció d'invertir els meus pocs estalvis i convertir-los en una fortuna.

«A río revuelto, ganancia de pescadores», havia sentit dir ala meva mare moltes vegades. Era una de les poques dites que sempre pronunciava en castellà.

En això estàvem d'acord, però el problema és saber on llençar les xarxes o la canya. En el meu cas canya, més que no pas xarxes. I no podia preguntar a ningú del casino, evidentment. De manera que hi vaig estar donant tombs i més tombs i només vaig trobar un nom que em semblava segur. El senyor Torres, el pare de la Carla. I també seria una bona ocasió per veure-la i quedar amb ella. La situació s'havia calmat bastant.

—Voldria parlar amb el senyor Torres, si us plau.

—No es retiri —em va respondre la veu de la Maria, que ni tan sols havia preguntat qui trucava. Prou que coneixia la meva veu.

Poc després sentia la veu del pare de la Carla, clara i forta.

—Disculpi'm que el molesti, però necessito un consell.

—De quina mena? —em va demanar.

—Financer. Tinc alguns diners. No és que en siguin gaires, però m'agradaria invertir-los correctament.

—Molt bé jove! —va fer—. És una sàvia decisió. En què puc ajudar-lo?

—No conec ningú i he pensat que potser vostè...

—Vingui'm a veure demà al vespre.

Vaig penjar. Esperava que li comentés la meva trucada a la seva filla i que ella hi fos.

L'endemà la donzella em va agafar el barret i em va fer passar a la sala, on ja m'esperava el senyor Torres. Ens vam seure, vam xerrar una estona, vam comentar la situació i vam recordar els moments de tensió que havia viscut la ciutat. Ell tenia interessos en el món de la construcció i una vaga podia resultar nefasta. Finalment em va donar un full de paper doblegat.

—Al banc Hispanocolonial, on hi tinc bons amics, li obriran un compte i l'assessoraran sobre la millor manera d'invertir els seus diners —em va dir—. Aquí té l'adreça i el nom de la persona amb qui ha de parlar.

—Ja li vaig advertir que no són gaires diners.

—Potser es pensa que la meva família sempre ha tingut posició? El meu avi va arribar a Barcelona amb quatre pessetes, però tenia empenta i il·lusió. La fortuna és per a qui sap buscar-la.

—Saber, no sé si en sabré, però, de ganes, no me'n falten —li vaig dir—. I no tinc cap intenció d'acabar els meus dies sent el responsable de la seguretat d'un casino.

No havia gosat a fer servir el títol de director. La Carla sempre em presentava així, però jo sabia que no era cert.

—Fa molt bé. Un casino no és el lloc més adient, si desitja fundar una família.

Em vaig ficar el paper a la butxaca i vam continuar parlant durant uns minuts més, fins que em vaig disculpar perquè havia de complir amb les meves obligacions.

—Li agraeixo molt la seva ajuda —li vaig dir quan em va oferir la mà per acomiadar-se.

—Ja sap on sóc. Si necessita alguna cosa més, no dubti a demanar-m'ho —em va contestar, i va fer sonar la campaneta.

A l'instant es va presentar la Maria.

—Acompanyi el senyor —va ordenar.

Vaig seguir la noia fins al rebedor i vaig agafar el barret que ella havia deixat a la perxa.

—T'ha tractat bé el meu pare? —vaig escoltar que feia la veu de la Carla—. Potser millor que jo?

La donzella ens va mirar i va desaparèixer discretament, deixant-nos sols.

—Vaig dir que quan tot s'hagués calmat, et trucaria, però no he pogut resistir més i m'he empescat una excusa per venir-hi. Encara sort que has aparegut, perquè me n'anava amb el cor encongit i ple de tristesa.

—Oh! —va exclamar—. I per què no has demanat per mi?

—No gosava fer-ho. Em feia por pensar que no hi eres i no volia que el teu pare s'adonés del meu interès per tu, que és molt més del que ningú pot imaginar.

—Tant?

—Durant el dia he de fer vertaders esforços per apartar la teva imatge i no ho aconsegueixo. Ara que et tinc al davant, he de dir-te que he pensat que podríem triar un restaurant que no conegui el teu germà, perquè necessito sentir la teva veu —li vaig dir.

Va somriure com mai no li havia vist fer. La meva sinceritat l'havia sorprès molt gratament. I fins i tot juraria que l'havia commogut. No m'estranya, perquè hi havia posat tota la meva ànima en cada paraula. Va obrir la porta, lentament, i es va apartar per deixar-me sortir, encara que jo poques ganes tenia de fer-ho.

—Avui no puc, però dissabte aniré al casino i no em quedaré gaire estona —em va dir, posant la seva mà damunt del meu pit i tallant el meu ímpetu per besar-la, mentre m'empenyia cap enfora.

—Reservaré taula per aleshores.

—L'únic restaurant que no coneix el Bruno és casa teva —em va contestar, va afluixar la pressió de la seva mà contra el meu pit, em va fer un petó ràpid als llavis i va dir—: Fins dissabte —em va empènyer i va tancar.

Em vaig quedar sense saber com reaccionar. La sorpresa final havia estat majúscula i me la imaginava recolzada, just darrere aquella porta.

Quan vaig arribar a la vorera el meu cervell es va posar a treballar, frenètic. Havia de parlar amb el Maties perquè l'Encarna, la seva dona, fes una neteja a fons i canviés els llençols, i donar-li alguns diners perquè m'aconseguís un pollastre i el cuinés com Déu mana, ben farcit, a casa seva, per evitar les olors. A més a més li demanaria que comprés uns pastissos, cafè i un parell d'espelmes. Oh! I de primer plat? El que se li ocorregués! Poc m'importava en aquell moment.

Els dies següents van servir perquè l'hotel, el parc d'atraccions i el casino recuperessin la normalitat i dissabte, a les set de la tarda, vaig veure arribar el Bruno acompanyat pel baró von Brütsner, però no vaig veure ni la Carla ni l'Adelaida. Em vaig acostar per saludar-los i el Bruno em va dedicar una petita inclinació de cap i va entrar a la sala de joc. Això va ser tot. El baró, per la seva banda, em va donar la mà i em va demanar com estava. Li vaig contestar que bé, va assentir amb la seva natural elegància i aquí es va acabar tota la nostra conversa.

Vaig esperar fins a les deu, procurant no allunyar-me gaire de la porta d'entrada, però la Carla no va aparèixer. Vaig trucar a casa seva, però no va contestar ningú. Finalment, cap a les onze, el baró i el Bruno es van disposar a marxar. Llavors, el germà de la Carla em va veure i es va dur la mà al front, mentre feia petar la llengua.

—Quin cap que tinc, Víctor! —va fer—. La Carla m'ha demanat que li digués que ha hagut d'acompanyar la mama a

Salamanca, a visitar els nostres oncles, i que no vindria. Potser havien quedat?

—Sí —vaig contestar—. Havia de donar-li una cosa.

—Si me la dóna a mi, la hi faré arribar.

—El problema és que me l'he deixat a casa.

—Llavors, millor que no hagi vingut —va dir, i va somriure amb la seva millor expressió cínica.

—Molt millor —li vaig contestar—. Trigarà gaire a tornar?

—Mai no se sap. La tieta Lluïsa és molt acaparadora —em va contestar, rient com una hiena

Hi ha alguns que tenen molta sort. Si no fos el germà de la Carla, el dia menys pensat li esquinçaria l'ànima. I encara així, no descartava aquesta possibilitat.

Aquella nit vaig sopar pollastre i l'endemà vaig esmorzar pollastre. Haig de reconèixer que l'Encarna era una cuinera de primera. La sopa la vaig llençar per l'excusat i els pastissos em van semblar massa i els vaig regalar al Maties.

—No li han agradat? —em va demanar.

—El pollastre estava tan bo que era impossible arribar a les postres. Feliciti l'Encarna de la meva part i que els aprofiti.

—Sempre al seu servei, *don* Víctor.

Què podia fer, excepte esperar?

Si setembre havia resultat un mes força mogut, octubre va començar de forma molt similar. El dia 5 les tropes italianes ja s'havien fet amb Trípoli, ciutat que va veure morir penjats als principals capitostos àrabs. Poc després, el dia 9, apareixia la notícia que a diverses ciutats de la Xina havia esclatat una revolució que pretenia destronar l'emperador i establir una república. Mentrestant, al Marroc, les lluites prosseguien i els ferits es multiplicaven.

—Ha arribat una carta per a vostè —em va dir l'Estragué—. La té la senyoreta Llúcia.

—Una carta?

—Ve de Salamanca, crec —em va contestar, i a mi el cor em va fer un bot.

L'hi vaig agrair i vaig haver de fer un gran esforç per no sortir corrent. Vaig pujar les escales i em vaig trobar amb la Llúcia, que estava passant a màquina un informe.

—El senyor Estragué m'ha dit que hi havia una carta per a mi —vaig dir.

—Sí, senyor Pons —em va contestar, va obrir el seu calaix, va treure un sobre, me'l va passar i va dir—: Potser hauria de comunicar a la persona en qüestió que aquesta és la seva adreça de la feina i que les cartes personals és millor enviar-les a l'adreça particular.

Vaig donar la volta al sobre. Al remitent només figuraven les inicials CM i Salamanca.

—Ho tindré molt en compte —vaig respondre mirant-la i dedicant-li un somriure, tribut obligat a la seva extraordinària eficiència i a la seva no menys extraordinària perspicàcia.

Em vaig apartar, li vaig donar l'esquena, vaig esquinçar el sobre i vaig extreure la carta. Les mans em tremolaven. Ni tan sols em reconeixia a mi mateix. Aquell era jo? Semblava un pobre noi excitat, ni un llunyà reflex del nen de deu anys que va ser capaç de robar una cartera i d'aguantar les bufetades de la policia sense immutar-se o del jove que va mentir al Gordo per aconseguir una llicència de detectiu o de l'home que portava una dona a casa seva, passava una estona agradable i després ni se'n recordava d'ella.

La seva lletra era femenina i arrodonida i traspuava elegància. En ella em demanava disculpes i em deia que tot havia estat molt precipitat. La seva mare era així. I ella no havia pogut discutir-li res. No sabia quant de temps romandria a Salamanca, però podia escriure-li. I em donava la seva adreça.

Vaig plegar lentament la carta i vaig descobrir que estava somrient.

—Són bones notícies? —vaig sentir que preguntava la Llúcia.

Mira-te-la! Ara li sortia la curiositat femenina.

—Són notícies —li vaig contestar.

—Ah! —va fer.

I ja no vaig dir res més.

Mentre baixava les escales pensava que sí, que la Carla era la dona que jo havia escollit. Sens dubte! I ara m'adonava que, en els fons, era un romàntic.

Dos dies més tard, gairebé fosc, em trobava a la sala de joc de la ruleta quan es va escoltar un soroll sord que procedia del jardí i que jo vaig identificar immediatament. Es va produir un petit enrenou. Alguns dels jugadors es van aixecar inquiets.

Ja anava a sortir quan va aparèixer el Pere i em va informar en veu baixa, a cau d'orella, que havia tingut lloc un accident.

—Senyores i senyors! No passa res. No s'amoïnin —vaig aprofitar per dir en veu alta, quan vaig veure que alguns clients recollien els seus diners i es preparaven per marxar—. M'acaben de comunicar que és el pneumàtic d'un automòbil, que ha esclatat —vaig afegir, somrient—. Tenim un petit taller aquí al darrere, a prop del jardí i de vegades, quan es repara una roda, el pegat no queda ben subjecte i salta quan s'infla. Procurarem que no es repeteixi.

Vaig escoltar sospirs d'alleugeriment i algunes rialles. No obstant això, l'encarregat de la taula em va mirar. A ell no podia enganyar-lo fàcilment. Li vaig tornar la mirada i ens vam entendre molt bé. Va apartar els seus ulls de mi, els va dirigir als clients, va exhibir un ampli somriure i va fer:

—Facin joc, senyors!

Era un professional.

Vaig acompanyar el Pere al jardí. Diverses persones intentaven sotjar per damunt de l'espatlla del Néstor, que impedia que passessin. Vaig seguir el Pere fins a un racó on el Marià romania al costat d'un cos estès i mig tombat. A un parell de passes hi havia una petita pistola del calibre vint-i-dos.

—S'ha engegat un tret al cap —em va informar el Marià —. S'ha clavat el canó a les temples i pum. El molt desgraciat ha encertat de ple i ha mort a l'acte.

—Qui és? —vaig preguntar mentre m'ajupia i li buscava el pols al coll.

—Josep Lluís Penya, el fill d'un empresari que ha vingut per aquí algunes vegades. Mala peça al teler!.

El Marià tenia raó. No tenia pols. Aquell desgraciat havia encertat a la primera i s'havia volat el cervell. Era un home d'uns vint-i-cinc anys, moreno i ben plantat.

—Qui l'ha trobat?

—Un matrimoni que, més que trobar-lo, gairebé hi ha ensopegat. La pobra dona ha estat a punt de desmaiar-se —va dir el Marià—. Com *monsieur* Boudineau no hi és, els hem conduït al despatx del senyor Estragué.

—Feu que tothom abandoni el jardí.

—Avisem la policia? —va preguntar el Pere.

—Espereu per veure si puc localitzar *monsieur* Boudineau. Si més no, que n'estigui al corrent —vaig respondre.

—Mala peça al teler! —vaig sentir que repetia el Marià, quan ja em dirigia cap el despatx del director.

Vaig trucar, vaig escoltar la veu de l'Estragué que em donava el seu permís per entrar-hi, vaig obrir la porta i el vaig veure dempeus al costat d'una butaca en què una dona d'uns quaranta anys es prenia una copa de... Anís!

Déu del cel! A qui se li ocorre donar-li una copa d'anís? El que procedeix en aquests casos és una bona copa de conyac, perquè es refaci i recuperi el color.

—Em disculpen un moment? —va preguntar a l'home d'uns cinquanta anys que era al costat de la dona.

L'Estragué va venir cap a mi i em va treure fora, mentre ajustava la porta.

—Els he convençut perquè no responguin cap de les preguntes de cap periodista —em va dir—. Quant al mort, sembla que fa dos dies va perdre una suma molt important de diners i que avui venia amb la intenció de recuperar-la, però tampoc ha estat el seu dia de sort.

—Sap on puc trobar *monsieur* Boudineau?

—Està sopant amb dos membres del Consell d'Administració. Tinc el telèfon. Anava a trucar-lo, però abans m'he estimat més solucionar el tema de la discreció d'aquest matrimoni que tinc al despatx.

Vaig assentir. L'Estragué era intel·ligent i sabia determinar quins afers eren els prioritaris.

Boudineau es va posar com una fera quan li vaig explicar el que feia al cas.

—Les normes són clares: no es permeten armes a l'interior del casino. Els porters i el personal de seguretat són experts a detectar-les, però no podem escorcollar tots els nostres clients per veure si van armats i un vint-i-dos petit és fàcil de dissimular —vaig mirar d'explicar-li.

—Desfaci's del cos, amagui'l, enterri'l, cremi'l, però que ningú no el vegi o demà al matí apareixerà la notícia a tota la premsa i el Governador Civil se'ns tirarà al damunt i ens farà miques.

—Com diu? S'adona de què es tracta del fill d'un empresari que és client del casino i a més a més l'ha trobat una parella i ja l'ha vist massa gent? I, per si no fos poc, potser em demana que faci alguna cosa il·legal? —li vaig contestar amb fermesa.

—No, no, per descomptat! Disculpi'm —va reaccionar immediatament—. És la sorpresa que m'ha trastornat. El que vull dir és que cal intentar per tots els mitjans que no es divulgui, que no surti als periòdics.

—Hem aconseguit la paraula d'honor de l'home que ha descobert el cos que no parlarà amb la premsa.

—Val més això que res, encara que no n'hi ha prou —el vaig sentir murmurar—. Això ens costarà un munt de diners —va dir i va penjar.

Ja era l'hora de tancar. Tan bon punt els clients van abandonar les taules de joc i els llums es van apagar, en vam posar a treballar.

Va ser una nit ben llarga. Primer va arribar la policia i es va fer càrrec de tot. Després es va presentar el pare del noi i allò va ser un drama. Vam haver de calmar-lo. Sort que era un cavaller i que fins i tot ens va agrair que haguéssim tingut el detall d'anar-lo a buscar. La parella que s'havia trobat amb el pastís va fer la seva declaració, van ser interrogats els encarregats de taula, els porters, el personal de seguretat i algun cambrer. En fi! El normal en un cas com aquest.

Jo esperava l'arribada de la premsa, però no va aparèixer ningú. Em va estranyar molt. Una notícia d'aquesta categoria mou els periodistes.

Finalment van retirar el cadàver i la policia va marxar.

L'endemà vaig llegir la premsa, però no hi vaig trobar la més petita referència al desgraciat succés. Llavors vaig entendre a Boudineau, quan va dir que allò costaria una fortuna.

—Quin horror! Oi que sí? —va exclamar la Llúcia quan li vaig demanar que m'anunciés a Boudineau—. Els pobres que el van trobar i...

—Sí, molt desagradable —vaig fer, tallant el seu moment d'expansió emocional.

Em va anunciar per l'intèrfon i vaig escoltar que Boudineau donava el seu permís perquè hi entrés.

—No ens hem salvat del tot —em va dir, quan tancava la porta—. El senyor Manuel Portela ha carregat l'escopeta i ha disparat. Encara sort que tenim un bon contacte a Madrid! Però, només per aquesta vegada. Ja ens han advertit que, si torna a succeir alguna cosa semblat, s'acaba el casino. Queda clar?

—I què podem fer-hi? —li vaig preguntar.

—Impedir-ho com sigui. Vigilin el jardí, tots els racons, tinguin els ulls ben oberts, si detecten una arma... M'entén?

—Perfectament —vaig respondre, assentint.

Bé! Discutir amb aquell home, en aquell estat, era picar ferro fred. Ens convertiríem en fades i àngels de la guarda, encara que tots sabíem que si algú decidia matar-se de debò, ho faria. Si no disposava d'una arma, tenia tot un parc d'atraccions per intentar-ho. Un altre cas són els professionals del suïcidi, aquells que sempre s'estan matant, però que mai no moren o sempre arriba algú en l'últim moment i els salva. Quan tenia sis anys, al barri hi havia un exemple. El fill de la Camila havia intentat treure's la vida un munt de vegades, fins que un dia va calcular malament i la seva mare va trigar més del compte a tornar. La pobra dona s'havia entretingut xerrant amb una veïna, a cinquanta passes de casa seva, i se'l va trobar fregit. Mai no vaig saber del cert com s'havia matat, perquè circulaven totes les possibles versions i cadascú explicava una història diferent. Des que s'havia penjat fins que havia ingerit un verí o que s'havia tallat les venes.

Aquella nit vaig escriure a la Carla. No li vaig explicar res d'allò que havia succeït, per descomptat. Li deia que no podia viure sense la seva presència i que desitjava tornar-la a veure el més aviat possible. Vaig posar en aquell paper paraules que mai no hauria imaginat que fos capaç de pronunciar. Les veia aparèixer miraculosament, a mesura que la meva mà es movia damunt d'aquell full blanc i immaculat que, de sobte, esdevenia un pàl·lid reflex d'uns sentiments que, per més que m'hi esforçava, no aconseguia plasmar amb tota la riquesa que m'hauria agradat tenir. No, per més que ho vaig intentar, em va resultar impossible trobar un vocabulari capaç de mostrar fins a quin punt el meu cor patia i la meva ment s'extasiava amb el record de la seva mirada, mentre els meus sentits, just en l'instant en què aclucava els ulls, recordaven la suavitat de les seves mans i de les seves galtes, la calor dels seus llavis, el perfum de la seva pell i el so de la seva veu.

Em vaig ficar al llit gairebé a trenc d'alba i no vaig dormir, sinó que em vaig llevar d'hora i vaig anar a visitar el meu pare. Curiosament, aquell dia tenia el cap ben clar. Fins i tot vaig veure que havia deixat un llibre a l'abast de la mà. La Gertrudis havia anat a comprar a la botiga de més avall. Així que em vaig animar i li vaig explicar el que feia al cas.

—Ja et vaig advertir que un casino no és el millor lloc per a ningú que es preï. El joc no és bo.

—Ja ho sé, pare. És per això mateix que he obert un compte al banc Hispanocolonial i he començat a estalviar per invertir a la borsa —li vaig dir.

—Inversor... Això ja és una altra cosa, perquè saben aconseguir que els altres robin per a ells —va dir, i es va quedar callat un instant, meditant. Després, va preguntar—: I casar-te, quan?

—Un dia d'aquests.

Em va mirar fixament.

—De debò?

—És possible.

—És de bona família? Porta-la un dia perquè la conegui —em va demanar amb un gran somriure, però el va esborrar de seguida—. No. No li diguis que tens pare. Millor li dius que he mort.

—Per què?

—Recordes que jo li deia a la teva mare que un dia tu seràs algú?

—Sí, ho recordo.

—Ets en un bon camí, però per aconseguir-ho has de trencar amb tot el teu passat i deixar anar el llast que t'impedeix volar. Comprens?

—Però...

—No, no, no —em va tallar—. No discuteixis amb mi. Un pare ha de saber que el seu fill serà tot el que ell no va poder ser i apartar-se del seu camí. És la millor herència que puc donar-te. En tot cas, un dia, sense que ella ho sàpiga, me l'ensenyes. Comprens?

—Sí, pare.

—Com és?

Vaig somriure.

—Quan la tinc a prop em recorda l'olor dels pins enmig de la muntanya, com quan anàvem a Collcerola i respiràvem aquell aire fresc, mentre aclucàvem els ulls. És un perpetu matí de primavera, amb un somriure que és la llum més intensa que pot encegar els ulls d'un home...

—No segueixis, no segueixis, que em poses la mel a la boca i el dia que la vegi encara te la prendré —em va dir, alçant la mà—. La teva mare deia que eres una mica talòs, en això de les noies, però jo sempre he cregut que ets un romàntic.

Es va quedar callat i somrient. Va mirar al sostre i va respirar fondo.

—Au, va! Ajuda'm a aixecar-me —em va dir de sobte.

Vaig obeir i em va indicar que volia anar a l'habitació. El vaig acompanyar i va entrar recolzant-se a l'armari. Va obrir la porta i em va indicar el segon calaix. El vaig obrir. Estava molt desendreçat. Hi havia roba i papers, tot barrejat.

—No, no. Treu-lo i deixa'l aquí —em va ordenar.

El vaig treure i el vaig dipositar damunt del llit. Ell, es va seure al costat del calaix, va remoure entre els papers i la roba i va acabar trobant el que cercava: un sobre, que em va donar.

—És una carta. La vaig escriure ja fa molts dies, però el meu cap no és el que era i ja m'oblido de tot. És per a tu, però no pots llegir-la ara. El dia que jo no hi sigui, l'obres i la llegeixes. Comprens? —va dir, em va mirar molt fixament i va repetir—: El dia que jo no hi sigui. Comprens?

—Així ho faré.

—Promet-m'ho.

—T'ho prometo.

—Bé! —va assentir i va assenyalar l'armari—. Au va, torna a deixar el calaix al seu lloc.

—No seria bo endreçar-lo una mica?

—Per a què? Quan torni a ficar la mà quedarà igual que ara...

Tot i així, vaig mirar d'endreçar una mica aquell batibull abans de tornar el calaix al seu lloc. Va ser llavors quan va arribar la Gertrudis.

—Tanca l'armari, que no vegi res aquesta mala bruixa —em va dir el meu pare.

—La Gertrudis és una bona dona —li vaig dir.

—Em vigila tot el temps i crec que em roba —em va replicar alçant el dit índex.

Ja no va dir res més. El vaig acompanyar fins al pati i el vaig deixar allà, en silenci, amb la mirada fixa a la carbonera.

—Si seguim així, jo no aguantaré gaire temps —em va dir la Gertrudis, quan m'acomiadava—. Em crida i em tracta com a una lladre. No deixa que entri a la seva habitació si ell no hi és. Com puc fer el llit, llavors? I es passa el dia aquí, al pati, amb els ulls clavats a la carbonera. L'altre dia vaig anar a agafar una mica de llenya i es va posar fet una fera. D'aquí no! Em va cridar. Del costat, li he dit! I per poc...

—Tingui una mica de paciència amb ell. És molt gran...

—Sí, però de vegades m'ha aixecat la mà. El que passa és que jo no l'hi he consentit. No es queda vostè a dinar?

—No. M'esperen —em vaig excusar.

Necessitava companyia i aire fresc i en sortir de casa del meu pare, com ja eren gairebé les dues de la tarda, me'n vaig anar a visitar la Manuela, que ja hauria acabat la seva jornada al taller.

Em va obrir la porta i em va somriure. Vaig entrar. El seu avi estava com sempre, assegut i mirant per la galeria.

—No t'esperava per dinar, però tinc verdura i puc allargar-la una mica. També tinc un parell d'ous i com l'avi no pot menjar-ne te'ls puc cuinar a tu. Pel fetge, saps? —em va dir la Manuela.

—Em va bé la verdura.

—I els ous? Com te'ls faig?

—Truita.

Vam dinar, vam parlar una mica i en acabar la Manuela va acompanyar el seu avi a fer les seves necessitats i després el va asseure novament a la galeria.

Jo no sabia el que hi feia, allà. Tot el temps havia estat pensant en la Carla. Aquell pis, la Manuela i el seu avi ja formaven part d'un passat que s'allunyava de pressa. Com el passat del meu pare, que havia entès que jo començava una nova vida, amb altres horitzons. Per aquesta raó m'havia donat la carta.

La Manuela va desparar la taula, em va mirar i va somriure. Llavors es va treure el davantal i es va dirigir cap a l'habitació. Jo vaig trigar a moure'm. D'una banda desitjava anar-hi, però per l'altre m'adonava que aquella situació era absurda. No obstant això, no podia deixar-la d'aquella manera. Finalment vaig decidir aixecar-me i entrar a l'habitació.

Quan vaig arribar ja era sota els llençols i la roba damunt de la cadira. Em somreia. Em vaig despullar lentament i vaig jeure al seu costat.

—Si acluques els ulls pots somiar que ets amb ella —em va dir, quan li vaig posar la mà a l'entrecuix.

—Amb qui? —li vaig preguntar, quan vaig ser capaç de reaccionar.

—Fa molts dies que no véns, en arribar ni tan sols m'has fet un petó a la galta, durant el dinar estaves en un altre món i ara has trigat massa a contestar —va dir, somrient—. T'he enxampat.

—Mai no deixaré de...

—No, si a mi no m'importa —em va tallar—. Sabia que un dia això arribaria, que coneixeries una altra dona i que tard o d'hora, encara que juris el contrari, deixaràs de venir. Només vull que sàpigues que sempre seré aquí. Ja veus: amb l'avi no em puc moure gaire.

—Em sap molt de greu...

—No t'hi esforcis —em va tallar novament—. Durant tots aquests anys m'has ajudat. Què se n'hauria fet de mi, quan em vaig quedar amb l'avi i sense treball, si no arribo a deixar que et fiquessis al meu llit? Hauria acabat com moltes altres, obrint les cames a cada pas i cobrant dos rals. Sóc puta, però d'un sol home.

—Mai no has estat puta ni mai ho seràs. Ni se t'acudeixi tornar a dir-ho —gairebé vaig cridar, amb ràbia.

Ella va somriure i em va abraçar.

—Amb tu em sento dona. Au va! Acluca els ulls i deixa'm fer.

La Manuela era única, com no hi ha una altra i no es mereixia allò. Per això vaig pensar en ella, només en ella, i no vaig aclucar els ulls, sinó que em vaig tombar, la vaig mirar, la vaig obligar a estirar-se i em vaig dedicar en cos i ànima a satisfer-la per complet.

Aquesta vegada, va ser ella que va acabar adormint-se, mentre jo m'aixecava sense fer soroll, em vestia, deixava damunt la còmoda una bona quantitat de diners, tot el que duia a les butxaques, i me n'anava. Possiblement mai més no tornaria a ficar-me al seu llit. Vaig pensar.

8.- NO N'HI HA UN SENSE DOS

El 22 d'octubre van quedar restablertes les garanties constitucionals a tota Espanya i tothom va respirar alleugerit, perquè significava la fi d'una situació que no agradava ningú. Imagino que el Tronxo devia sortir del seu amagatall i presentar-se a La Graella per demanar, amb la seva enorme veu, un bon vas de vi... Negre, eh!

Jo vaig rebre noticies de la Carla. En la meva carta li havia comunicat la meva adreça personal. De manera que aquesta vegada me la va lliurar el Maties, un matí, quan sortia. La Carla m'explicava que s'avorria a Salamanca i que desitjava tornar, però que la seva mare s'ho prenia amb calma, perquè Barcelona l'aclaparava. Encara que no ho deia explícitament, entre frase i frase jo podia llegir que també m'enyorava, la qual cosa m'omplia d'alegria. Quina estupidesa vaig arribar a pensar! Em vaig jurar que si hagués pogut hauria anat a buscar-la. Després, quan la passió del moment es va esvair, em vaig adonar que aquella dona m'havia capgirat el cervell com mai no ho havia aconseguit cap altra. Fins i tot havia de fer esforços per apartar la seva imatge de la meva ment i centrar-me en el meu treball. Què hauria fet si hagués pogut? M'hauria presentat a casa seva? Amb quina excusa? I després, què? La raptava? El que pot fer una dona amb el cap d'un home! Si bé no em vaig curar, vaig sentir cert alleugeriment visitant la Manuela, que em va acollir amb alegria. Ella vivia convençuda que, després d'haver-li deixat tants diners damunt la còmoda, no em veuria mai més el pèl. I és que hi havia per prendre-s'ho com un comiat, cosa que no estava gaire lluny de les meves intencions, si la Carla hagués tornat de seguida. No obstant això, som volubles i no volem perdre allò que considerem que ens pertany. La Manuela era meva, jo l'havia ajudat i, pel que sabia, ningú més no escalfava el seu llit. Totes les meves bones intencions se'n van anar en orris, el meu agraïment per ser com era i per tractar-me com em tractava es va adormir i vaig tornar a utilitzar-la. Era un recanvi que sempre funcionava. Per què prescindir d'un regal del destí? Ella acceptava la situació. Ni tan sols feia preguntes. Era com un gosseta que ja s'ha acostumat a allò que té i a allò que li dóna l'amo i es mostrava agraïda només per poder parlar amb algú i rebre una mica d'afecte. El món és així i no sóc jo qui l'ha de canviar.

Bé! El desgraciat incident del suïcidi del jove que es va treure la vida als jardins a poc a poc va quedar oblidat. Ningú l'esmentava i la vida va entrar en una rutina pròpia de la calma que arriba després d'una tempestat. Durant aquells dies vaig saber que el Bruno i el seu amic von Brütsner havien plomat uns quants innocents més que havien caigut en el parany del jugador begut. El pitjor era que semblava que li estaven agafant gust i el que abans constituïa gairebé una diversió, ara esdevenia un costum que es repetia setmana rere setmana. Boudineau continuava assistint com a garantia de joc net. Hi havia per llogar-hi cadires!

Així va transcórrer el mes d'octubre, amb absoluta calma, sense que tinguéssim notícies del Governador Civil i sense que li donéssim motius perquè pensés en el casino i en la seva animadversió cap a una activitat que ell considerava buida, estúpida, negativa i impròpia d'éssers intel·ligents. Aquestes eren les seves paraules quan es referia a un vici que comportava prostitució i violència, segons ell tot un assot per a una ciutat que pretenia ser una de les perles del Mediterrani. La pregunta era: Com pots pretendre pescar una perla sense mullar-te?

A començaments de novembre la quantitat de clients s'havia més que duplicat. Sobretot en venien d'estrangers, que eren els veritablement interessants, i els del Consell d'Administració es mostraven força satisfets. L'esforç econòmic realitzat en la remodelació de l'hotel, en la construcció del parc d'atraccions i en l'obertura del casino havia pagat la pena i, tal com anaven les coses, podrien recuperar la inversió i amortitzar-ho tot en només cinc anys. Això deia Boudineau. I, a partir del moment en què tot estigués amortitzat, a comptar beneficis. Tot gràcies al casino, perquè l'hotel cobria despeses i el parc era deficitari, però el que queia damunt de les taules de joc donava per suportar aquestes pèrdues i per a molt més. No era d'estranyar que Boudineau es posés com es va posar quan el Governador Civil va veure la possibilitat de carregar l'escopeta i enarborar la bandera de la castedat, la temprança i de totes les virtuts que se li ocorreguessin.

La segona setmana de novembre em va portar la millor notícia que podia esperar. La Carla m'anunciava que tornaven a Barcelona. La carta va arribar gairebé alhora que ella, perquè la vaig veure aparèixer acompanyada per l'esposa del baró. Estava molt maca, amb un vestit verd i un abric blanc, que es va treure lentament en arribar al guarda-roba, des d'on em va mirar, em va somriure i em va fer un lleuger gest amb el cap per indicar-me que després ens trobaríem al mirador. El Jean Louis es va afanyar a saludar-la i a manifestar-li com n'estava, de formosa, i quant l'havíem trobat a faltar. L'Adelaida va agafar la Carla de bracet i es van dirigir al cercle d'estrangers, on es van trobar amb amics i coneguts.

Vaig esperar pacientment gairebé una hora, ocupant-me que tot estigués en perfectes condicions, i finalment em vaig dirigir al mirador. La Carla encara no hi era. Em vaig situar en un extrem, des d'on podia controlar la porta i vaig observar la gent que s'extasiava amb l'espectacle del parc d'atraccions i de la ciutat al fons. Uns minuts més tard, que se'm van fer eterns, va aparèixer ella amb una copa de *champagne* a la mà. Em va veure, va somriure i va venir cap a mi. Massa concurrència per besar-la. Vaig pensar. I ella em va llegir el pensament, va beure un glop de la seva copa i me la va passar, donant-li la volta perquè la marca dels seus llavis quedés davant meu. Que llesta! Era una forma de besar-la. Vaig beure un glop, procurant que els meus llavis abracessin per complet la marca deixada per ella i la hi vaig tornar. Ella la va prendre, li va donar la volta i va beure un altre glop.

—Vaig pensar que pararia boig, sense tu —li vaig dir.

—Tenim un sopar pendent —em va contestar.

—Sí, però avui el restaurant és tancat per manca de subministraments. L'última vegada que va obrir, l'únic comensal s'ho va menjar tot i avui no s'esperaven clients.

—Dijous serà obert?

—Tot el dia i tota la nit.

—Llavors voldria fer una reserva per a les set —em va dir, dedicant-me el millor dels seus somriures—. Taula per a dos. El menú el deixo a les mans del xef.

—Prenc nota.

UNA VIDA EN JOC

Va beure un altre glop i em va passar novament la copa. La vaig agafar i ella va aixecar lleugerament la barbeta, va allargar els seus llavis, em va llançar un discret petó i va tornar a l'interior.

Poc després la vaig veure marxar acompanyada d'un grup de clients molt alegres. Entre ells el baró von Brütsner i la seva esposa Adelaida. El Bruno no havia vingut. Aquella nit no hi havia partida.

*** ***

Dilluns, dia 13 (mal dia), Boudineau va arribar força alterat i va pujar directament al seu despatx, gairebé sense saludar ningú.

—Què li agafa? —vaig preguntar al Jean Louis.

—Està molt neguitós perquè tot apunta que les eleccions municipals d'ahir no seran del seu gust —va dir.

—Tan aviat i ja se sap el resultat? —vaig preguntar estranyat.

—Qui ho ha de saber, prou que ho sap.

Vaig estar tot el temps donant voltes i controlant que tot estigués en ordre i cap a les nou de la nit el vaig veure aparèixer pel casino. Bufava.

—Ja se n'ha assabentat, del desastre? —em va demanar.

—Encara no.

—No tenim gens clar si guanyaran els regionalistes o els seguidors de Lerroux —va dir—. El recompte és molt ajustat i tant poden guanyar uns o altres.

—I a nosaltres què ens convé més?

—Els regionalistes, per descomptat! —va fer amb un gest que mostrava l'evidència de la seva afirmació—. Ja els coneixem i tot està pactat. Si ara guanyen els altres, haurem de tornar a negociar i els lerrouxistes són intractables. No fan altra cosa que demanar i demanar i encara donaran ales al Governador Civil perquè prohibeixi el joc.

—Quan se sabrà el resultat final?

—D'aquí uns dies —va contestar i va desaparèixer.

*** ***

—Un sopar deliciós i una vetllada magnífica, però me n'haig d'anar —em va dir, arrupida al meu pit.

Vaig respirar fondo i la vaig abraçar amb força.

—Em trencaràs —es va queixar.

—No vull que te'n vagis.

—Són gairebé les deu i entre vestir-me, una cosa i una altra, no arribaré a casa fins a les onze, com a mínim. El Bruno mai no arriba abans que jo. És un pacte tàcit. Així el papa es queda tranquil i no pregunta si hem estat junts o no. Si ell aparegués abans que jo, preguntaria i el Bruno li diria que no m'ha vist en tota la tarda. Llavors s'esglaiaria i seria capaç de trucar la policia.

Vaig encendre el llum i la vaig mirar. Ella es va deixar anar i es va apartar lleugerament.

—Au va! Tomba't —em va dir.

—Què faci què? —vaig preguntar sorprès.

—Que et tombis. M'haig d'aixecar i estic nua.

No hi ha qui entengui les dones. Estava despullada, però és que l'havia despullada jo, i ara em demanava que no la mirés. Vaig obrir les mans amb els palmells cap al sostre, incapaç d'entendre-hi res.

—Si us plau —va dir i va abraçar el llençol contra el seu pit.

Em vaig tombar d'esquenes i vaig esperar. Què és el que podia veure ara, que no hagués vist abans? Vaig sentir el fregament de la roba i me la vaig imaginar vestint-se. Allò em va excitar fins a un extrem increïble.

—Ja pots aixecar-te, si és que t'has de comportar com un cavaller i m'has d'acompanyar a casa.

Em vaig tombar. Ella ja es cordava el vestit. Jo seguia excitat i em feia vergonya aixecar-me d'aquella manera, però és que no hi havia forma de relaxar-me.

—Ara ets tu, qui s'ha de girar d'esquena —se'm va acudir dir.

No va replicar. Es va tombar i va seguir cordant-se el vestit. Em vaig aixecar i llavors ella es va girar i em va mirar divertida.

—Només volia saber si ho havia aconseguit —va dir, sense apartar els seus ulls del motiu de la meva vergonya.

Em vaig sentir ridícul, però ella s'hi va acostar, em va agafar per les natges, es va arrapar contra mi, em va besar, es va deixar anar i es va dirigir cap a la porta del dormitori abans que jo pogués reaccionar.

—T'espero fora.

Quan tancava la porta de l'apartament, ella em va posar la mà a l'entrecuix i va assentir somrient.

—Ostres! Encara dura.

—Si vols podem aprofitar-la.

—Guarda-la per a un altre dia.

Vam agafar l'ascensor i vaig aprofitar el trajecte per besar-la. Vam arribar al carrer i vam començar a caminar en direcció al passeig de Gràcia. No eren gaires carrers i la nit resultava agradable. Em va explicar coses de Salamanca, de la seva mare i de la seva tia, del que havia fet, de com havia resultat d'avorrit anar cada dia de visita a casa de parents que veia una vegada l'any, sense cap festa on poder ballar, perquè la seva tia era de les de missa diària i a casa a les vuit per sopar com Déu mana. L'escoltava i em semblava un àngel. Aquell nas, tan personal, que tremolava de tant en tant, em tenia extasiat.

El passeig fins al carrer Còrsega va durar poc més de mitja hora, però a mi se'm va fer una picada d'ulls. Gairebé no havia tingut temps d'assaborir-lo que ella va obrir la bossa de mà i em va passar la clau del portal. La vaig agafar amb tristesa, la vaig introduir al pany i li vaig donar la volta lentament, mirant d'allargar uns segons més la seva presència.

—Quan et veuré novament? —li vaig preguntar.

—La setmana que ve hi ha un concert extraordinari al Palau de la Música, dimecres. El papa és un enamorat de Johann Sebastian Bach. No se'n perd ni una, d'ocasió, per escoltar alguna de les seves obres —em va dir.

—Vindré a buscar-te.

—No —va negar amb el cap—. És molt millor que ens trobem per casualitat. Jo sempre l'acompanyo a aquests concerts, perquè a la mama li produeixen migranya i suposo que el papa no s'ho prendria bé que me n'anés amb tu i el deixés plantat.

—Llavors no trencarem els costums —li vaig dir i vaig empènyer la porta, mentre m'apartava per deixar-la entrar i li tornava la clau.

—Fins dimecres.

Em va estirar per la corbata, em va atreure cap a ella, em va besar i en el moment en què jo anava a abraçar-la, em va empènyer, em va mirar divertida i va tancar la porta.

Déu! La seva naturalitat, la seva rialla, la seva veu, el seu... Com m'agradava aquella dona!

*** ***

No havia succeït res fora d'allò més habitual. Havia estat una tarda com qualsevol altra. El casino anava de meravella i estava ple com un ou. N'havia vist molts, de clients habituals, entre ells el Bruno i el baró. Segur que miraven d'entabanar algun incaut que es deixés plomar. Ara feia estona que no els veia.

Eren gairebé les deu. Jo havia estat donant voltes, com de costum, i controlant els meus homes i en aquell moment em trobava a prop d'una de les sales de joc.

—Víctor! —vaig sentir que em cridava el Jean Louis i em vaig tombar—. *Monsieur* Boudineau m'ha dit que parli amb vostè i que li demani que m'acompanyi.

—On?

Em va agafar pel braç, mentre somreia i s'acostava a mi, com qui fa una confidència a un amic.

—Tenim un problema —va murmurar tens, però sense perdre la seva habitual forma.

Vaig assentir. El seu somriure, encara que ampli, sempre era professional i sense cap mena d'emoció, però ara jo diria que fins i tot se li havia quedat glaçat.

Em vaig deixar conduir fins a un dels petits despatxos insonoritzats que servien per mantenir una conversa discreta, lluny dels ulls i de les oïdes dels altres. El Pere Nieto s'estava a la porta, guardant-la.

—No hi ha entrat ningú, senyor Pons —em va dir.

El vaig mirar, però no vaig preguntar res, sinó que vaig deixar que l'obrís i vaig entrar de pressa seguit pel Jean Louis. Tan bon punt es va tancar la porta a la meva esquena, vaig descobrir l'escena.

—Aquest és el problema —va dir el Jean Louis i va apuntar amb la barbeta cap a l'escriptori, sense gosar fer-ho amb el dit.

Vaig observar el cap que reposava damunt l'enorme taca de sang que cobria la meitat de la superfície de la taula i començava a regalimar pel cantell. M'hi vaig acostar lentament, mirant de no embrutar-me, i li vaig prendre el pols, encara que no calia. El forat enmig de la closca, entre la mata de cabell ros, m'indicava que s'havia disparat a la boca, al paladar. El cos encara no era completament fred. De manera que no feia massa que havia passat aquella desgràcia. Vaig aixecar la vista i vaig cercar el forat de bala fins que el vaig trobar a la paret que el cadàver tenia a la seva esquena. Mentalment vaig calcular la trajectòria. El tret s'havia produït estant assegut.

—Com ha passat això? —vaig preguntar.

—No ho sabem. El Nieto se l'ha trobat així.

—Digui-li que entri i vostè quedi's fora, vigilant per tal d'evitar que no aparegui ningú ni tinguem més sorpreses —li vaig ordenar.

Em vaig quedar quiet, mirant aquell cos inert. Van ser només quinze segons. Just el temps que el Jean Louis va trigar a arribar a la porta de la sala, obrir-la, sortir i dir al Pere Nieto que hi entrés. Quinze segons en què només vam existir el mort i jo. Ningú més.

Quantes idees, pensaments i imatges creuen per la nostra ment en quinze segons? Poden ser pocs o molts, potser centenars o fins i tot milers, encara que sembli increïble. Tot depèn de les circumstàncies.

Vaig mirar la mata de cabell ros tacada de sang, enmig de la closca, en el lloc exacte per on havia sortit la bala, després vaig veure el revòlver a la seva mà i, de sobte, la meva ment es va posar a treballar a una velocitat de vertigen. Durant aquells quinze segons vaig veure desfilar imatges, rostres, converses, situacions... tot el que ens havia conduït fins aquell instant i em vaig adonar que el meu futur era a les mans d'aquell pobre desgraciat. No exactament a les seves mans, sinó en les decisions que jo prengués en els pròxims minuts. Però ell era la clau de tot.

—Què vol que faci? —vaig sentir que feia la veu del Pere Nieto i vaig tornar a la realitat del moment.

Quinze segons i tot havia quedat clar. Hi ha moments a la vida en què una decisió ràpida i encertada pot ser la frontera entre l'èxit més espectacular i el més rotund fracàs, entre la riquesa o la pobresa, entre ser algú o seguir com un no-ningú. Vaig tenir aquest pensament, aquesta certesa absoluta, amb una claredat diàfana com la llum del sol, i vaig somriure. I és clar que vaig somriure! Una baralla de cartes només té quatre asos i només un cop a la vida els quatre cauen a les teves mans. Qui podia ser tan estúpid de deixar passar una oportunitat com aquella? Jo, no. Per descomptat!

Vaig mirar el Nieto, al meu costat. M'estimava més tenir-lo a ell. Era un home jove, trenta-dos anys, n'havia estat cinc a la policia, però segons m'havia explicat, no li havia agradat i s'havia dedicat a fer de guardaespatlles d'un polític que no era del tot net. Quan vaig començar a cercar gent el seu nom va aparèixer de seguida. Sabia manegar una pistola i era un noi discret i molt despert. De manera que li vaig fer una oferta i ell la va acceptar immediatament.

—Si ningú va escoltar el tret significa que la porta era tancada i quan una d'aquestes portes és tancada vol dir que el despatx està ocupat, per la qual cosa ningú que no hagi estat convidat no hi ha d'entrar. Per què has entrat, llavors? —li vaig preguntar.

—No he estat jo, senyor Pons —va respondre—. Ha estat el Francesc, un dels cambrers, que venia a portar unes copes al despatx del costat, però en veure la porta tancada ha suposat que era aquí. Llavors ha trucat, ha entrat i s'ha trobat amb el pastís.

—Per a qui eren les copes?

—Per al senyor Torres, que ha ocupat l'altre despatx amb el baró von Brüstner i el senyor Miranda.

—Què hi feien allà dins? Jugaven?

—No. Sembla que parlaven de negocis i que s'ho estaven passant prou bé, perquè reien.

—On és el cambrer?

—L'he conduït al despatx de *monsieur* Boudineau —va dir—. He pensat que el més encertat era apartar-lo de l'escena i com avui no hi és el senyor Estragué...

—Bona idea. No ha parlat amb ningú més?

—No ha pogut.

—Bé! Qui és? —vaig preguntar, assenyalant el cadàver.

—No conec el seu nom, però no és de per aquí. El Jean Louis l'ha vist al cercle d'estrangers. Diu que és italià.

—No has examinat la seva documentació?

—M'he estimat més no tocar res. Sé prou bé el que cal fer en casos com aquest —em va dir amb un somriure de suficiència.

Sense gairebé moure el cadàver, vaig ficar la mà per sota de l'americana i vaig buscar-li la cartera. La vaig trobar a la butxaca interior, la vaig treure, la vaig obrir i vaig examinar-ne el contingut. Dotze pessetes, un bitllet de tramvia i documentació a nom de Lucca Bonatesta, ciutadà italià, de Montalbano. On era Montalbano? No hi havia res més.

Vaig tornar a deixar-la a la butxaca i vaig continuar examinant tot el que podia sense moure res del seu lloc. Duia un portacigarretes platejat, no d'argent, amb cigarretes franceses, i dues caixes de llumins. Una comprada a l'estanc i una altra que havia agafat de l'hotel. No tenia claus de cap tipus. A una butxaca del pantaló guardava xavalla i a l'armilla hi tenia un rellotge de butxaca amb una cadena d'argent a l'interior de la tapa de la qual hi havia una inscripció amb unes inicials: *LB – MP il mio eterno amore*.

—És italià. No hi ha dubte —vaig dir i vaig assentir amb el cap. El rellotge continuava funcionant correctament—. Encara falta una estona per tancar el casino. Fins llavors, ningú no ha de saber res d'això i ningú no hi pot entrar, aquí. Et faig responsable de tot. Ni una paraula a ningú. I ningú és ningú. Queda clar? —li vaig dir i ell va assentir.

Vam abandonar la petita sala i, abans de dirigir-me al despatx de Boudineau, vaig parlar amb el Jean Louis per donar-li les mateixes instruccions i ordenar-li que es mogués amb absoluta discreció entre el personal per esbrinar quines havien estat les passes del mort.

—Seré a dalt —li vaig dir.

Quan ja enfilava l'escala que ascendia a la planta superior vaig escoltar les rialles que s'escapaven del petit teatre, on actuaven un parell de còmics molt graciosos. Són situacions esperpèntiques. D'una banda la riallada i per l'altre el silenci de la mort. El tal Lucca ja no riuria mai més.

Em vaig aturar, vaig fer un senyal a un dels grums i li vaig ordenar que busqués l'Antoni i que li passés l'encàrrec que l'esperava al despatx de *monsieur* Boudineau. Urgent.

Vaig pujar l'escala. La Llúcia ja havia marxat. Vaig trucar a la porta del despatx del meu cap i en escoltar la seva veu vaig obrir i vaig entrar-hi. Ell estava dempeus. Segurament havia estat caminant tot el temps, tens i preocupat, i s'havia aturat en sentir que trucava per ordenar que entrés. En una de les butaques que hi havia enfront de l'escriptori s'asseia el Francesc Urdiel, un home d'uns trenta-cinc anys que vestia pantaló negre i jaqueta blanca, l'uniforme dels cambrers. Sostenia a les seves mans una copa de brandi. La impressió havia hagut de ser de primera, encara que l'havia suportat prou bé. No havia trencat res i havia tingut el coratge de tancar la porta i anar a avisar els de seguretat.

Li vaig demanar què havia succeït i el seu relat va coincidir fil per randa amb el que ja m'havia explicat el Nieto. El pobre s'havia equivocat de porta, l'havia obert, havia vist el quadre i ja està. No havia tocat res. Ni tan sols hi havia entrat. Encara no havia caminat deu passes que literalment havia ensopegat amb el Nieto. L'havia posat al corrent en dues paraules i el de seguretat, amb molt bon criteri, li havia ordenat portar les begudes al despatx del costat, mentre ell entrava, hi feia una ullada, s'adonava que es tractava d'un estranger i després l'acompanyava fins al despatx de Boudineau.

—L'havia vist abans? —vaig preguntar al Francesc.

—Fins aquesta nit, no senyor. Apostava a la ruleta dels cavalls i crec que perdia.

—Tants diners ha perdut com per suïcidar-se?

Vam escoltar que trucaven a la porta.

—Segurament és l'Antoni —vaig dir i em vaig dirigir a obrir.

La vaig encertar. Vaig posar l'Antoni al corrent de la situació i li vaig ordenar que em portés el Julià, el que aquella nit era a càrrec de la ruleta de cavalls, i al Jean Louis. El Julià no tenia perquè saber-ne res de res. L'Antoni va assentir.

—Encara falten uns minuts per tancar —em va dir.

—Que el substitueixin —se'm va avançar Boudineau.

L'Antoni em va mirar i jo vaig fer un lleuger gest amb el cap, assentint. Si Boudineau no sabia quin era el seu lloc, els meus homes ho tenien ben clar. Ell és el meu cap però jo sóc qui controla la situació. L'Antoni va assentir lleument, va sortir i vaig tancar la porta.

—Millor? —vaig preguntar al Francesc.

—Sí, moltes gràcies senyor Pons —em va contestar i va deixar la copa damunt la taula.

—Suposo que té molt clar que res del que succeeixi en aquesta casa ha de sortir fora d'aquestes parets. No és així?

—Per descomptat, senyor Pons —va contestar el Francesc, posant-se dret d'un salt—. Poden confiar plenament en mi —va afegir mirant-nos a ambdós, alternativament—. Jo diré el que vostès vulguin que digui.

Li vaig posar la mà damunt l'espatlla i vaig tornar a seure'l dedicant-li un somriure i donant-li un parell de cops a l'esquena.

—No, no, de cap manera. Vostè dirà el que hagi de dir. No el que nosaltres vulguem —el vaig corregir, i vaig esborrar el meu somriure—. L'únic que desitgem és que esculli amb molta cura les seves paraules perquè el que digui no perjudiqui en res a l'empresa. M'explico amb claredat?

En públic hi ha paraules que mai no s'han de pronunciar. Una altra cosa és en privat, que significa que només hi som el que parla i el que escolta. En aquestes circumstàncies, com sempre passa amb la relació de parella, tres són multitud, encara que el tercer fos el meu cap, perquè un d'ells és testimoni del que passa entre els altres dos.

—Bé! —va dir Boudineau—. El millor serà que esperi al despatx del costat, mentre tractem aquest afer.

El Francesc va assentir nombroses vegades, va deixar la copa a la taula i es va aixecar.

—Emporti's la copa, per si la necessita. La impressió ha estat forta —li vaig dir.

—Li ho agraeixo, senyor Pons —em va respondre i va recuperar la seva copa abans de seguir a Boudineau fins a la petita porta que donava al despatx contigu, el que utilitzava el comptable.

Una vegada va tancar la porta, Boudineau va tornar al meu costat.

—Què podem fer-hi? —em va preguntar tens i aclaparat.

—Esperem tranquil·lament fins a l'hora de tancar —vaig dir, procurant que el meu to tragués ferro al tema i ajudés a calmar-lo una mica—. El fet que es descobreixi el cadàver poc abans de les deu o a mitjanit o a la matinada ni afegeix ni treu res a tota aquesta desgraciada història. Un cop tanquem, cridem la policia i els expliquem que hem descobert el cos en fer un últim repàs de tot, com cada nit.

—Impossible! —va exclamar—. Amb aquell jove vam tenir molta sort, però hi ha jugades que només es poden fer una vegada. L'altre cop ho vam poder aturar, però demà ens cauran al damunt tots els periodistes de Barcelona —va guardar silenci i es va mossegar els llavis—. Sants del cel! Les eleccions municipals han donat un empat entre regionalistes i lerrouxistes. Pot succeir qualsevol cosa.

—Però, Salvador Samà segueix sent l'alcalde i està de la nostra part. No és així? —vaig replicar.

—Sí, però ja veurem el que dura, perquè en vista dels resultats, el senyor Manuel Portela no tindrà altre remei que cercar un que sigui de consens i segurament aprofitarà l'ocasió per situar-hi un dels seus —va callar un instant, va bufar amb força per treure's la tensió de damunt i em va mirar als ulls—. Un escàndol com aquest seria un cataclisme i ara sí que el senyor Manuel se'ns menjaria crus. No pot ser. Aquest desastre significa la fi del casino. Cal trobar una altra solució. La quina sigui.

—Hi ha massa testimonis.

—El Jean Louis mai no posarà en perill l'empresa i el Francesc és un cambrer. Quant al Nieto i al Farreres, depenen de vostè. Si tots plegats ens posem d'acord, no sortirà res als periòdics —em va dir, molt nerviós. Resultava evident que volia demanar-me alguna cosa i no gosava.

—Només hi ha una manera d'aconseguir que no hi hagi notícia... —vaig dir, vaig fer un curt silenci, el vaig mirar als ulls i vaig afegir—: i és que no hi hagi cadàver —vaig fer un altre silenci—. La qual cosa és impossible.

—Sap el que succeirà si la notícia surt a tots els diaris, els d'aquí i els de fora? I això serà així, sens dubte, perquè una cirereta com aquesta ocuparà la primera plana i vendrà molts exemplars. A més a més, ara sortirà a la llum l'altre cas, el del jove del jardí —va replicar molt nerviós—. Li paguem per a què trobi solucions.

—Em paguen per a què no hi hagi problemes, no per fer desaparèixer un cadàver —vaig dir, sense deixar de mirar-lo.

—Posi preu.

Aquella era l'ocasió que jo esperava! Tots els meus pensaments, durant els quinze segons daurats que vaig estar sol amb el mort, havien estat plenament encertats. Vaig sentir un goig immens. Tornaven a ser a les meves mans, com quan em van oferir el lloc, però havia de pensar molt acuradament la meva resposta. Un pòquer és un pòquer y cal saber apostar per tal d'aconseguir que l'altre posi tots els diners damunt la taula.

—La solució dependrà de qui sigui aquest Lucca Bonatesta —vaig dir, mirant de guanyar temps.

—Què hi té a veure qui sigui o qui deixi de ser?

Anava a replicar quan van trucar a la porta i Boudineau gairebé va fer un bot. Estava més tens que la corda d'un violí.

—Pensi en el que hem parlat —em va dir de pressa i va mirar cap a la porta—. Endavant! —va cridar.

La porta es va obrir i l'un darrere l'altre van entrar el Jean Louis, el Julià i l'Antoni. Vaig assenyalar les dues butaques que hi havia davant l'escriptori i a l'Antoni li vaig indicar que romangués dempeus, al meu costat.

165

—Aquesta nit ha tingut a la taula un home ros, d'uns quaranta anys, amb pinta d'estranger... —vaig dir, mirant el Julià.

—L'italià! —va exclamar immediatament.

—Com sap que era italià?

—Per les seves expressions.

—Com jugava? —vaig preguntar.

—Fatal. Força malament —va dir el Julià, mentre feia una ganyota amb els llavis i negava amb el cap—. Se li notava de seguida que no era un assidu dels casinos. Movia massa les mans, jugava amb les fitxes i mirava els cavalls com si fossin de debò. També mirava cap a la porta de la sala, com si esperés algú.

—Ha perdut molts diners?

—Unes dues-centes pessetes, si fa no fa.

—Diu que mirava cap a la porta. Potser se'l notava inquiet?

—Tot el temps comptava les fitxes que li quedaven. Fins que ha perdut l'última, que prou que li ha costat dipositar-la sobre la taula. Ha esperat cinc tirades per decidir-se. De sobte ha llençat la fitxa damunt de la taula i gairebé s'ha aixecat sense esperar-ne el resultat. Semblava que ja donava per fet que aquesta no era la seva nit.

—No seria que ha vist algú que entrava per la porta?

—A tant no arribo. He d'estar molt atent al que succeeix a la taula i al seu voltant, però les meves capacitats no donen per controlar tota la sala. A més a més, es veuen molts com ell, ansiosos, que tampoc no deixen de mirar cap a la porta, i no m'ha semblat un tipus especial. Molts dels que hi aposten se senten culpables i temen que aparegui algú conegut. No sé si m'explico.

—S'explica molt bé —li vaig dir, somrient—. Li ha semblat que estava preocupat?

El vaig veure que es bellugava a la butaca. Segur que tant d'interrogatori estava començant a posar-lo nerviós i es fregava les mans.

—És difícil... —va dir, va bufar i va negar novament amb el cap—. Mai no se sap del cert el que succeeix dins d'un home. Cadascú és diferent dels altres i reacciona a la seva manera. De vegades sembla una cosa i n'és una altra... —va dir. S'havia posat en guàrdia.

—Però vostè què en diria? Au va, home! Arrisqui una mica —el vaig animar gairebé rient i vaig obrir les mans—. Es passa el dia a una taula de joc i és incapaç d'apostar? —se'm va ocórrer fer un acudit.

El Julià va riure una mica forçat.

—Per l'amor de Déu! —vaig riure obertament i vaig mirar als altres— Som nosaltres... —vaig fer i vaig assenyalar Boudineau, el Jean Louis i l'Antoni—. No passa res, home!

Va bufar novament, va respirar fondo, va somriure i va dir:

—Si hagués d'apostar, jo m'inclinaria per qualificar-lo com un curiós.

—Un curiós?

—Sí. Algú que es comporta com un nen que entra per primera vegada en una pastisseria i no sap on clavar els ulls.

—O algú que ja ho ha perdut tot i tant se li donen cent com un —va intervenir Boudineau—. Quan s'arriba a un extrem, pot succeir qualsevol cosa.

Imbècil! Vaig pensar. El Julià el va mirar, després em va mirar a mi, preocupat, però jo vaig somriure, distés. Va encongir les espatlles alhora que obria les mans amb els palmells cap al sostre. El pobre ja s'havia relaxat una mica, però ara aquella estúpida reacció de Boudineau el posava novament en guàrdia.

—Podria ser —va dir, tens—. Ha passat alguna cosa?

Vaig riure com qui recorda un acudit graciós, no per petar-se de riure, sinó simplement simpàtic.

—No pateixi més, home! —vaig exclamar i vaig negar amb el cap mentre dibuixava un somriure—. Sembla que s'ha queixat que li han robat dins el casino i volia recuperar els seus diners. No obstant això jo crec que ho ha perdut tot i que no sap com tornar a casa o a l'hotel i explicar-ho a la seva dona —vaig dir.

—Ah, és això! —va exclamar el Julià i el seu rostre es va distendre novament.

Jo vaig aprofitar per dirigir a Boudineau una mirada dura. Amb això n'hi hauria prou perquè es mantingués en silenci.

—Això quadraria amb el tipus —va afegir el Julià mentre deixava escapar una rialla nerviosa, i em va assenyalar amb el dit, mentre assentia diverses vegades—. Ja ho crec que sí! Segur que és un tipus a qui la dona el té ben agafat per les pilotes.

—Gràcies per tot —li vaig dir, es va aixecar i jo li vaig posar la mà damunt l'espatlla i el vaig acompanyar fins a la porta del despatx—. I, si us plau, discreció absoluta —vaig afegir quan el convidava a sortir—. Aquestes històries són misèries que no fan cap bé al casino. Se suposa que aquí ve gent de molta categoria a passar-s'ho bé i un pobre home que rebrà una esbronca de la seva dona per haver perdut unes pessetes...

—No es preocupi, senyor Pons. Ja he oblidat aquesta història.

Li vaig donar novament les gràcies i vaig tancar. Vaig mirar Boudineau i vaig negar amb el cap mentre feia petar la llengua. Li hauria clavat un parell de bufetades, però era el meu cap.

—Qui era el mort? Algú important? —vaig preguntar al Jean Louis.

—No ho crec pas. Tan sols un tipus que ha vingut a jugar. M'han informat que gairebé no ha parlat amb ningú. Ha entrat al teatre, però n'ha sortit de seguida, després ha romàs una estona, no massa, al *music-hall*, s'ha dirigit al menjador, ha pres el menú de cinc pessetes i no ha deixat ni una engruna. Tampoc no ha deixat propina. S'ha passejat per la terrassa, ha pres un parell de copes, ha estat al cercle d'estrangers i finalment ha entrat a les sales de joc. Ha estat passejant per totes les taules fins que ha decidit seure a la de la ruleta, on ha perdut unes cinquanta pessetes, després ha jugat a les cartes, al set i mig. Tampoc no li ha anat bé. La seva última visita ha estat a la ruleta de cavalls. Aquí les pèrdues han estat d'unes dues-centes pessetes. No representa cap fortuna desorbitada —va dir el Jean Louis.

—Ha parlat amb algú?

—Se l'ha vist parlant amb alguns clients. No gaire estona amb cap en particular.

—Ningú no s'ha adonat que anava armat? —va preguntar Boudineau al Jean Louis, que va negar amb el cap—. S'han contractat porters amb experiència, capaços d'olorar un tros de metall a cent metres i ningú no ha vist res? —es va tombar cap a l'Antoni, incrèdul—. I un cop dins, tampoc no han vist res els de seguretat? —va fer un curt silenci fins que ell va negar amb el cap—. Sempre hi ha una arruga o la jaqueta penja més d'un costat que de l'altre o el bony al pantaló... —va dir nerviós. Ni que en fos un expert! Em va mirar—. Li vaig advertir que això no podia tornar a succeir! —va cridar.

—A mi no m'ha donat la sensació que la jaqueta estigués especialment tallada per ocultar una arma —vaig dir i em vaig dirigir al Jean Louis—. Com ha arribat fins aquí? Algú l'ha vist?

—Amb tramvia. Els porters el recorden molt bé. Tenen una memòria d'elefant. Ha arribat pels volts de les set —va dir l'Antoni.

—Duia barret?

—Sí. L'ha deixat al guarda-roba —va dir el Jean Louis.

—Llavors significa que encara té la fitxa a la butxaca —vaig dir i vaig fer un gest amb el cap, alhora que mirava l'Antoni i alçava una cella—. Segurament la té amb la xavalla.

Va assentir i va sortir per recuperar la peça i fer-la desaparèixer discretament del guarda-roba. Quan tanquessin les portes del casino no volia que quedés un barret sense amo. Hi cantaria massa.

—Jean Louis, res del que ha vist o bé escoltat aquesta nit no ha de sortir d'aquí. Queda clar? —vaig dir.

—Vostès em coneixen —va respondre ofès i es va posar dempeus.

—Ningú pretén manar sobre la seva consciència ni ningú posa en dubte la seva lleialtat. És la reputació del casino, la quina és en joc i demano discreció, molta discreció, a tothom, sense excepció. Entesos?

Va assentir amb energia. No calia explicar-li res més. Era un professional.

Quan va haver desaparegut vaig mirar Boudineau.

—Segons sembla no era ningú —em va dir, alleugerit.

—Això no significa res. Continua sent un cadàver i algú, tard o d'hora, s'interessarà per ell —vaig replicar.

Boudineau suava molt. El vaig observar. Aquell home era ben poca cosa. S'alterava per res.

—Què demana per...? —va preguntar i va deixar la frase a l'aire. Li costava pronunciar certes paraules.

Durant tot el temps que havien durat les converses, jo havia pogut pensar en el preu i ja el tenia clar. La Carla, sense proposar-s'ho, m'havia ensenyat que en el seu món cal saber escollir les paraules i molt més bé els títols. «Cap de seguretat» era un títol apropiat per tractar amb els empleats, perquè la paraula «cap» sempre imposa respecte. «Cap» és el que mana. I punt! No obstant això, a la Barcelona que jo pretenia que fos el meu nou territori, la paraula «cap» sonava a baixos fons o a encarregat d'alguna cosa. Així era com em veia Boudineau, com l'escombriaire que s'enduria la brossa. Entre la gent de l'alta societat barcelonina ningú anomenava «cap» a ningú. En canvi «director» estava més d'acord amb el seu llenguatge més refinat. Tots eren directors d'alguna empresa, gabinet, departament, regidoria, arxiu, patronat, fundació...

—Veurà, *monsieur* Boudineau, el títol de director de seguretat donarà més prestigi al casino que el de cap, que queda un pèl vulgar.

—Aconseguiré que el Consell aprovi el seu nomenament —va respondre sense rumiar-s'ho ni un segon.

—No haurà de consultar-lo amb el senyor Estragué? Ell és el director del casino —li vaig dir.

—El senyor Estragué no serà cap obstacle. Ell diu amén a tot el que aprova el Consell d'Administració.

—Necessitaria aquest nomenament ara, per escrit —li vaig dir, somrient.

—No puc fer-ho sense consultar-ho —es va queixar.

—Avui en dia disposem de telèfons —li vaig suggerir, assenyalant la seva taula.

—Ara mateix els truco —em va contestar.

—Ja que els trucarà, li agrairia que també els comuniqués que, en aquest document, ha de dir que, en el cas que en un futur vulguin prescindir dels meus serveis, se'm pagarà l'equivalent a dos anys de salari, que naturalment s'incrementarà immediatament en un cinquanta per cent —vaig afegir.

—S'ha begut l'enteniment? —va exclamar, amb uns seus ulls com taronges.

—Em demana vostè que actuï en contra de la llei i això té el seu preu —li vaig contestar—. No em digui que va pagar menys per silenciar la premsa amb l'altre desgraciat incident?

—No ho acceptaran.

—Jo ara surto i vostè fa les trucades que cregui oportunes. Quan acabi, em crida i em comunica la seva decisió. D'acord?

—Entesos —va respondre.

Vaig abandonar el despatx i vaig tornar a la petita sala on era el cadàver. El Pere seguia de guàrdia a la porta.

—Va tot bé?

—Tot normal. Ningú no sospita res.

En uns minuts el casino tancaria les seves portes. Jo havia apostat molt fort per les meves cartes i esperava que Boudineau s'adonés que tots els asos m'havien vingut a mi.

La gent va anar abandonant les sales de joc, es van dirigir al guarda-roba i van recuperar les seves peces d'abric. Parlaven animadament. Alguns reien i altres posaven cara de circumstàncies. A poc a poc els clients van desaparèixer i va quedar només la gent del casino: el personal de neteja, els de seguretat i el Jean Louis.

—Està ocupada —va dir el Pere, quan una de les dones de la neteja va fer esma de dirigir-se a la sala on teníem el cadàver.

Poc després el Jean Louis es va acostar a nosaltres.

—*Monsieur* Boudineau desitja parlar amb vostè —em va dir.

Vaig assentir, vaig esperar uns segons i el vaig veure recollir el seu abric i dirigir-se cap a la porta de sortida. Ell ja havia fet el seu treball i desapareixia. Ara ens tocava a nosaltres, els escombriaires.

Quan vaig arribar al despatx de Boudineau, el vaig trobar assegut darrere de la seva taula de treball. Havia redactat dos documents iguals, que em va donar a llegir. En ells es deia que, a partir d'aquell instant, el meu lloc era el de director de seguretat, el meu salari quedava incrementat en un trenta per cent...

El vaig mirar interrogant.

—Ja li he dit que era molt. O bé ho pren o bé ho deixa, però no he pogut aconseguir res més —em va dir, contundent.

No vaig contestar. Vaig continuar llegint i vaig trobar la clàusula que buscava. En cas de ser acomiadat, rebria l'equivalent a un any i mig de salari. Vaig tornar a mirar-lo.

—Maleït sigui tot! No em pressioni més —va exclamar, mossegant-se els llavis. Desitjava acabar amb allò com més aviat millor—. L'hem nomenat director de seguretat del casino i de l'hotel per justificar l'augment de salari i per evitar problemes amb els altres dos directors. No n'hi ha prou?

Vaig fer els meus càlculs mentals. Era molt més que no pas tenia fins llavors. Entre un cinquanta per cent d'augment que ja havia aconseguit en accedir al lloc i ara aquell trenta addicional, gairebé havia duplicat el meu salari en ben pocs mesos. La veritat és que no podia queixar-me. I si m'acomiadaven la quantitat que haurien de pagar no era gens menyspreable.

—Entesos. Ho deixarem així —vaig dir.

—Llavors, signi aquí sota, si us plau.

Vaig signar i li vaig entregar una còpia. L'altra, signada per ell, la vaig doblegar i me la vaig guardar a la butxaca.

—I ara? —em va demanar.

—Necessitaré un cotxe tancat —li vaig respondre. Quedava clar que acceptava l'encàrrec de solucionar el tema.

—Tots els cotxes els tenim aquí. Ja sap que des de dos quarts de deu del matí fins a les deu de la nit pugen des del

Portal de l'Àngel i baixen contínuament, per dur els clients importants, però que a les deu ja es queden aquí dalt i només s'utilitzen si algun client important ho desitja. Després els baixem al garatge —em va contestar—. Excepte el Rolls Royce Silver Ghost i l'Hispano Suiza, pot escollir el que vulgui, sempre que el torni en les mateixes condicions.

—No s'amoïni,, que li hi tornaré ben net. També necessitaré algú que em doni un cop de mà i que sigui discret.

—Emporti's el Pere Nieto.

—M'estimo més l'Antoni Farreres.

—Vostè mateix. Ara ja és el director de seguretat —va dir, aixecant la mà per donar-me carta blanca.

—I les hores extres?

—Quines hores extres? —va preguntar.

—Aquest és un treball que es paga al comptat i no a final de la setmana ni a fi de mes.

—Encara no en té prou?

—En aquesta obra hi ha altres actors —vaig replicar

Potser s'havia imaginat que li sortiria gratis! Viure per creure!

Em va mirar molt seriós, es va mossegar els llavis i va preguntar:

—Quant?

—Cal comptar unes dues-centes pessetes. Cinquanta per al Jean Louis, que oblidarà tot el que ha vist, cinquanta per al Nieto, que netejarà el despatx fins a deixar-lo com una patena i cinquanta per a l'Antoni, que m'acompanyarà per desfer-me del cadàver.

—Això suma cent cinquanta —va dir mirant-me fixament, molt seriós.

—Les altres cinquanta són per al Francesc, el cambrer —vaig respondre. Potser pensava que me les ficaria a la butxaca?

—Ah! —va exclamar. Va mirar el terra. Si seguia mossegant-se els llavis, acabaria per menjar-se'ls—. No és massa pel seu silenci? —va preguntar.

—Per a un cambrer és una petita fortuna i tindrà molt present el que pot succeir-li, a ell i als seus, si obre la boca. Comprèn?

—Ah! —va exclamar novament—. Prengui-ho del seu compte.

—No —vaig negar amb el cap—. Ha de ser al comptat i immediatament. Sense rastres.

Va dubtar, però finalment es va girar, va obrir la petita caixa forta que tenia amagada al costat del moble bar i em va proporcionar els diners. En un casino és molt fàcil tenir caixes amagades. Els diners entren i surten amb molta facilitat. Me'ls vaig ficar a la butxaca sense comptar-los i ell va agrair la mostra de confiança. El que no sabia és que ja els havia comptat alhora que ell, quan els treia de la caixa. Són detalls i habilitats que donen la pràctica, l'experiència i el saber fer.

El meu pare m'havia explicat que, en els seus temps, quan ell havia de comprar el silenci d'algú, mai no es quedava curt ni regatejava, i que quan li donava els diners no oblidava desitjar-li que els gaudís en companyia dels seus.

—En salut i en vida dels teus —deia.

Quedava clar que la seva generositat s'estenia cap a la seva família, tant a l'hora de pagar com a l'hora de cobrar. I tots entenien molt bé el que volia dir amb això.

—Confio en vostè. Encarregui's de tot. Jo me n'haig d'anar. Tinc un compromís i ja faig tard —va dir Boudineau, va agafar el seu barret i va desaparèixer.

El seu compromís era tancar-se a casa i cercar un racó on esperar que els altres li traguéssim les castanyes del foc.

El Rolls Royce Silver Ghost ni tocar-lo. I l'Hispano Suiza tampoc. Què absurd! Sempre era un plaer conduir un automòbil com aquells, elegants i silenciosos, però cap d'ells era el cotxe adient per internar-se en segons quins llocs del bosc i, encara que Boudineau no me'ls hagués vedat, jo tampoc no els hauria triat. No els havien dissenyat precisament per córrer el Ral·li de Montecarlo, la cursa que acabava de crear-se a Europa aquell mateix any per tal que els diversos fabricants provessin la resistència dels seus vehicles, sinó que eren cotxes de grans senyors, amb molt de luxe, més apropiats per a un passeig. Els americans, d'altra banda, havien creat, també aquell mateix any, les 500 Milles d'Indianàpolis, cursa amb què pretenien competir amb el *Grand Prix* de Le Mans, que ja portava cinc edicions.

Finalment em vaig decidir pel Peugeot. Era més tancat, amb la qual cosa el nostre paquet, ben embolicat amb la manta que vam obtenir de l'hotel, podia passar més desapercebut. I era un automòbil més dur, per la qual cosa podríem endinsar-nos al bosc sense cap perill.

Vaig aturar el vehicle al costat de la porta del darrere del Casino, al jardí. L'Antoni m'esperava amagat a la foscor amb el paquet i entre ambdós el vam ficar al seient posterior, estirat i ocult. Hauríem d'afanyar-nos o se'ns quedaria rígid o, pitjor encara, començaria a deixar anar líquids.

El Pere es quedaria netejant el despatx. Prèviament jo havia tret la bala de la paret amb la petita navalla que duia a la butxaca del pantaló i me l'havia guardat a la butxaca de la jaqueta. També havia agafat eines. Afortunadament encara estaven fent retocs i petites obres al parc d'atraccions i no va ser difícil trobar en una de les casetes un pic, una pala i un sac que també vam ficar al cotxe.

Vaig arrencar per dirigir-me cap al Tibidabo, però poc després em vaig aturar i em vaig treure el mocador de la butxaca.

—Serà millor que no sàpigues on anem.

—Víctor, si us plau! —es va queixar davant d'allò que acabava d'interpretar com una mostra de manca de confiança.

—No siguis criatura! —vaig exclamar—. Ho faig precisament per això, per fer-te un favor. Val més que no sàpigues més del compte —li vaig dir i vaig fer un moviment circular amb el dit perquè es tombés.

Ho va fer no gaire content i li vaig embenar els ulls amb el mocador. Llavors vaig arrencar novament. Abans d'arribar al Tibidabo vaig girar a mà dreta per un camí veïnal que coneixia, perquè havíem anat d'excursió moltes vegades amb el meu pare. A ell li encantava passejar per la muntanya. Deia que li recordava altres temps, quan sortia a caçar amb el seu cosí Giorgio. Vaig conduir durant gairebé mitja hora, fins que el camí es va acabar i vaig continuar fins a uns pins. Sabia que darrere d'ells hi havia una petita clariana. Allà ens vam aturar i vaig alliberar l'Antoni del mocador.

—Òstia! Si em deixes aquí estic perdut —va exclamar.

—Treu el pic i la pala que tenim feina.

Cavar un forat prou gran perquè hi cabés aquell italià no va ser gens fàcil. Feia ben bé tres setmanes que no plovia i el terra estava sec i dur i, malgrat que no feia calor, vam acabar suant d'allò més. Encara sort que una lluna creixent, més enllà de la meitat, ens il·luminava.

—Més fondo —li vaig dir.

—Collons!

—Deixa de renegar i cava. O és que vols que el desenterri algun animal del bosc?

—Se'l menjaran i ja està —em va contestar.

—Sí, i deixaran les restes perquè es podreixin, facin pudor i atreguin tothom —vaig replicar.

Va bufar, va continuar cavant i jo traient la terra fins que vaig jutjar que ja era prou fondo.

—Com pesa el cabró! —va exclamar l'Antoni quan el trèiem del cotxe.

—Pesa el mateix que abans —li vaig respondre—. El que passa és que estem cansats.

El vam portar fins a la boca del clot i allí el vaig deixar anar. L'Antoni va estar a punt de caure-hi.

—Avisa, home! —es va queixar.

—Cal netejar-lo —li vaig dir.

Vam obrir la manta i li vaig buidar les butxaques. No és que portés gaire coses, però no podia deixar res que permetés identificar-lo si algun dia el trobaven. Després li vaig treure un anell i vaig fer una ullada a la roba. La camisa estava brodava i la jaqueta portava una etiqueta. Això significava que podia haver-hi altres al pantaló o a la roba interior.

—L'hem de despullar —vaig dir.

—Però, com vols fer-ho, si ja està gairebé rígid? I, a més a més, ens posarem perduts. L'enterrem i ja està.

—He dit que l'hem de despullar. Entesos?

L'Antoni va assentir de mala gana, va treure la seva navalla i ens vam posar mans a l'obra.

Quan t'has acostumat, ja no sents res. Només són cossos. Ni més menys que carn i ossos. El meu pare, quan jo tenia catorze anys, em va portar a la *morgue*, on tenia un contacte que el va deixar entrar perquè em familiaritzés amb la mort. Allà, entre cadàvers, em va donar una gran lliçó.

—Quan estiguis entre morts, mai no utilitzis la imaginació. Subjecta-la amb força! Comprens? Si no hi ha imaginació, no hi ha por. La por sorgeix del teu interior, del que tu imagines que poden fer-te. No obstant això, ja no poden res contra tu —em va dir, mentre jo gairebé m'embrutava els pantalons—. Au va, toca'ls!

Em va agafar la mà i em va obligar a tocar aquella carn freda i dura. Tenia raó. No eren més que cuir, sense vida, sense alè, sense calor, sense ànima... Me'ls va fer tocar tots: els dels nens i els dels ancians, els dels homes i els de les dones, els que semblaven dormits i els que tenien el ventre obert o el cap aixafat. I després em va mostrar els trossos que utilitzaven per estudiar anatomia: un braç, una cama, un crani, un peu, un cor, un ull, una orella... Ho vaig tenir tots a les meves mans, ho vaig contemplar, vaig respirar fondo i, seguint els seus consells, vaig deixar que la meva ment es quedés en blanc. Eren simples objectes.

—Els qui han de preocupar-te són els vius, no pas els morts. Comprens?

Aquell italià també era un simple objecte que s'estava quedant com una pedra, per la qual cosa no vam tenir altre remei que utilitzar la navalla per esquinçar-li la roba i poder-la-hi treure.

—Anava ben servit, aquest paio —va dir l'Antoni, quan li vam treure els calçotets.

—Tens una bona navalla. Si te la vols endur a casa o regalar-la-hi a algú... —vaig respondre en to jocós.

—No, que després comparen i surts perdent —va esclafir de riure—. Llàstima que no se la pugui canviar!

Vam mirar de ficar el cos al sac, però no hi cabia. De manera que el vam llençar despullat al clot, vam esquinçar el sac i vam cobrir el cadàver, vam llençar la terra damunt i finalment el vam cobrir d'herba fins que va quedar ben dissimulat. Allà ningú no el trobaria i a poc a poc es descompondria lluny de l'interès dels animals salvatges. Ara calia pensar en les respostes, si és que algú feia preguntes. El millor era imaginar la història més senzilla. Havia arribat amb tramvia, tal com podien afirmar els porters, havia sopat, havia jugat, havia perdut unes tres-centes pessetes i havia marxat amb tramvia. Qui l'havia vist? Els porters, alguns cambrers, els encarregats de les taules de joc, alguns clients, la noia de guarda-roba... Un moment! Les noies del guarda-roba podien ser un problema. Recordarien haver-lo vist deixar el barret, però no pas recollir-lo. Bé, però hi havia hagut un canvi de torn, que és un moment en què l'atenció es relaxa una mica i l'italià podia haver recuperat el seu barret en aquest instant. Per això les noies no el recordaven. Com el barret no hi era i no hi faltava cap fitxa, elles mateixes s'ho empassarien.

—És la primera vegada que veig algú que s'ha engegat un tret al cap, però... —vaig sentir que l'Antoni trencava el silenci de la nit, mentre el cotxe trontollava pel camí forestal i ell, amb els ulls embenats, mirava de no colpejar-se el cap amb res.

—Però, què? —vaig preguntar animant-lo a seguir.

—Si et fiques el canó a la boca i dispares, el lògic seria que caiguessis cap enrere i que deixessis anar la pipa —va dir en to reflexiu—. No obstant això, aquest paio estava caigut sobre la taula i tenia l'arma a la mà.

—El cos rep l'impacte, xoca contra el respatller i torna cap endavant —li vaig respondre. Em sentia cansat i aquesta explicació ja va suposar un gran esforç mental.

—Ah, i és clar! —va fer.

Aquí va acabar la conversa i jo vaig conduir en silenci fins al carrer Bailèn. Vaig aturar l'automòbil davant el portal de casa meva i vaig veure que l'Antoni s'havia dormit. No li vaig treure la bena per no despertar-lo i el vaig deixar que continués dormint mentre recollia el farcell fet amb la manta que amagava tota la roba de l'italià.

Merda! Vaig exclamar al meu interior. Hauria d'haver-me aturat en passar per davant del casino i deixar-hi el pic i la pala. Què podia fer amb les eines? No podia deixar-les al cotxe.

Me les vaig pujar al pis resant per tal que ningú no sortís en aquell moment. Vaig baixar novament. L'Antoni seguia igual. Vaig arrencar i vaig conduir fins al garatge del carrer Muntaner on es guardaven els automòbils. Just abans d'entrar-hi li vaig treure el mocador d'una estrebada i es va despertar. Vaig deixar l'automòbil i vam sortir. Clarejava i estava exhaurit. L'Antoni posava una cara que hi havia com per donar-li una almoina. Vaig treure les cinquanta pessetes i les hi vaig donar.

—No cal.

—Sí, que cal. Saps molt bé com va això —li vaig replicar.

—No m'aniran pas malament —va somriure i se les va guardar a la butxaca.

—Vés a dormir i no et preocupis per anar a treballar. Ja hi aniràs demà. És a dir: no avui. Comprens?

Ja era de dia. Em va desitjar bona nit, després va corregir i em va dir que millor bon dia i es va dirigir a la parada del tramvia per barrejar-se amb els que hi esperaven. Em sentia cansat, però necessitava respirar l'aire del matí. Així que vaig començar a caminar.

Vaig arribar al portal, on el Maties passava l'escombra. Li vaig desitjar bon dia i ell em va mirar amb enveja. Segurament s'imaginava que havia passat una nit boja. Vaig somriure, vaig agafar l'ascensor, vaig arribar al meu replà, vaig obrir la porta de l'apartament, la vaig tancar i em vaig quedar recolzat en ella. Aquests senzills actes m'havien semblat complicats i eterns, perquè ja no podia més. Em vaig dirigir al dormitori i vaig caure de bocaterrosa damunt del llit. Ni tan sols em vaig despullar. Únicament em vaig alliberar de l'arma i la vaig deixar al terra perquè se'm clavava a les costelles.

Demà seria un altre dia. O aquell mateix dia seria un altre dia. Què més se me'n donava!

Una estona després em vaig despertar. Alguna cosa em molestava. Era la butxaca de l'americana, on hi guardava la pistola del mort, el seu rellotge i la bala que havia tret de la paret. Maleïts siguin! Això dels suïcidis és com els bolets. No n'hi ha un sense dos. A més a més, a l'altra butxaca tenia el portacigarretes, el passaport, la resta de la documentació i la cartera. Hauria de desfer-me de tot allò perquè ningú no pogués trobar-ho. El port s'ha empassat moltes històries i moltes coses. Vaig pensar. Però, ara, tocava descansar. Havia estat una nit molt llarga, però també molt profitosa.

Vaig somriure feliç, em vaig alliberar de l'americana i vaig continuar dormint. Quina nit!

9.-EL COMISSARI

L'endemà ningú no va fer cap comentari. Com si res no hagués passat. La petita sala havia recuperat el seu aspecte immaculat i la seva funció i la Llúcia somreia com cada dia. Si la pobra se n'hagués assabentat, segur que ens deixava plantats. M'havia explicat que va estar a punt de fer-ho quan havia ocorregut l'incident l'anterior, perquè això que la gent pogués entrar armada al casino no li oferia cap mena de seguretat. No obstant això, l'Estragué havia parlat amb ella i l'havia convençut que es tractava d'un accident absolutament fortuït i sense aparences que pogués repetir-se mai més.

Durant els dies que es van succeir els clients de l'hotel van continuar rient, bevent i divertint-se, mentre que els que freqüentaven el casino sortien amb una expressió o una altra en funció del resultat del seu joc. Va haver-hi algunes apostes que tallaven la respiració, però Boudineau es posava content cada vegada que una sala de joc s'omplia de curiosos que aguantaven l'aire mentre veien saltar la bola a la ruleta o esperaven que el *crupier* destapés la següent carta, perquè damunt la taula hi havia una suma que podia qualificar-se de vertadera fortuna.

Arribat el dimecres em vaig dirigir al Palau de la Música. Havia comprat una localitat de platea, ben situada al centre de la sala, i em vaig estimar més entrar-hi que no pas esperar a la porta. S'hauria notat massa. En canvi, si, per casualitat, durant el descans, em trobava amb la Carla i el seu pare, semblaria gairebé obra del destí.

Un parell de minuts abans de començar els vaig veure entrar i seure unes files davant meu, gairebé en un extrem. La Carla em va veure, però va dissimular molt bé i només va dibuixar un lleuger somriure, que bé es podia prendre per una mostra de gratitud cap a l'home que es va aixecar per deixar-la passar. Era evident que ens havíem llegit el pensament. En canvi, el seu pare semblava contrariat.

La veritat és que mai no havia escoltat música d'aquell compositor, Johann Sebastian Bach, i em vaig endur una sorpresa majúscula. Em va agradar. Sí, senyor. I molt.

Arribat el descans, vaig veure que el senyor Torres s'aixecava i sortia. Ella es va quedar assentada. Què havia de fer? Em vaig demanar.

Hi vaig estar donant voltes durant gairebé un minut i al final vaig decidir sortir fora i trobar-me per casualitat amb el pare de la Carla. El vaig veure fumant i em vaig sorprendre. Havia parlat amb ell en dues ocasions i una d'elles va ser llarga de debò, però no l'havia vist fumar i vaig pensar que el tabac i ell no feien l'un per l'altre, però ara m'adonava que s'hi delectava.

—Senyor Torres. Què tal? Com està? —el vaig saludar.

—Home, Víctor! No sabia que li agradés Bach.

—Reconec que sóc aquí per indicació d'un bon amic. No coneixia Bach, però, fins ara, el que he escoltat m'ha deixat meravellat.

—Doncs esperi a sentir la segona part —va dir engrandint els ulls.

En aquesta vida cal saber fins on pot arribar una mentida i a partir d'on es converteix en trampa mortal. El millor era reconèixer la meva ignorància abans que no es manifestés.

—No ha vist la Carla? —va fer.

—No. Potser és amb vostè? —em vaig fer l'innocent.

—Acabo la meva cigarreta i entrem. Així podrà saludar-la —em va dir—. Segur que ella estarà encantada.

—Encara no he pogut donar-li les gràcies per la seva gestió amb el banc Hispanocolonial —vaig aprofitar.

—L'han tractat bé? —es va interessar.

—M'han aconsellat que obri un compte i que vagi dipositant diners fins que tingui una quantitat que es pugui manegar bé. Ho he fet i vaig estalviant. Ara gairebé semblo algú important —li vaig contestar, rient.

—Doncs, si no ho és, ho serà. No és cert? La base de tot és l'estalvi. Per aquí es comença, jove.

—Per mi no quedarà.

Vam continuar xerrant fins que es va acabar la cigarreta i vam entrar a la sala. El vaig seguir fins a la localitat que ocupava la Carla.

—Mira amb qui m'he trobat —va dir el senyor Torres.

—Víctor! —va exclamar ella, estenen la mà.

—No sabia que compartíssiu l'afició per Bach.

—El vertader apassionat és el papa. A mi també m'encanta, però gaudeixo més veient-lo a ell —va dir amb un ampli somriure.

Albert Salvadó

—Gaudeix tant que de vegades fa comentaris quan som en el moment més delicat de la peça —es va queixar el senyor Torres.

—On t'asseus? —em va demanar ella.

—Allà, més enrere —vaig dir, assenyalant la meva localitat.

—Excel·lent lloc —va lloar el senyor Torres, i va abaixar la veu—: Conec la sala i sé que des d'allà pot veure tota l'orquestra sense que ningú no el molesti. Jo m'he despertat tard i he hagut de conformar-me amb el que he trobat. Des d'aquí em perdo gairebé tots els detalls.

De manera que aquell era el motiu del seu enuig. Vaig pensar. I em vaig llançar.

—Si en comptes d'una, en tingués dues, de localitats, gustosament les hi oferiria —li vaig dir.

El vaig veure mirar cap a la meva localitat i dubtar. I la Carla també es va adonar i va aprofitar l'ocasió.

—Au va, papa! Si vols anar-hi, vés-hi. A tu t'agrada controlar els violins, la percussió, les trombes... i veure l'expressió dels músics i estic segura de què el Víctor, al contrari que tu, no es queixarà si faig algun comentari sobre el pentinat o la corbata d'algun intèrpret o del director.

—Ni parlar-ne! —va negar categòricament el senyor Torres—. Qui matina fa farina. És la localitat del Víctor i ell...

—A mi no m'importa —el vaig tallar, i vaig abaixar la veu—. Confesso que habitualment acluco els ulls per escoltar millor la música i sentir-la ben dins.

—De debò?

—N'hi dono la meva paraula d'honor.

No va caler insistir-hi i és així com la segona part del concert me la vaig passar agafant la mà de la Carla. De la música ni me'n recordo. Em sembla que em va agradar.

UNA VIDA EN JOC

En acabar el concert ella va dir que feia una nit molt agradable i que dins del seu abric no tenia fred, de manera que li venia de gust pujar pel passeig de Gràcia i contemplar els aparadors. El seu pare estava feliç i no s'hi va negar. Havia pogut gaudir d'allò més amb tots els detalls de l'execució de cadascun dels músics de l'orquestra i es tornava boig per tenir al seu costat algú amb qui comentar-ho. Els vaig acompanyar fins a casa seva en un agradable passeig, que es va anar allargant a mesura que la Carla s'aturava per examinar algun parador. Ella caminava del bracet del seu pare, que es va passar tot el temps parlant de Bach. Crec que en poc més d'un quilòmetre de passeig vaig rebre una lliçó magistral sobre el geni incomparable del compositor alemany, ignorat per mi fins aquell dia.

Vam arribar a l'altura del carrer Aragó i el senyor Torres es va aturar un instant per encendre una cigarreta, moment que la Carla va aprofitar per deixar anar el seu braç, avançar-se unes passes i plantar-se davant de l'aparador de la botiga on jo havia comprat les dues corbates.

—Quan podré tornar-te a veure? —li vaig preguntar.

—M'agradaria berenar un dia d'aquests.

—On?

—En aquell restaurant tan íntim del carrer Bailèn.

—Alguna cosa en particular?

—Xocolata amb xurros.

Anava a proposar-li un dia, però el senyor Torres se'ns va aplegar.

—Vostè no fuma, Víctor?

—No. El meu pare no fumava i jo tampoc.

—Doncs jo he d'aprofitar quan surto de casa, perquè la meva esposa es mareja amb el fum del tabac —em va dir.

Vam continuar caminant i escoltant les seves explicacions sobre la música i fent un repàs exhaustiu de tots els instruments i el paper de cadascun d'ells a l'orquestra. En arribar al portal de casa seva, el senyor Torres em va donar la mà i me la va estrènyer amb força.

—Ha estat un plaer trobar-lo, jove —em va dir.

—El plaer ha estat enterament meu —vaig respondre i vaig mirar la Carla, que em va dedicar una lleugera inclinació de cap i va entrar al portal.

Quan el senyor Torres anava a tancar la porta vaig sentir la veu d'ella.

—És el vint-i-set, que hem quedat amb els Vallès? —va preguntar.

—No, dimarts vint-i-vuit —va respondre el seu pare.

—Ah, sí, és cert! Dimecres vint-i-nou he quedat que aniré a berenar amb unes amigues.

I la porta es va tancar, però jo ja havia rebut el missatge.

*** ***

No hi ha pluja que passi sense deixar el terra mullat ni llamp que caigui sense que després arribi el tro. Deia el meu pare. I sempre és així. Recalcava. No hi ha excepció, encara que la pluja es retardi o el tro trigui a arribar.

El darrer dilluns del mes de novembre, a primera hora de la tarda, vaig saltar del tramvia davant de la reixa del casino i vaig descobrir un Peugeot aparcat a la porta amb un home al volant que vestia pantaló i americana fosca, corbata i un barret. Aquella escena em resultava massa familiar com per no adonar-me que aquell tipus tenia una pinta de policia de paisà que gairebé feia riure. Es treuen un uniforme i se'n vesteixen un altre. Ho porten a la sang.

Vaig entrar al vestíbul del casino amb la tranquil·litat de qui se suposa que no sap res del que s'hi cou i vaig saludar

188

els empleats amb la mateixa naturalitat de cada dia. Fins i tot amb una mica més d'entusiasme.

—Senyor Pons, l'esperen a dalt —em va dir un dels empleats—. Sembla que ha vingut la policia i que estan preguntant per un home que ha desaparegut.

—Desaparegut, d'on? —vaig preguntar mostrant-me sorprès.

—No ho sé, senyor Pons.

—On ha dit que m'esperen?

—Al despatx del director.

—I *monsieur* Boudineau?

—Encara no ha arribat.

Ostres! No deixava de ser curiós que l'únic dia en què Boudineau es retardava era justament aquell en què apareixia la policia.

—Gràcies... —vaig dir i el vaig assenyalar amb el dit mentre dubtava.

—Lluís Canyes —va dir el seu nom i va somriure.

—Gràcies Lluís —li vaig tornar el somriure i em vaig dirigir a l'escala.

Sí. No deixava de ser curiosa l'absència de qui prenia totes les decisions i que sempre arribava puntual per controlar que tot marxés a la perfecció.

Vaig pujar les escales i em vaig trobar amb la Llúcia. La pobra estava una mica pàl·lida i alterada.

—Que passa alguna cosa? —em va preguntar només veure'm.

Des que havia estat nomenat director de seguretat em tractava amb molta major deferència i ara ja tenia dret a estar informat. Un director és un director.

—Per què ho demana?

—Ha vingut un comissari acompanyat per un policia i fa estona que estan reunits amb el senyor Estragué. No ha passat res, veritat? —va dir amb una expressió gairebé d'espant.

Com podien haver-la seleccionat per a treballar en un casino? Segur que era molt eficient. No ho posava en dubte. Però s'esglaiava davant qualsevol ximpleria.

—Que jo sàpiga, tot és normal —vaig respondre amb un somriure—. Crec que el senyor Estragué desitjava veure'm.

—M'ha dit que l'estava esperant. Un moment, que li anuncio la seva arribada —va dir i va polsar l'interruptor de l'intèrfon—. El senyor Pons és aquí.

—Que passi, si us plau —vaig sentir la veu distorsionada de l'Estragué.

Tot just obrir la porta del despatx del director em vaig trobar amb una cara que em resultava més que familiar.

—Hola Víctor. Què tal està? —em va preguntar el comissari Roger Chapí.

Sant Déu! Vaig exclamar al meu interior. Era l'última persona que esperava veure allà i bé podia jurar que ens havia tocat la loteria. Amb l'altre havíem tingut sort, però ara, amb el comissari Chapí...

—Jo, molt bé. I vostè, comissari? —vaig respondre amb cordialitat.

Ens coneixíem des de feia uns quants anys i ens respectàvem mútuament. Era un home molt dur a qui molts temien. La primera vegada que ens vam veure va ser a prop del port. Jo anava amb el Paco Mir, un bon amic, i davant dels nostres nassos van aparèixer dos paios i van cosir a trets a un home gras que anava molt ben vestit i que gairebé va caure als nostres peus.

La impressió va ser tan forta que ens vam quedar clavats. Vaig reaccionar gairebé immediatament i vaig començar a caminar de pressa, allunyant-me, però el Paco no em va seguir, sinó que es va acostar al pobre home que encara es movia lleugerament i es va quedar mirant-lo bocabadat. Em vaig adonar, vaig tornar-hi i el vaig agafar per la màniga per treure'l d'allà, però ja era massa tard. Per causa de la seva innocent estupidesa ens vam veure ficats en l'embolic sense demanar-ho, perquè van aparèixer dos policies que devien de caminar per aquells barris i ens van retenir fins que es va presentar el comissari Roger Chapí per fer-se càrrec de l'escena del crim.

El comissari era un tipus quadrat que va arribar en un cotxe i va baixar amb un cigar mig menjat a la boca i el seu barret negre d'ala ampla, decantat cap a l'esquerra. Els seus homes el van posar al corrent i ens va mirar.

—Eh, tu! —va dir, dirigint-se al meu amic.

El Paco es va assenyalar a ell mateix i va arquejar les celles.

—Sí, tu, vine aquí —li va ordenar amb la mà.

El Paco va fer esma d'anar-hi, però el vaig agafar pel braç i el vaig retenir.

—No és a tu, que criden —vaig fer, sense deixar de mirar el comissari directament als ulls—. Estan cridant un xaval, no un home.

Vaig veure que els músculs de la seva cara es posaven tensos i que la seva mirada s'enduria, però no em vaig acovardir. Va ser un combat visual que va durar gairebé un minut, però que vaig guanyar per punts.

—Acostin-se, si us plau —va dir llavors, corregint el seu to.

—Anem-hi —vaig dir jo, i vaig començar a caminar sense deixar anar el braç del Paco i retenint-lo. El pobre tremolava, però jo tenia molt clar que no calia precipitar-se ni donar la sensació que ens tornàvem bojos per agradar-lo.

Ens va demanar que ens identifiquéssim i, en veure la meva llicència de detectiu privat, va somriure, me la va tornar i va exclamar:

—Què tal Víctor? Com està vostè?

—Molt bé Comissari. Moltes gràcies. I vostè?

Des d'aquell dia ell em deia pel meu nom, en una actitud que pretenia demostrar que era per damunt meu, però em tractava de vostè com a deferència i mostra de respecte. En justa reciprocitat jo no li deia senyor comissari, sinó comissari a seques. I estàvem en pau.

Dins el despatx es trobaven el director, el comissari i un policia d'uniforme que romania dempeus, darrere del seu superior.

—Tinc un problema i m'agradaria que em donés un cop de mà, amic Víctor.

—Ja sap vostè, comissari, que sempre estic a la seva sencera disposició per al que desitgi manar —vaig respondre, mirant l'Estragué.

—Estic buscant algú que sembla que ha desaparegut —em va dir.

—I en què puc ajudar-lo?

—Vostè treballa aquí, segons tinc entès. És el cap de seguretat, segons acaben d'informar-me.

—El director de seguretat —el vaig corregir i vaig mirar significativament l'Estragué, que ja havia estat assabentat del meu ascens i que, tal com havia vaticinat Boudineau, no havia piulat.

—El director —va repetir i va deixar caure el cap mentre torçava els llavis en allò que pretenia ser un somriure

—. Suposo que continua tenint llicència i que recorda els vells temps, de quan cercava informació sobre persones que podien resultar interessants per a altres persones.

—Hi ha coses que no s'obliden.

—Li sona el nom de Lucca Bonatesta?

Em vaig prendre el meu temps per fer veure que regirava dins la memòria, que no es pensés que no li dedicava prou atenció o que ja tenia la resposta a punt.

—És algú d'important? —vaig preguntar sense respondre al seu inici d'interrogatori.

—Un italià molt estimat a la seva terra —va dir, es va tombar per mirar-me directament i va afegir—: Molt enyorat per la seva família. Era de Montalbano.

—Potser ja no ho és? —li vaig preguntar.

—Sap on és Montalbano? —va dir, ignorant la meva pregunta en aquesta ocasió, encara que no li havia passat per alt la meva reacció—. En italià significa muntanya blanca i és un poble que es troba a l'illa de Sicília.

Un calfred va recórrer tota la meva espina dorsal, de dalt a baix, encara que vaig dissimular tant com vaig poder. El meu pare m'havia ensenyat molt bé el llenguatge ocult de les paraules. I a Itàlia la família és la família, sobretot en certes zones, com l'illa de Sicília. Aquell era un detall amb què no havia comptat. No m'havia preocupat d'esbrinar on era el poble natal d'aquell home, sinó que l'havia valorat en funció del que havia trobat a la seva cartera i havia arrencat a córrer ofuscat per la possibilitat d'obtenir el premi gros.

—Ara que caic, algú, no sé exactament qui, em va dir que un client s'havia queixat que li havien robat la cartera al casino. Vaig parlar amb... amb... —vaig dir, simulant que buscava a la memòria i vaig fer petar els dits—. El Julià! —vaig exclamar—. Això mateix, el Julià, l'encarregat de la ruleta de cavalls. Em va dir que un italià havia perdut uns quants diners i havia marxat molt enutjat. Vaig imaginar que tot era una invenció d'aquest pobre home i no li vaig concedir major importància.

—I com es deia aquest client?

—No en tinc ni idea. Ja li he dit que ningú no va venir a queixar-se personalment i que, per tant, no em vaig preocupar per allò. El que perd sempre té una disculpa i si no la té, la busca o s'inventa qualsevol història —vaig respondre.

—Potser algú del casino l'haurà vist —va dir, després d'un silenci.

—No sé si aquest italià que es va queixar i el seu home són la mateixa persona, però el que sí que puc assegurar-li és que, si ha estat aquí, segurament algú el recorda —vaig apuntar—. Seria el més normal, oi?

—Si vol interrogar el personal, pot utilitzar aquest despatx —va intervenir el director—. És més discret.

—Sí, m'agradaria fer-ho —va acceptar el comissari.

El seu tracte era exquisit. Es veia d'una hora lluny que havia rebut instruccions de com havia de comportar-se en un lloc on hi anava el bo i millor de Barcelona.

—Amb qui desitja parlar? —va preguntar l'Estragué.

—Amb qui hauria de parlar? —va preguntar el comissari, i em va mirar a mi—. Vostè, Víctor, és qui es manega els temes de seguretat i coneix tothom.

—Si m'ho permet, jo li recomanaria que comencés pels porters i continués amb els encarregats de les taules. Han estat escollits expressament per la seva memòria —li vaig contestar —. També pot preguntar als xofers, per si es dóna el cas que hagués utilitzat un automòbil de la casa. Les noies del guarda-roba i els cambrers també solen donar bon joc. Sovint hi ha un detall que els crida l'atenció. I, naturalment, no cal descuidar el personal de seguretat ni els encarregats de les atraccions.

—En resum: tothom —va dir, mentre deixava anar una rialleta.

—Tots els que hi eren ahir —vaig respondre.

—No va ser ahir, quan va desaparèixer —va replicar, mirant-me.

—Ah, no? Quan va ser llavors? —vaig preguntar amb candidesa.

—Com a detectiu, encara que privat, hauria de saber que per començar a buscar algú han de passar un mínim de quaranta-vuit hores i ja fa uns quants dies que no el veuen enlloc —va replicar condescendent, amb el to del mestre que ensenya l'alumne.

—Hi ha una llista dels empleats que han treballat, dia per dia i torn per torn, i fins i tot dels clients importants que han vingut —va dir el director—. Ho tenim tot anotat, tal com assenyala la normativa.

—Magnífic! Començarem per aquí.

—Si ja no em necessita per a res més... —vaig dir.

—No li agradaria quedar-se, Víctor? —em va preguntar mirant-me.

—No veig quin interès pot haver-hi en això —vaig replicar.

—Quina llàstima! Potser hauria pogut donar-me un cop de mà. Ja sap que tinc un gran concepte de vostè.

—Si s'ho estima més em quedo, però no li seré de gran ajuda. Aquest client, si és el seu home, no va venir a veure'm i vostè se sentirà més lliure sense la meva presència.

—Com a director de seguretat del casino i de l'hotel és vostè el responsable absolut de la integritat dels clients —va intervenir l'Estragué recalcant el meu càrrec. Ja es veia sol davant el perill i era evident que no li havia fet el pes la meva correcció—. Potser hauria de quedar-s'hi. No creu? —va afegir.

—Vist d'aquesta manera, serà bo que em quedi —vaig respondre mirant-lo.

—Sí, és el millor —va dir el director—. Si em disculpen, haig de deixar-los. Hi ha afers que reclamen la meva presència i vostè, senyor comissari, queda en bones mans.

Bé! Em passava el mort i desapareixia. Sempre he dit que l'Estragué era un home molt hàbil.

—Podria vostè enviar-me algú de seguretat?—vaig dir abans que abandonés el despatx, i em vaig tombar cap al comissari—. Ens servirà perquè vagi a buscar els que desitgi interrogar. Ja sé que vostè té els seus homes, però un dels meus homes pot ser més efectiu, donades les circumstàncies, perquè coneix tot el personal de la casa. Li sembla bé, comissari?

—Molt encertat, Víctor.

—Té vostè aquí fora la senyoreta Llúcia —va dir l'Estragué.

—Sí, però és millor que es quedi on és. Així disposarem de dues persones. Li prego que li demani que confeccioni una llista de tot els que van treballar aquest dia. Així el comissari anirà a tret segur —vaig replicar i ambdós van assentir. No era mala idea.

—A qui li envio? —va preguntar l'Estragué.

—Qualsevol. No sé... el Pere Nieto, per exemple.

Ens va dedicar una lleugera reverència amb el cap i va sortir del despatx. En tancar la porta vaig somriure per al meu interior davant del joc del comissari, que sempre mirava de posar nerviós al seu interlocutor. Mirades, mitjos somriures, frases al vol... La veritat era que gairebé resultava pueril.

Poc després la Llúcia ens anunciava que havia arribat el Nieto. Li vaig pregar que el fes passar i ell va ser el primer interrogat.

—Pere Nieto... Tu eres policia, oi que sí? —li va preguntar el comissari només veure'l, simulant que acaba de recordar-ho en aquell precís instant.

No m'havia equivocat i el comissari continuava sent el mateix. Arribava amb la lliçó ben apresa i ja sabia qui treballava al casino i segurament disposava de la llista sencera de les persones que havien treballat aquell fatídic dia, si algú tenia antecedents, què havia fet o deixat de fer i tot allò que el concernia. Més valia no amagar-li res que pogués posar-lo en guàrdia.

—Sí, vaig ser policia —va respondre el Nieto.

—Et tracten millor aquí?

—Si més no, em tracten de vostè.

Es va fer un silenci, que no vaig trencar, encara que ganes de petar-me de riure no me'n faltaven, i vaig veure que els músculs de les galtes del comissari es posaven tensos. Allò li devia de recordar vells temps. A partir d'aquí la conversa va ser més freda, més impersonal i més professional. I el mateix va succeir amb els altres quatre de seguretat: Josep Costos, Marià Calvo, Néstor Juanes i Antoni Farreres.

Afortunadament, m'agrada rematar bé els treballs i l'endemà del drama havia reunit tots els implicats perquè les seves respectives versions dels fets no presentessin cap escletxa. Jo ja sabia que com a mínim passarien uns quants dies abans no comencessin a buscar-lo i havia procurat que tot quadrés a la perfecció. No obstant això, pensava que s'havien oblidat del tema o que ningú havia denunciat la seva desaparició. Il·lús de mi!

La Llúcia va donar al comissari una llista completa del personal que havia treballat aquell dia i els vam anar cridant un per un.

Després de totes les perquisicions, el comissari va treure en clar que un porter l'havia vist arribar; una de les noies del guarda-roba es recordava d'ell perquè sempre havia cregut que tots els italians eren morenos i amb el cabell negre i aquell se sortia de la norma; els encarregats de les taules de joc el recordaven perfectament, fins i tot el que havia perdut; el *maître* del restaurant l'havia conduït fins a una taula situada al costat muntanya; el mateix Jean Louis l'havia vist al Cercle d'Estrangers i més tard creia haver-lo vist abandonar el casino.

—Creu haver-lo vist sortir o l'ha vist sortir? —va preguntar el comissari, que sempre demanava exactitud en les respostes.

—Quan veus algú que es dirigeix cap a la porta amb pas ferm imagines que és per sortir, encara que abans de veure'l desaparèixer hagis dirigit la teva atenció cap a un altre tema —va respondre el Jean Louis, amb extrema habilitat—. Per això dic que crec que va marxar.

—Duia barret?

—Quan va arribar, el portava posat. Quan el vaig veure dirigir-se cap a la porta, no el portava posat, però podia dur-lo a la mà. No em vaig fixar en això. Suposo que el portava, perquè no s'ha trobat cap barret sense amo al guarda-roba.

Després va començar a preguntar als porters. Com se n'havia anat? El més probable és que se n'anés amb tramvia, encara que ningú no ho recordava amb exactitud. De fet, els porters es fixen més en els que arriben o en els que prenen els cotxes que no en els que se'n van amb tramvia.

—Senyor Pons —em va dir la Llúcia entre dos interrogatoris—. Són gairebé les vuit. Jo me n'he d'anar.

—Comissari, desitja interrogar la senyoreta Llúcia? Ho dic perquè ha d'anar-se'n.

—Només vull fer-li una pregunta. Sap vostè alguna cosa?

—Sobre què? —va exclamar la Llúcia amb cara de despistada.

—Ja m'ha respost. Gràcies. Pot anar-se'n.

El Nieto va tancar la porta i jo vaig mirar el comissari.

—És l'única que juraria que diu la veritat. Ni tan sols sabia què estava passant quan he començat amb els interrogatoris —em va dir.

—Potser els altres no diuen la veritat? —vaig preguntar.

El comissari va somriure divertit i va negar amb el cap.

—Tothom, qui més qui menys, té alguna cosa per amagar. No és cert?

—Si vostè ho diu...

Per fi els va tocar el torn als crupiers i el Julià va deixar anar el detall que l'italià s'havia queixat que li havien robat la cartera i que ho denunciaria a la policia.

—És la frase típica de qui ha perdut i se sent fatal —va explicar—. Per això no li concedim cap mena d'importància.

La immensa sort va ser que ell va esmentar aquest detall com si ell l'hagués escoltat personalment, i que es va oblidar de comentar que li ho havia dit jo.

En fi! Que van seguir el guió amb tanta perfecció que ni el millor detectiu del món hauria trobat cap pista.

I per si fos poca fortuna, no havien cridat el Francesc Urdiel. No seria jo qui corregís aquest descuit, per la qual cosa vaig somriure quan l'acomiadava i vaig quedar a la seva completa disposició per si necessitava alguna cosa més. No obstant això, el somriure va durar ben poc als meus llavis.

El mort era de Sicília i si, per desgràcia, pertanyia a una de les famílies importants, la situació adquiria un altre caire. Els de la Màfia no deixen escapar la seva presa fàcilment.

—*Cosa Nostra* és molt més que dues paraules. *Cosa Nostra* és el que ens pertany, allò que és el nostre, que forma part de nosaltres mateixos, allò a què no podem renunciar de cap manera. Comprens? —m'havia explicat el meu pare—. Tingues molta cura si te'n trobes un d'ells al teu camí. Igual que a Calàbria, on mana la 'Ndrángheta, *Cosa Nostra* té el respecte com el més sagrat d'aquest món i el que és seu, és seu i de ningú més. Comprens bé? —va ser una de les poques ocasions en què em va demanar, no tan sols si l'havia entès, sinó si l'havia entès bé. I va prosseguir—: Igual que la *camorra* napolitana o la 'Ndrángheta, si toques sense permís alguna cosa que els pertany, els desafies; si no compleixes la paraula donada, els estàs insultant; si els robes alguna cosa que és seva, atemptes contra el seu honor; si taques alguna de les seves dones i no repares el mal, has begut oli; i si mates a algun dels seus acabes de cometre el pitjor de tots els pecats d'aquest món. Totes aquestes ofenses es paguen molt cares. Totes! Sense excepció. Perquè si no te les fan pagar el deshonor és tan gran que poden perdre el respecte de les altres famílies. De manera que et perseguiran fins a la fi del món, fins que hagin cobrat el deute a la seva completa satisfacció.

Déu meu! Havia d'esbrinar qui era de debò aquell Bonatesta, si pertanyia a alguna família i si s'havia suïcidat o algú l'havia ajudat a fer-ho, perquè de sobte havia recordat les paraules de l'Antoni al cotxe, quan tornàvem a Barcelona. «Si et fiques el canó a la boca i dispares, el lògic seria que caiguessis cap enrere i que deixessis anar la pipa». Sí, això seria el més lògic i no la resposta que li vaig donar sobre que el cos rebotaria. Si la sacsejada contra el respatller hagués estat gaire forta, haurien caigut cap endarrere, butaca i cos. O, en tot cas, succeís el que succeís, el ben cert és que el mort no conservaria l'arma a la mà. A menys que algú li hagués subjectat el cap, mentre li engegava el tret a la boca i després hagués abocat el cos damunt la taula i li hagués posat l'arma a la mà. No era fàcil, però algú destre, un professional, podia haver-ho fet. Fora com fos, l'Antoni tenia raó. Allò feia pudor.

Vaig respirar lentament, em vaig fregar la barbeta i els llavis i vaig reflexionar. Dues eren les preguntes fonamentals: Qui ho havia fet? I per què?

La roba del mort, la manta amb què havíem embolicat el seu cos i la cartera, tot ho havia cremat al pati de casa del meu pare i havia llançat les cendres a la sèquia que hi havia allà a prop. El rellotge i l'anell els havia llançat al mar. El revòlver del trenta-vuit amb cinc bales, sense la punta buida ni estries, me'l vaig guardar. Aquesta és una eina que pot ser útil algun dia. Especialment si no està marcada i aquella no ho semblava pas. D'altra banda, si la bala no s'havia quedat dintre del cos, encara que el trobessin, no podrien determinar de quina arma es va escapar, perquè el casquet buit i la bala que li va travessar el crani i es va incrustar a la paret, també els havia llançat al mar. De manera que l'arma, la munició, el passaport i tota la documentació del mort, tot ho vaig guardar a la cuina, darrere de la rajola que el Pep m'havia preparat expressament. Mai no se sap si una documentació pot ser útil.

D'on havia tret l'arma Lucca Bonatesta? I com era que ningú l'havia detectat quan va entrar al casino? Un trenta-vuit no es dissimula tan fàcilment. En el cas de l'altre mort, del suïcida del jardí, va ser amb un vint-i-dos.

No sabia si el comissari estava al cas dels progressos en matèria d'investigació i si disposava dels avanços de les comissaries britàniques, que utilitzaven un sistema per identificar els culpables gràcies a les empremtes deixades pels dits. Les hi deien les empremtes dactilars i segons havia pogut llegir el mètode s'estava estenent arreu d'Europa amb rapidesa. Les meves empremtes eren en aquella arma i no sabia si, a més de les del mort, hi havia unes altres. Ja era massa tard per lamentar-se.

En fi! Que segons qui fos Bonatesta, podia estar ficat en un bon embolic a menys que fos capaç de disposar d'una bona explicació, arribat el cas.

10.- FELIÇ NADAL I BON ANY NOU!

Recordo que a la meva mare se li il·luminava la cara la Nit de Nadal. Sí, semblava una altra persona. Fins i tot el barri semblava un altre, si és que podem dir barri a uns carrers inexistents plens de pols, totalment irregulars, amb pujades i baixades, inclinats, torts, sense voreres, amb més forats que un colador, flanquejats per cases que no seguien cap ordre i acabats amb barraques que s'aguantaven dretes de miracle i que desapareixien cada cop que el cel ens obsequiava amb una forta pluja. Però la Nit de Nadal les veia diferents. En quina cosa? Potser en l'alegria que semblava surar a l'ambient. Com la cara de la meva mare que, de sobte, resplendia, encara que el dia anterior s'hagués queixat d'aquell terrible dolor de ronyons que, un dia, de tant inflar-se-li les cames, va poder més que ella i se la va endur.

Albert Salvadó

—Cal donar gràcies a Déu perquè ha passat un altre any —em deia amb un ampli somriure—. Cal donar gràcies a Déu perquè cada any ens envia el nen Jesús. Per això hem de cridar ben alt: Feliç Nadal!

—Amén! —responia el meu pare amb un mig somriure, que mai no sabia si era d'alegria o de resignació.

Jo em quedava pensant en quina havia de ser la meva resposta: Amén o Feliç Nadal? Finalment, després de dubtar-hi, mirava la meva mare, la veia somriure i exclamava:

—Feliç Nadal!

—Feliç Nadal! —repetia ella i ens feia un petó i ens abraçava. Primer al meu pare i després a mi.

—Feliç Nadal, mare!

I aquella nit sopàvem sopa de caldo de gallina amb pasta, un tros de carn i en arribar a les postres treia dues barres de torró, una de Xixona i l'altra d'Agramunt, que el meu pare portava cada any. La meva mare sempre deia que el torró d'Agramunt era millor que el d'Alacant, perquè tenia avellanes i pa d'àngel. Mai no vaig poder contradir-la perquè va morir abans que jo tastés el d'Alacant. Tampoc li hauria portat la contraria. Parlava amb tanta il·lusió...

Acabat el sopar, en el que només hi érem nosaltres tres perquè la meva mare tenia els seus parents lluny, ben lluny, a Bellver de Cerdanya, un poble del Pirineu que jo ni coneixia, el meu pare em servia un got de vi dolç que comprava expressament per a les festes en una botiga de Barcelona. Només en aquestes dates em permetia beure, però sempre sota la seva atenta mirada. Era un home tan espartà que servia els dos vasos, el seu més gran que el meu, tapava l'ampolla, s'aixecava, la guardava al petit armari que teníem penjat en un racó i tornava a seure. Jo tenia molt clar que no em quedava altre remei que assaborir-lo fins a l'última gota i me'l prenia a petits glops, molt lentament, passejant-lo per la llengua fins que gairebé s'evaporava. Encara tinc imprès a la meva memòria el regust dolç que deixava a la meva boca.

El dia que vaig complir setze anys, vaig entrar en un bar, vaig demanar un got de vi i me'l vaig prendre d'un sol glop. Ja era un home. Treballava, guanyava alguns de diners i podia acostar-me a qualsevol bar, escoltar com em tractaven de vostè, ordenar que em servissin un vas i pagar. No vaig tornar a repetir-ho fins un any més tard, quan vaig convidar els meus amics a una cervesa. Com el meu pare deia:

—Beure per beure és estúpid. Entrar en un bar, demanar un vas de vi i beure-te'l tu sol és perdre el temps.

A diferència del meu pare, la meva mare mai no em va explicar la seva història ni em va dir qui eren els seus parents ni els seus pares. Per aquesta raó mai no els he considerat meus i quan en parlo són els parents de la meva mare. Sé que tenia un germà. El dia que ella va morir vaig tenir l'estranya sensació que el món havia començat amb ella i seguia amb mi, que abans d'ella no existia res i que tot el que existís després de mi, depenia només de mi. Únicament de mi.

—No paga la pena furgar en el passat, quan no hi ha res de què vanagloriar-se —em va dir el meu pare, quan li vaig preguntar—. La teva mare era una santa. I això és el que compta. T'estimava més que a res en aquest món i només vivia per a tu. Tu ho eres tot per a ella i ha mort contenta. Sap que el seu fill serà molt més que ella, que un dia es casarà, fundarà una família, tindrà una casa i fills, que aniran a escola i es faran homes de profit. Potser algun d'ells arribi fins i tot a ser advocat.

Cada any, sense faltar-ne un, havia celebrat la Nit de Nadal i el Nadal amb el meu pare, com sempre, com si la meva mare no hagués mort. Arribava el dia 24 de desembre al vespre i el meu pare ja havia cuinat el sopar. Ara, des de feia dos anys, ja no cuinava i jo portava el sopar i el dinar del dia següent en una bossa, sense oblidar els torrons. Ell ja no menjava del d'Agramunt. Les seves dents ja no li ho permetien. En canvi gaudia molt amb el de Xixona, però jo seguia portant-los per tradició i se'ls quedava per obsequiar la Gertrudis o a algú que el visités. No és que vingués gaire gent, però encara hi havia algun vell del lloc que passejava i preguntava per ell. Llavors la Gertrudis li demanava que passés al menjador o al pati, on el meu pare s'hi passava les hores quan el temps era bo. L'any anterior havíem pres una sopa de cigrons que m'havia cuinat la Manuela i pollastre que havia comprat en un bar on em coneixien. Eren els únics dies en què jo alterava el programa. Primer passava per casa d'ella, perquè em cuinés, i després anava a veure el meu pare i dormia a casa per estar amb ell l'endemà. Diverses vegades se m'havia acudit la idea que ens uníssim per passar el Nadal, però el meu pare no volia abandonar casa seva en una festa tan assenyalada.

—Com vols que a la meva edat canviï els meus costums? —em va dir el dia que li ho vaig insinuar—. Seria tant com fer-li un lleig a la teva mare, que en pau descansi. A més a més, la Manuela té la seva família, té dos germans, i com deia la teva mare: per Nadal casa ovella al seu corral. Si ella vol venir, serà ben rebuda.

Però a casa de la Manuela hi havia el problema del seu avi, que cada dia estava més vell, més callat, més perdut i més de tot perquè cada vegada anava a menys. Ella em va donar les gràcies i em va dir que no, que el Nadal, com tots els dies, eren per al seu avi. Així l'hi havia jurat a la seva mare als peus del seu llit de mort i encara que hagués fet tot el que havia fet amb la seva àvia, amb la seva mare i amb ella, un jurament a un mort és sagrat.

La veritat és que, a partir de la mort de la meva mare, vaig començar a demanar-me per què ens desitgem feliç Nadal. No té perquè ser un dia feliç. En realitat mai no ho va ser completament per a mi, encara que a la meva mare li canviava el semblant i reia i cantava, però després, quan jo me n'anava al llit, la sentia sospirar i tota la seva alegria s'esvaïa. Llavors aclucava els ulls i l'escoltava dir dintre meu:

—Cal donar gràcies a Déu perquè ha passat un altre any. Feliç Nadal!

—Amén! —sentia repetir al meu pare, gairebé en somnis.

—Feliç Nadal! —exclamava jo, també entre somnis, i m'adormia.

—On passaràs el Nadal? —m'havia preguntat la Carla, tres dies abans de les festes.

—Tinc un compromís.

—Algun dia m'explicaràs els teus secrets?

Em vaig quedar en silenci, un instant. Des que ens coneixíem havia respost amb evasives les seves preguntes sobre el meu passat, la meva família, la meva infància, la meva joventut... Per a ella no existia res d'això. Els meus pares havien mort i no tenia germans. Tampoc tenia oncles ni ties ni cosins. Els meus pares també van ser fills únics. Això és tot el que li havia explicat. Explicat? No, més aviat havia de dir que li havia mentit.

—És possible —li vaig dir.

—Quan?

—Quan tingui temps.

—A les dones ens agrada ser misterioses, però no ens agraden els misteris que no podem desxifrar.

—Algun dia te'ls explicaré, però no ara, si us plau. Me n'he d'anar.

—Nosaltres passarem el Nadal a Tarragona, a la finca de l'oncle Pau —em va dir amb un toc de malenconia—. Aquest any toca celebrar-ho a casa seva.

A mi em semblava força curiós que la Carla quan parlava dels seus mai no deia el meu pare o la meva mare o el meu oncle o... sinó que eren el papa, la mama, el Bruno, l'oncle Pau... sense l'adjectiu possessiu. El seu món era seu, tan seu que no necessitava proclamar-ho.

—Estaràs aquí pel revetlla de Cap d'Any? —em va demanar.

—Em tocarà treballar. El casino i l'hotel preparen una gran festa. És la primera gran celebració des del dia que es va inaugurar i volen llençar la casa per la finestra.

—Nosaltres haurem tornat. Si puc m'escaparé i brindarem pel nou any.

Em va besar i la vaig abraçar amb més força que mai. No sabia ella fins a quin punt jo desitjava acabar amb tots els misteris! Però el que més desitjava era no separar-me més d'ella, que el món s'aturés, que la societat canviés i que el Nadal fos el nostre Nadal, seu i meu. Perquè jo sí que necessitava els possessius per poder construir el meu nou món.

—Feliç Nadal —va murmurar, quan els nostres llavis es van separar.

—Feliç Nadal —vaig respondre amb el desig que fos l'última vegada que aquella frase sonés a comiat.

Per sort aquell any la Nit de Nadal va caure en diumenge i el casino va tancar a les set de la tarda.

Boudineau només havia vingut per controlar que tot fos correcte i havia marxat de seguida. Gairebé no havíem tingut temps de creuar un parell de frases.

—Feliç Nadal! —li havia desitjat.

—Això no pinta bé —m'havia dit, sense respondre al meu desig—. Diuen que a l'alcalde li queda només el Nadal i que no arribarà a Cap d'Any en el càrrec.

—I se sap qui el substituirà?

—Hi ha diversos candidats, però el que més sona és Pere Molins.

—Què tal és?

—De la mateixa corda del senyor Manuel Portela —havia conclòs mentre es posava l'abric i havia repetit—: Això no pinta bé.

—Feliç Nadal —vaig repetir jo, sense tant d'entusiasme.

—Sí, això mateix: feliç Nadal —em va contestar amb molt menys entusiasme que jo i va sortir per ficar-se a l'automòbil que el conduiria fins a casa seva.

Poc després va aparèixer la Llúcia. Duia posat un abric nou.

—Preciós —vaig dir—. És un regal?

—Ja sap el que diuen: per Nadal, qui res no estrena res no val —em va contestar.

—Puc preguntar-li on passarà el Nadal?

—Amb la meva germana i els meus tres nebots. Són un encant i m'estimen amb bogeria. Sóc la que els faig els millors regals.

La vaig contemplar. La tieta dels regals. Vaig imaginar. I és clar que l'estimaven amb bogeria!

—Feliç Nadal.

—Feliç Nadal, senyor Pons!

La vaig veure marxar amb el seu caminar viu i el seu taconeig, mentre els cambrers recollien de pressa, els crupiers feien caixa amb les fitxes, les noies del guarda-roba desapareixien tot just anar-se'n l'últim dels clients, els grums seguien el mateix camí i els meus homes s'acostaven per donar-me el comunicat del dia. Tot havia anat rodat. Què podia haver passat la vigília del dia Nadal? La gent només pensa a arribar a casa i celebrar les festes.

—Veniu un moment —els vaig dir i els vaig conduir fins una de les sales petites, on ens esperava una safata amb un parell d'ampolles de *champagne*, que havia aconseguit distreure del celler, i unes copes.

Vaig destapar el *champagne* i vaig omplir les copes, que l'Antoni va anar repartint.

—Feliç Nadal cap! —va aixecar la seva copa, quan va haver repartit totes les altres.

—Feliç Nadal a tothom! —vaig brindar.

—Feliç Nadal! —van corejar tots plegats.

Vam estar xerrant com a companys durant un quart d'hora. El Marià va ser el primer d'acomiadar-se, després el Néstor i el Pere, que van marxar plegats. El Josep es va prendre una altra copa abans de sortir i l'Antoni es va quedar una estona més.

—On vas aquesta nit? —em va preguntar.

Ara ja em tutejava, ja no havíem de fingir. Estàvem sols.

—La passaré amb el meu pare. I demà també.

—Fa temps que no el veig.

—Està vell —li vaig dir amb una certa tristesa—. Molt vell. Hi ha dies que se li'n va l'olla i es repeteix més que un lloro.

—Fot, això de veure'ls envellir, oi que sí? —va replicar —. Jo no he tornat per allà des que la meva mare va morir i com el meu pare té el pis nou... El barri ha d'haver canviat una barbaritat. No és cert?

—Alguna cosa ha canviat, però no pas tant, no t'ho pensis. Davant de casa hi ha el mateix forat. Més avall ja no es formen tants tolls quan plou i les barraques s'han apartat per deixar lloc a altres cases —el vaig informar—. On passaràs el Nadal?

—A casa de la meva germana. La meva Estrella i ella han fet les paus. Coses de família que el Nadal arregla. No ens passarem tota la vida barallats per una ximpleria de criatures, oi que no?

—No —vaig negar amb el cap.

—Doncs res. Dóna-li records al teu pare de part meva i Feliç Nadal! —va exclamar i va aixecar la copa per brindar.

—Així ho faré. Feliç Nadal! —vaig respondre i les nostres copes van xocar a l'aire.

Aquesta va ser la frase que més vaig utilitzar durant tot el dia, fins que vaig agafar el tramvia. I quan vaig baixar a República Argentina, vaig sentir la veu del conductor.

—Feliç Nadal! —em va dir amb un somriure.

—Li queda gaire per acabar el torn? —vaig preguntar.

—Encara em queden unes dues hores. Estic desitjant que s'acabin, que ja m'esperen a casa.

—Feliç Nadal!

Vaig arribar a casa i em vaig trobar el porter que treia el cubell de les escombraries.

—S'hi afanya molt, avui —li vaig dir a manera de salutació.

—Han avisat que passaran d'hora, que també tenen família i volen acabar aviat.

—Em sembla just. Són festes que cal passar a casa, amb els nostres.

—Feliç Nadal! —el vaig sentir exclamar quan tancava la porta de l'ascensor.

Vaig entrar al meu apartament, vaig buscar una roba més còmoda i més adient amb el meu barri d'infància i de joventut, em vaig canviar i vaig tornar a baixar. El Maties ja havia tancat una de les fulles del portal i els veïns de damunt meu, els que, segons el porter, eren més que amics, van entrar alhora que jo sortia. El Maties es va apartar una mica.

Em vaig ficar la mà a la butxaca, vaig treure dos duros i els hi vaig donar.

—Feliç Nadal.

—Gràcies *don* Víctor! I Feliç Nadal! —va exclamar amb entusiasme, traient-se la gorra, dedicant-me una reverència i amb la mà oberta, procurant que els dos inquilins s'assabentessin bé de la quantitat que li havia donat.

—Està malament. Molt malament —em va dir la Manuela quan li vaig preguntar pel seu avi—. S'ha passat el dia al llit i respira... Ai! No sé ni com respira. Com està el teu pare?

—Em sembla que també ha enfilat la recta final, encara que no el veig tan acabat com al teu avi.

—Avui no...

—Manuela, si us plau! No he vingut a això, sinó a veure't, a recollir el menjar i a desitjar-te bones festes.

—És sopa de mandonguilles. He aconseguit carn de bona qualitat i l'he picat jo mateixa.

Li vaig acariciar la galta i ella em va prendre la mà i la va besar. La vaig abraçar. Què se'n faria d'ella, quan li faltés l'avi? Amb ell allà, encara que semblés una càrrega, tenia obligacions i es mantenia viva, però quan es quedés sola... La meva mare m'ho deia sovint, quan em parlava de la senyora Felisa, la que vivia tres cases més avall.

—Mira-la! —l'assenyalava amb la barbeta—. Aquí on la veus, era un remolí de dona que es passejava més erta que un fus. Tenia dos fills, el marit i la mare al seu càrrec. Els tres homes treballaven a la fàbrica. Un dia se li va marxar el més gran, a Guadalajara. Després se'n va anar el petit. Es va casar i se'n va anar a viure i a treballar a Sabadell, a una fàbrica tèxtil. Però ella seguia igual dreta com un pal d'escombra. Un dia el seu marit va emmalaltir i es va morir. Però ella tenia la seva mare, molt gran, i en tenia cura, d'ella. Tothora es queixava del treball que li donava i deia que el dia es quedés sola, un altra cara faria. Però el dia que la seva mare va morir i ella es va quedar sola, es va trencar com un arbre que li cau un llamp al damunt.

Jo mirava la senyora Felisa, que caminava amb l'esquena encorbada i no podia ni imaginar que aquella dona, un dia, va caminar tan erta i amb tanta desimboltura que portava de corcoll a més d'un i a més de dos. La pobra havia hagut de patir de valent. Cada dos per tres apareixia un policia que venia a buscar el seu fill gran, que ja n'havia fet alguna de nova, fins que va marxar a Salamanca, deia la meva mare, encara que al barri tothom sabia que no es tractava precisament de la ciutat que duu aquest nom, sinó d'un nom que s'havien tret de la màniga i amb el què pretenien fer-nos creure que no era a la presó.

—Bon Nadal —vaig dir a la Manuela i li vaig posar dues-centes pessetes a la butxaca del davantal.

No va protestar, com havia fet en altres ocasions, quan considerava que la quantitat de diners era excessiva. Crec que ella era conscient del que li podia arribar i ja havia començat a estalviar. Em va abraçar i em va estrènyer amb força, gairebé amb llàgrimes als ulls.

—Feliç Nadal —va dir i em va fer un petó a la galta, com a un germà, no als llavis, com hauria fet amb el seu amant.

Vaig passar la Nit de Nadal amb el meu pare. Havia portat de tot. Fins i tot *champagne* francès. La Gertrudis havia anat a casa dels seus fills. Era normal. Vaig destapar el *champagne* per al sopar i el meu pare em va servir un got i ell se'n va servir un altre. El seu el va omplir una mica més que el meu. A casa no hi havia copes. Mai no havíem pres *champagne*. Després va intentar tapar-la novament, però el suro s'havia inflat i no hi entrava, a l'ampolla.

—Busca aquí, al calaix de la taula. Segur que hi ha un tap de vi.

Vaig remenar tot el calaix i no hi vaig trobar res.

—No és problema. Ens el fabriquem i ja està —li vaig dir.

Vaig prendre el suro del *champagne* i vaig anar tallant-lo amb el ganivet fins aconseguir ajustar-lo i que hi entrés. El meu pare va assentir, es va aixecar lentament i va guardar l'ampolla al petit armari, que encara penjava del mateix racó, com sempre feia quan jo era un nen i em servia el vas de vi dolç.

—Cal assaborir-lo —em va dir.

—Molt lentament —li vaig contestar.

Vam estar xerrant i, com ell m'havia dit unes setmanes enrere, el seu cap ja no era el que va ser. Es repetia i em preguntava per coses que jo ja li havia explicat quatre o cinc cops. Passada la mitjanit el vaig ficar al llit i vaig sortir a prendre la fresca.

El barri havia canviat. La gent envellia i els joves marxaven. Vaig veure a la senyora Felisa que tancava la porta de casa seva i la vaig saludar amb la mà. Ella em va tornar la salutació aixecant lleugerament el cap, recolzada en el seu bastó. Què gran que estava! I casa seva havia perdut l'emblanquinament que era el seu orgull. Llàstima! Vaig pensar. També podia haver-la convidat a sopar o a dinar l'endemà, encara que el més segur era que el dia de Nadal el passés amb un dels seus fills. Déu! Tenia la sensació que m'estava acomiadant d'aquell barri, que la meva salutació a la senyora Felisa era el preludi d'un final.

Dimarts em tocava treballar i la Gertrudis tornaria per fer-se càrrec de tot. Era el dia de Sant Esteve. En dues ocasions havia tornat a queixar-se del tracte que rebia del meu pare. Fer-se gran és complicat, recordo que deia la meva mare. Per a qui? Em demanava jo en aquells moments. Per al que es fa gran o per als que l'envolten?

D'algunes de les cases s'escoltaven rialles. És un desastre quan la festa només és fora. Vaig caminar durant gairebé una hora. Què estaria fent la Carla? Rient al costat dels seus, brindant amb *champagne* i potser ballant. Mai, des que vaig néixer, m'havia sentit tan sol. Em vaig aturar, vaig contemplar el carrer ple de forats i vaig respirar fondo. Ja era hora d'anar-se'n al llit.

Feliç Nadal! Vaig sentir que algú cridava a la llunyania.

Feliç Nadal! Vaig pensar.

*** ***

La gran innocentada d'aquell any va arribar just el dia 28 de desembre, com és preceptiu, però de la mà de qui menys podíem esperar. El grup dels radicals, que no havia aconseguit revalidar les eleccions a l'ajuntament de la ciutat, en l'últim dia del seu mandat va aprovar concedir l'electricitat pública a l'empresa privada Barcelonesa d'Electricitat, amb la que ells tenien fortes vinculacions. Allò va ser un escàndol que va precedir i va deslluir la presa de possessió del nou alcalde, Excel·lentíssim Senyor Joaquim Sostres i Rei, que el Governador Civil Manuel Portela va nomenar per substituir Salvador de Samà i Torrents. Vaig somriure en assabentar-me de la notícia. Encara recordava l'entusiasme de l'alcalde sortint quan pronunciava el seu discurs durant el sopar de gala de la inauguració del casino. El meu vaticini s'havia complert i el seu futur com a edil de la ciutat havia resultat ben curt. No sé si gaire gent li havia desitjat feliç Nadal, però al nou alcalde molts li desitjarien un bon Any Nou!

—Ha estat una sorpresa —em va dir Boudineau.

—Bona o dolenta? —li vaig preguntar.

No em va contestar. Es va mossegar els llavis, va fer mitja volta i va pujar l'escala per dirigir-se al seu despatx. Malament, vaig pensar.

S'havia tingut tot en compte. Fins i tot havien disposat estufes a la terrassa i al mirador perquè la gent pogués sortir a contemplar la vista sense necessitat que les dames haguessin d'agafar l'abric. Però el dia va aparèixer gris i a mitja tarda van caure quatre gotes que ens van fer témer el pitjor.

—S'han fet un munt de reserves. Tantes que no sé si serem capaços de donar-los cabuda —em va dir el Jean Louis —. Confiàvem que podríem utilitzar la terrassa i el mirador, però ara... —i va alçar els ulls al cel amb una mirada que semblava implorar pietat—. *Monsieur* Boudineau està que treu foc pels queixals.

—No es podrien posar uns tendals? —vaig apuntar.

—No hi ha temps per a això.

Boudineau només pensava en els diners, en com aconseguir que el negoci fos rendible i suposo que es lamentava perquè només cobrava vint-i-cinc pessetes per persona i podria haver-ne cobrat el doble i no tenir problemes. Ell s'havia oposat a què lloguessin els tendals. De manera que ara pagava la seva mala llet amb tothom.

Vaig entrar al menjador. Els cambrers no paraven quiets ni un instant i els decoradors de la sala continuaven penjant garlandes. A mi l'única cosa que m'havia de preocupar era que ningú es desmarxés i es passés de la ratlla. Si resultava un èxit o un fracàs, era problema dels directors, tant de l'hotel com del casino.

Me'n vaig anar al casino i vaig veure l'Estragué, que controlava que tot estigués al seu gust. Havien decorat el *hall*, la sala d'actes, el teatre i fins i tot l'escala, però les sales de joc les havien respectat sense afegir-hi cap adorn. Aquí no volien confeti ni tires de paper ni res que fes nosa. La idea era mantenir-les tancades durant tot el sopar, fins que toquessin les dotze campanades, que coincidirien amb l'entrada de l'any 1912, el dotzè any del segle XX. Per a molts jugadors, aquesta coincidència de les dotze campanades per acomiadar l'any vell i rebre un altre acabat en dotze resultava premonitòria i no es perdrien l'ocasió. De manera que alguns veurien a la ruleta la possibilitat de guanyar fàcilment apostant al número 12 o als seus múltiples, el 24 i el 36, i altres es precipitarien per jugar a les cartes. Hi ha dotze cartes a cada pal. D'altra banda, l'any acabava en diumenge, que és el setè dia de la setmana, aquell en què Déu va descansar. El 7, tradicionalment, és un número de la sort. El meu pare deia que és un número de la sort perquè representa el diumenge, que és el dia de festa setmanal. Molts també veurien en aquesta coincidència el seu talismà de la fortuna i apostarien fort pel 7, pels seus múltiples i pel 31, l'últim dia de l'any. Tampoc faltaria el que apostaria una de cada set jugades, deixant passar les altres sis. Hi havia per a tots els gusts i jo, en aquells mesos, havia presenciat situacions increïbles. Al final, l'únic que de debò guanyava era el casino i tots els altres, tard o d'hora, acabaven perdent.

Boudineau estava al corrent de totes aquestes estupideses i supersticions dels que s'acosten a les taules de joc, per la qual cosa havia donat ordres perquè, un cop passada la mitjanit, els brindis, els crits, les alegries, les abraçades i els petons i encetat el ball, obrissin discretament les sales.

L'eufòria del moment ajuda a deixar damunt la taula quantitats de diners que en altres moments ni se'ns acudiria treure de la butxaca. Tampoc calia anunciar res, perquè els jugadors estarien atents. Ja havia corregut la veu.

A les vuit de la tarda vaig repartir els meus homes entre la porta d'entrada, el guarda-roba i l'accés al menjador. Era un dia massa assenyalat com perquè se'ns escapés el més petit detall. Si algú pretenia entrar armat no li ho posaria fàcil. El Josep i el Marià farien la primera inspecció, just a l'entrada; el Pere, que tenia molta experiència, es quedaria amb mi al costat del guarda-roba per detectar qualsevol bony sospitós en el moment de treure's l'abric; i el Néstor i l'Antoni farien l'últim repàs en el moment en què els comensals accedissin al menjador. Boudineau ens havia repetit, cent cops, que seria un desastre que algú fes una ximpleria en un dia tan assenyalat.

Els clients van començar a arribar. Venien alegres. Alguns d'ells ja portaven més d'una copa a l'estómac. És normal. Segurament haurien dinat opíparament a casa seva o en la d'algun parent o amic i ja haurien destapat unes quantes ampolles. Després, amb el cafè, el conyac no hauria faltat. Jo em vaig situar a un costat i el Pere a l'altre, cobrint tots els angles. Ningú no podria escapar al nostre control.

Tot va anar brodat, excepte en un cas. Pels volts de les nou vam tenir l'únic incident. Per fortuna no va passar de ser una pura anècdota. Estava controlant un home que es treia l'abric quan vaig veure el Marià que em feia un senyal des de la porta d'entrada. El vaig mirar i ell es va fregar el nas amb el dors de la mà alhora que apuntava amb el dit índex cap a un home alt que arribava acompanyat per una dona esplèndida, també alta. Tenien aspecte d'estrangers. Americans, vaig pensar.

L'home es va treure l'abric amb gests molt ampul·losos i el va donar a la noia. La dona s'ho va prendre amb més calma. Volia lluir-se i va esperar que ell l'alliberés del seu abric de pells per quedar-se enmig de la sala. Lluïa un escot espectacular. Quan ambdós es van tombar per dirigir-se al menjador, em vaig plantar davant d'ells.

—Seria tan amable d'acompanyar-me? —vaig dir.

Aquell home em va mirar amb insolència i va negar amb el cap. No m'havia entès. El problema era que ni jo ni el Pere parlàvem anglès. Li ho vaig repetir en francès, però va deixar anar una frase que no vaig entendre i va fer esma d'apartar-me per prosseguir el seu camí. Vaig fer una passa enrere, vaig aixecar la mà de pressa i amb dos dits, simulant una pistola, li vaig fer un petit cop al costat, just on duia l'arma, mentre aixecava l'altra mà amb el palmell cap amunt en actitud de demanar-la-hi i negava amb el cap. Quedava molt clar allò que volia d'ell. No obstant això, aquell home no estava disposat a cedir tan fàcilment, de manera que li vaig indicar amb la barbeta que mirés cap a on estava el Pere, que s'havia ficat la mà sota la jaqueta en una actitud que tampoc admetia rèplica ni pretenia precisament emular Napoleó.

L'home em va mirar i va començar a deixar anar un discurs. En aquell instant va aparèixer el Jean Louis i el vaig cridar amb la mà. S'hi va acostar.

—Pot traduir-me el que diu?

El Jean Louis va escoltar atentament el que aquell home no parava de repetir.

—Diu que té permís d'armes.

—Aquí, a Espanya, no li serveix per a res.

Els vaig sentir discutir sense entendre-hi res i vaig veure que aquell home es ficava la mà a la butxaca i treia una llicència d'armes espanyola.

—Com cony la deu d'haver aconseguit? —va exclamar el Jean Louis. Era la primera vegada que el sentia dir un renec.

—En aquesta vida, tot té el seu preu —vaig fer, sense deixar de mirar aquell home—. Ara li prego que li digui a aquest cavaller que no ha de témer res. Dintre del casino i dintre de l'hotel està segur i ningú no li farà cap mal. Si desitja sopar aquí, haurà d'entregar-me l'arma i jo la hi tornaré quan marxi. Si no ho fa, no tindré més remei que pregar-li amablement que busqui un altre lloc per passar-hi la revetlla de Cap d'Any.

Vaig sentir que tornaven a discutir, però aquell home em va mirar, va somriure i vaig entendre perfectament que acceptava la meva proposició. Havia vingut a passar-s'ho bé. Els americans són així, es pensen que són els amos del món i que, com paguen, tenen dret a qualsevol cosa. Esperava no haver d'explicar-li fil per randa que aquí era un client i al nostre país un convidat.

Entre els assistents vaig veure cares conegudes, però no vaig trobar ni al Bruno ni al baró ni a la seva esposa, i molt menys a la Carla. Tampoc esperava que vinguessin. En dates com aquelles els compromisos abunden i no és fàcil escapar-se'n.

A les deu els cambrers van començar a servir les taules. Hi havia més de sis-cents comensals i havien ajustat les taules tot el que havien pogut per deixar prou espai per a la pista de ball, encara que resultava més que evident que no hi cabrien tots. Tampoc hi havia perquè escarrassar-s'hi. Molts i moltes desapareixerien de la vista per desitjar-se un bon any amb major intimitat i més d'un o d'una no es mantindria dempeus i s'estimaria més continuar ocupant la seva cadira.

Mentre va durar el sopar no vam tenir gairebé feina i vam poder relaxar-nos i picar alguna cosa a la cuina. Tot estava deliciós, per cert. Vaig tastar un *foie* exquisit, autèntic, amb trufes, com mai abans no n'havia menjat. No vam beure alcohol. Jo ho havia prohibit expressament.

Arribada la mitjanit, l'orquestra va deixar de tocar i van sonar les campanades. Acabada l'última d'elles, es van apagar els llums i els crits es van multiplicar. Durant cinc minuts ningú no sap del cert el que va passar, qui va besar a qui i qui va tocar a qui. De sobte els llums es van encendre i una pluja de globus es va desprendre del sostre, mentre el confeti cobria els nostres caps i les copes de *champagne* xocaven unes contra les altres.

Després es va obrir el ball i van dansar, van cantar, van cridar, van riure, van fer sonar les seves trompetes i les seves espanta sogres... i entre tant de rebombori les ruletes es van engegar i una part dels comensals va desaparèixer discretament per veure si el nou any els portava millor fortuna que el passat.

Bones festes i feliç Any Nou!

Vaig arribar al carrer Aragó quan ja sortia el sol. Em sentia exhaurit. La festa seguia pels carrers, on molts caminaven fent ziga-zaga i havien d'aturar-se de tros en tros per recolzar-se en un fanal i no caure. Vaig veure uns borratxos evacuar l'excés de líquid en un portal, sense tenir en compte que algunes parelles cercaven un racó on amagar-se durant una estona i poder gaudir de la seva intimitat.

—Passa d'aquí, cabró de merda, borratxo fastigós! —vaig sentir cridar.

Quan vaig abandonar la Rabassada el casino ja havia tancat les seves portes i l'orquestra havia deixat de tocar.

Només uns quants clients de l'hotel seguien la seva festa particular al mirador, mentre l'exèrcit de cambrers netejava el menjador per deixar-ho a punt per al desdejuni, que ja començaria a servir-se mitja hora després. Qui es presentaria per prendre-se'l? Em vaig preguntar.

Encara que al final no havia plogut, l'ambient estava carregat d'humitat i el fred es ficava als ossos. Per fi vaig atrapar el portal de casa meva, que estava obert. Segurament algú se l'havia deixat així. Vaig entrar i me'n vaig anar cap a l'ascensor. Des del segon tram de l'escala em va arribar la veu del Maties que cridava com un boig. Vaig veure que una parella baixava cames ajudeu-me. Ella es tapava com podia i ell s'aguantava els pantalons amb la mà, mentre arrossegava el seu abric. El pobre no havia tingut temps de cordar-se la bragueta. Quina escena! I amb el fred que feia!

Vaig obrir la porta de l'ascensor, em vaig ficar i la vaig tancar de seguida. No tenia ganes que el Maties em fes cinc cèntims del que havia vist.

Un cop dintre del pis ni vaig encendre la llum. Em vaig treure el barret i l'abric i els vaig deixar caure damunt d'una cadira del rebedor. Me'n vaig anar a la cuina, em vaig prendre un got d'aigua i em vaig dirigir al dormitori.

Just acabava d'entrar-hi i treure'm la jaqueta quan de sobte es va encendre el llum. Em vaig endur un esglai de mort, però vaig reaccionar immediatament, vaig treure la semiautomàtica de la funda i vaig apuntar cap al llit.

—No és amb aquesta arma que esperava que m'ataquessis —va dir la Carla, que s'havia tapat fins al nas.

—Sant Déu! I si arribo a disparar? —em va entrar una suor freda.

—Bonica forma de desitjar-me un bon any —va replicar i va abaixar una mica la roba del llit, descobrint el seu coll que lluïa una cinta de color vermell amb un llaç.

Vaig deixar l'arma damunt la còmoda i vaig bufar amb força. Encara no m'havia refet de la impressió i ella semblava tan tranquil·la.

—Com has aconseguit entrar?

—El porter em recordava d'altres vegades i no m'ha costat gaire convèncer-lo per a què m'obrís la porta amb la seva clau. Però m'ha dit que t'avisaria així que et veiés arribar.

Em vaig seure al llit, al costat d'ella i la vaig mirar. Després, vaig mirar la cadira de cua d'ull. La seva roba era allà, ben plegada. Això volia dir que no duia posat res de res, a sota, excepte la cinta vermella al coll.

—La cinta i el llaç són de regal? —vaig fer.

—El llaç és perquè l'estiris. El regal és tota la resta —em va contestar—. Bon Any!

—Bon Any Nou! —li vaig respondre mentre estirava el llaç i em quedava amb la cinta a les mans.

11.- I LES FESTES ES VAN ACABAR

M'havia costat gairebé cinc-centes pessetes, però en valia més de dos mil. Això m'havia dit el Xenxo. I ell ho sabia prou bé, perquè portava més de quinze anys traficant amb joies, algunes d'elles no gaire netes. Són els avantatges d'haver nascut al barri on vaig néixer i d'haver-me criat entre la gent amb qui em vaig criar. Coneixes a qui necessites i trobes el que busques a un preu raonable. Encara que el meu salari era més que decent i amb el que havia estalviat podia permetre'm el luxe, pagar més em semblava una estupidesa. Els diners havia de guardar-los per a les inversions.

—Sense rastre —li havia dit jo.

El Xenxo traficava molt i de vegades la procedència deixava pistes massa evidents i no em semblava correcte regalar a la Carla una joia que algun dia algú arribés a reconèixer. No seria la primera vegada que, enmig d'una festa, una dona cridava que aquell collar o el braçalet o l'anell era seu.

—Sense rastre és més cara —havia fet ell.

—M'importa ben poc. Entesos?

—Ha de pagar la pena —em va dir i em va fer l'ullet.

—Val la pena, i molt. De manera que vés amb cura i escull-la bé. No vull sorpreses de cap mena.

—Una joia única per a algú molt especial —va dir somrient amb picardia, mentre obria el calaix i hi passejava la mirada.

—Per a algú molt especial —vaig repetir molt concentrat.

—Aquí. Aquesta! —va exclamar i em va ensenyar un collaret de petits brillants muntats en or blanc.

Li vaig agafar de les mans i el vaig observar amb atenció. Era magnífic. El vaig posar sota la llum. Brillava com les estrelles en una nit d'estiu.

—És una peça impossible de seguir. Guaita —em va assenyalar un punt—. Ni es nota l'entroncament i ningú no podrà dir que era seva, perquè el retoc la converteix en una altra cosa completament diferent. Ho veus?

—Doncs no. No sóc capaç de veure-hi res.

—Perquè és un autèntic treball d'artista.

Li vaig pagar el que convenia i vaig sortir d'allà amb el collaret ficat en un estoig, que potser també era robat.

El dia de Reis, 6 de gener, es va despertar esplèndid i me'n vaig anar directament al parc de la Ciutadella per arribar al peu de la font abans de les onze, tal com havíem convingut amb la Carla.

No vaig haver d'esperar gaire per veure-la aparèixer amb la seva amiga Dolça i un home jove, moreno, amb bigoti, ben vestit, amb abric fosc, barret i uns guants color gris perla que aguantava amb una mà. La Carla duia un abric granat i anava pentinada amb un recollit. M'agradava molt que deixés el coll a l'aire. M'entraven ganes de besar-l'hi. Va ser la Dolça la que em va veure primer i va fer un gest amb el cap per saludar-me. Jo, per la meva part, em vaig treure el barret i m'hi vaig acostar. La Carla va interpretar a les mil meravelles el paper de sorpresa i jo li vaig seguir el joc. Llavors em van presentar aquell jove, que responia al nom de Jaume Bravo. Ens vam donar la mà i, ja que ens havíem trobat per casualitat, els vaig preguntar si podia acompanyar-los. Novament va ser la Dolça que va prendre la iniciativa i va respondre afirmativament. Resultava evident que ja havia trobat acompanyant per a la seva amiga i que, per tant, podia distanciar-se una mica.

El Jaume Bravo era un possible pretendent de la Dolça, em va informar la Carla quan vam començar a caminar, aprofitant un moment en què els nostres acompanyants s'endarrerien per intercanviar les seves confidències.

En arribar al costat del llac, la Dolça va manifestar que sempre li havia fet molta il·lusió fer un passeig amb barca i el Jaume es va oferir per llogar-ne una per als quatre, encara que vaig veure que no era massa partidari de la idea.

—Millor que agafem dues barques. Serà més divertit — vaig suggerir i les dues dones van acceptar immediatament. El Jaume, ben al contrari, va posar cara de circumstàncies.

L'home que s'encarregava de les barques ens va ajudar a pujar-hi. Abans d'entrar a la barca, em vaig treure l'abric i el vaig deixar a un costat. Si havia de remar, més valia anar una mica més lleuger.

Vaig observar el Jaume, quan entrava a la seva barca. Se li havia glaçat el somriure i s'ajupia tot el que podia per poder agafar-se on fos. S'endevinava d'una hora lluny que per les seves venes no corria ni una gota de sang marinera, que no se sentia segur dins aquella barca i que temia caure a l'aigua si es movia o pretenia alliberar-se del seu abric, que no es va treure per a res. El pobre acabaria suant d'allò més, vaig pensar divertit.

Vaig començar a remar lentament mentre la Carla aixecava el rostre per contemplar el blau del cel. No vaig trigar gaire a deixar lluny l'altra barca, en la que el Jaume feia vertaders jocs malabars amb els rems, però sense aconseguir que s'apartés més de dos metres del petit embarcador. Quan ja havia perdut de vista la Dolça i el Jaume, just en donar la volta pel darrere de la petita illa on s'amagaven els ànecs, em vaig aixecar i em vaig seure al costat de la Carla. Vaig ficar la mà a la butxaca de l'americana i vaig treure el collaret.

—Avui és el dia de Reis —vaig dir, mentre obria la mà.

—És preciós! —va fer i va respirar fondo, mentre el tocava—. Posa-me'l!

Es va girar i va inclinar el cap, deixant al descobert el seu coll. L'hi vaig posar, l'hi vaig cordar i vaig aprofitar per besar-la.

—Aquí, en públic, no —em va dir, mentre mirava cap al lloc per on se suposava que havien aparèixer la Dolça i el Jaume.

—No t'amoïnis. Fins al migdia el Jaume no aconseguirà moure la seva barca i encara haurem de rescatar-los —li vaig dir, somrient divertit.

—No ho dic per ells, sinó per la gent —va replicar, mentre m'empenyia suaument amb ambdues mans—. Au va, seu al teu lloc i continua remant. Així podràs veure l'efecte que fa el collaret al meu coll.

Em vaig seure davant d'ella. Estava radiant, com mai. Somreia feliç i jo em vaig sentir de meravella durant tota l'estona que vaig estar remant, mentre la contemplava.

—Estàs tan formosa com el dia que vaig estirar la cinta vermella per desfer el llaç del meu regal —li vaig dir.

—Llàstima! No puc posar-me-la. No sé on és. Dec haver-la perdut —em va contestar amb un somriure ple de picardia.

—La tinc jo, a la butxaca.

—La conserves? De debò?

—La porto sempre amb mi, a tot arreu. Te la posaries ara? —vaig dir, i la vaig contemplar amb desig.

—No em miris així, que em fas enrogir —es va queixar i va desviar la mirada amb un pessic de vergonya.

Quan desembarcàvem vaig veure que l'encarregat de les barques havia agafat una perxa i l'allargava perquè el Jaume no acabava d'enfilar correctament.

—Ha estat un passeig deliciós —va dir la Dolça, mentre acceptava la meva mà per saltar a terra.

El Jaume va estar a punt d'ensopegar amb la barca, però l'encarregat, que ja s'olorava la torrada, el va agafar per la màniga i el va salvar de caure a l'aigua.

—Sí, ha estat una gran experiència —va dir ell, es va treure el mocador de la butxaca i es va eixugar el front. Suava i la mà li tremolava.

—Un passeig deliciós —va repetir la Dolça, que havia clavat els seus ulls al collaret i no els apartava.

—Deliciós —va dir la Carla, i ambdues van riure

Sembla mentida el llenguatge de les dones. Són capaces de parlar i parlar durant hores sense dir res i en menys d'una picada d'ulls s'ho han dit tot sense una sola paraula, només amb una mirada.

Ens vam acomiadar passats dos quarts de dotze. Jo havia d'anar a casa del meu pare per dinar amb ell abans de sortir cap al casino. La Gertrudis havia d'anar a casa dels seus fills, però m'havia promès esperar-me perquè el meu pare no es quedés sol. La Carla també havia quedat per dinar amb la seva família. El dia de Reis, l'últim dia de les festes nadalenques, cal passar-lo a casa.

El meu pare sempre em feia un regal. En els dos últims anys m'havia donat coses seves, personals. L'últim em va donar la seva navalla, que tenia tants anys que jo ja la recordava de quan era petit i el veia tallar el tros de cansalada damunt de la llesca de pa, quan anàvem d'excursió a la muntanya de Collserola. Era italiana i ell la tenia des que era un noi que començava a treballar. I l'any anterior havien estat dues monedes d'argent, que ell també guardava d'Itàlia. Tenia l'estranya sensació que aprofitava els dies assenyalats per entregar-me el seu llegat i que aquell podia ser l'últim dia de Reis que passàvem plegats. El pobre estava tan vell...

Quan vaig arribar la Gertrudis m'esperava a la porta, neguitosa, impacient. Havia d'abaixar tot el carrer i agafar el tramvia. La vaig veure tan tensa que vaig treure tres pessetes de la butxaca i les hi vaig donar en desgreuge pel meu retard.

—És el dia de Reis —li vaig dir.

Vaig veure que el seu rostre es relaxava i que somreia. Em va donar les gràcies. Ja no tenia tanta pressa i els seus fills podien esperar. Em va informar que havia deixat feta una olla de caldo i que trobaria pa i formatge al petit armari. També hi havia pasta i taronges i hi quedava una mica de torró d'Agramunt. El de Xixona se l'havien menjat. I el *champagne* també havia desaparegut. Però quedava una mica de vi dolç, de l'any passat. Esperava que no estigués ranci. Llàstima! No havia tingut temps per acostar-se a la botiga, que el dia anterior havia obert. Es va disculpar.

La vaig acomiadar cansat de sentir-la i vaig entrar a casa. El meu pare era al pati, prenent el sol, cobert amb una manta, amb la boca mig oberta i la vista perduda. El vaig saludar amb un petó a la galta, com quan era petit. No sé perquè ho vaig fer. Feia anys que només l'abraçava. De sobte va semblar que emergia del seu estat catalèptic i em va mirar sorprès. Vaig tenir la sensació que no em reconeixia, perquè els seus ulls mostraven estranyesa.

—Hola fill! —va exclamar, finalment, i va somriure.

—Hola pare. Avui és el dia de Reis.

—Ah! És avui?

—Sí, pare. És avui.

—Segur que la teva mare ha fet un bon dinar.

Em vaig quedar quiet, en silenci, mirant-lo. Somreia feliç i assentia repetidament. Va tornar a mirar cap a la carbonera i novament es va quedar estàtic.

Déu és misericordiós, deia la meva mare. Sí, vaig pensar en aquell moment i li vaig donar la raó. Déu no permetia que el meu pare fos infeliç i capgirava la seva ment i la seva memòria per conduir-lo al regne dels somnis. Què devia estar passant pel seu cap? Vaig prendre una cadira i vaig seure al seu costat, no al davant, sinó al seu costat, mirant la carbonera, com dos amics que compartiran confidències.

La Gertrudis va tornar cap a les cinc i ens va trobar asseguts al pati, en silenci, contemplant la carbonera.

—Però, que no han dinat? —va fer en veure la taula parada, tal com l'havia deixat ella.

—Se'ns en ha anat el temps xerrant —vaig mentir—. Ara me n'haig d'anar. Pot vostè fer-li un plat de sopa de pasta?

—No passi ànsia, que l'hi faré.

—Me'n vaig, pare —vaig dir.

—Ah! —va exclamar ell, i va aixecar la mà.

Era la primera vegada que me n'anava de casa el dia de Reis sense el seu regal.

UNA VIDA EN JOC

*** ***

El mes de gener va transcórrer sense cap incident, ni dins ni fora del casino, si descomptem un parell d'episodis nacionals, parafrasejant el novel·lista *don* Benito Pérez Galdós. El primer va ser que el govern espanyol va continuar enviant tropes a Melilla per reforçar l'exèrcit que lluitava al Marroc, però que ja no va provocar aldarulls ni vagues. Semblava que tots ens estàvem acostumant a veure vaixells que salpaven cap a les costes africanes, perquè ja se sap que tot allò que deixa de ser novetat, para de sorprendre i perd força. I el segon episodi el va constituir la dimissió de José Canalejas com a cap del govern espanyol per causa d'aquella maleïda guerra i d'haver establert l'obligatorietat del servei militar. No obstant això, va quedar gairebé en una anècdota, perquè l'endemà mateix va recuperar el càrrec. Allò semblava un govern d'opereta. Ara me'n vaig, ara em quedo... Antoni Maura havia estat fins a cinc vegades president del govern espanyol i també va jugar a l'ara me'n vaig, ara em quedo.

Al casino les coses anaven com sempre. Havia donat instruccions precises per a què no es repetís cap desgràcia i els meus homes havien redoblat els seus esforços. Ningú no podria entrar una arma al casino, ni tan sols una agulla que punxés. Boudineau no podia queixar-se i el Governador Civil no tenia cap excusa per continuar amb la seva campanya en contra del joc, encara que sabíem que es mantenia alerta i acotxat com el gat que espera que l'ocell es posi al terra per saltar-li al damunt i obtenir la seva presa.

La Carla i jo seguíem veient-nos d'amagat, al meu pis.

—El papa et respecta —em va dir un dia, a començaments de febrer.

231

—Jo també el respecto. Em sembla que és un gran home —li vaig contestar.

Vaig ser a punt de dir-li que per qui no sentia el mateix era pel seu germà, però no ho vaig fer perquè ja sabia que era un tema espinós. Com deia la meva mare: dels teus en diràs, però sentir-ne no voldràs. Per això callava, encara que la Carla m'havia explicat que el Bruno portava anys barallant-se amb el seu pare, que ja no li passava cap assignació. Per aquesta raó muntava les partides de cartes com a font d'ingressos, per no haver de demanar-li diners. Això no m'ho va dir ella, sinó que saltava a la vista. En dues ocasions vaig estar a punt de fer-li la pell, però la presència de Boudineau m'ho va impedir. Algun dia, aquell desgraciat i jo, per més que fos el germà de la dona que estimava, hauríem de veure'ns les cares i, quan acabés, la seva necessitaria uns quants arranjaments.

A més a més, d'altra banda, com també deia la meva mare, no és or tot allò que brilla i em vaig assabentar que el baró von Brütsner estava pràcticament arruïnat. Tot era façana, però sense cap contingut. El seu famós Rolls Royce, segons m'havien informat, l'estava pagant a terminis. De manera que les partides li proporcionaven un mitjà de subsistència. No m'estranyava que anés del bracet del Bruno.

—El papa està preparant un viatge per al mes d'abril, per celebrar el seu trenta aniversari de bodes —em va explicar la Carla—. Diu que serà un viatge de somni. Una cosa que la mama no pot ni imaginar. No sabem ni on anirem ni el que visitarem. És un secret.

—Has dit anirem? —em vaig sorprendre.

—És que la mama m'ha demanat que els acompanyi. Ella, això de visitar altres països li fa cosa, i més encara si no parlen la nostra llengua, perquè alguna cosa ha sentit i sap que el viatge no serà per terres d'Espanya, precisament. Parla de París. És una ciutat magnífica, però a mi em faria molta més il·lusió creuar l'Atlàntic i conèixer un altre continent. No sé: Argentina o Mèxic, per exemple. *New York* ja seria més que un somni.

—Hauré de conformar-me —vaig sospirar amb un deix de tristesa.

—Només serem fora un mes i mig.

—Només un mes i mig, dius? —vaig fer—. És una eternitat!

—Sí, però podré guanyar-me al papa i a la mama. De manera que, quan tornem, a mitjan maig, serà un bon moment perquè parlis amb ells —em va dir, com una recompensa.

—De debò?

Havia esperat allò durant setmanes senceres després que vaig plantejar a la Carla la possibilitat de parlar amb el seu pare l'últim dia que ens vam veure abans de Nadal, però ella em va demanar que esperés algun temps, que més valia no precipitar-se, que feia molt poc que ens coneixíem i que el seu pare no ho entendria. No obstant això, la seva actitud havia canviat des del dia de Reis, quan li vaig regalar el collaret, que tenia el detall de posar-se-la cada vegada que venia a casa. Mai no li vaig dir que se'm va acudir la idea de regalar-li un collaret el dia que me la vaig trobar al meu llit amb el llaç vermell al seu coll, imatge que ha quedat impresa en la meva memòria de forma indeleble.

Durant les festes de Carnestoltes va haver-hi un gran ball de disfresses a l'hotel de la Rabassada, al menjador, que va tornar a omplir-se de garlandes. La Carla va venir acompanyant el baró i la seva esposa. Ambdues dones van arribar vestides de dames del segle XVII, amb un escot gairebé de vertigen. La Carla amagava el seu rostre darrere d'una màscara platejada que representava un gat. El baró també s'havia vestit d'època, amb una perruca blanca. El Bruno no va assistir-hi. No hi havia partida.

Per a nosaltres va ser una nit complicada. La gent anava disfressada i el Carnestoltes, amb tot això de les màscares, és una excusa ideal per fer el que no gosen a cara descoberta. Per això calia estar ben alerta. De manera que, excepte un parell de petons que li vaig robar, no vaig poder fer res més amb ella. Ja em compensaria un altre dia. Em va murmurar a cau d'orella.

*** ***

El dia 14 de març, coincidint amb l'atemptat que el rei d'Itàlia va patir a les mans d'un anarquista, al vespre, gairebé fosc, un porter del casino em va venir a buscar per comunicar-me que una dona preguntava per mi a la porta principal. Em vaig acostar i vaig descobrir la Gertrudis. No calia que obrís la boca, perquè l'expressió del seu rostre ho deia tot.

—No sé com dir-l'hi —mirava de trobar les paraules, mentre es fregava les mans.

—El meu pare, oi que sí?

—L'havia deixat com cada matí, prenent el sol, al pati. Estava bé... no semblava... En fi! Que... he sortit per portar-lo al menjador... per donar-li el dinar... i... doncs... allà estava, quiet... sense moure's... —em va dir.

Vaig deixar d'escoltar-la i vaig pensar en ell. Segurament havia mort amb la mirada fixa a la carbonera, mentre somiava amb Itàlia. Encara que mai no m'ho havia dit, el seu vertader amor no va ser la meva mare, sinó la seva esposa italiana. Aquella va ser la dona que es presenta una vegada a la vida d'un home. Segur que va morir pensant en ella i jo no li guardava rancor. No podia, perquè sempre s'havia portat molt bé amb la meva mare. Fins i tot recordo la seva mirada al cel, quan la vam enterrar. Se l'estimava, però no era ella, la que és i mai no deixa de ser.

Vaig cridar l'Antoni i el vaig explicar el que feia al cas.

—Ningú, excepte tu, no sap que el meu pare vivia —li vaig dir—. Digues que he hagut de sortir per un tema personal molt urgent. Ja m'inventaré el que sigui per a quan em preguntin.

—No et preocupis —va negar amb el cap—. T'acompanyo en el sentiment.

—Gràcies.

Vaig sortir amb la Gertrudis i vam agafar el tramvia. Feia gairebé dues setmanes que no veia el meu pare. Havia pensat que aniria pel seu aniversari, que ja era a tocar, i ara...

Quan vaig entrar a casa em vaig trobar amb la senyora Felisa. Ella s'havia quedat per tal que la Gertrudis pogués anar a avisar-me. Li vaig donar les gràcies i em vaig dirigir a l'habitació. Dins estava la Manuela, al costat del cos del meu pare que romania estirat al llit, amb un mocador lligat a la barbeta i al cap perquè no es quedés amb la boca oberta. Se n'havia assabentat per casualitat, perquè s'havia trobat amb un del barri en sortir del taller. És increïble com corren les males notícies.

—Ja he avisat els de la funerària i li he posat el seu vestit fosc —em va dir—. Només tenia aquesta corbata i l'hi he posat.

Sant Déu! Era una corbata vermella i no em va semblar adient. A més a més, la Manuela no tenia massa traça a fer el nus i li havia sortit un bunyol. De manera que em vaig treure la meva, blau fosc i molt més discreta, i la hi vaig canviar, fent jo el nus.

Els de la funerària van arribar de mala gana, però es van començar a animar només veure la cartera de pell que treia de la butxaca i van acabar d'animar-se quan els vaig donar cinquanta pessetes a compte i els vaig dir que teníem un nínxol familiar, propi, que el meu pare havia comprat per a la meva mare. Va ser una ocasió en què va deixar de banda el seu caràcter espartà i va pagar dels estalvis el preu que li demanaven, sense regatejar.

—El que no li vaig poder donar en vida, ho tindrà ara —recordo que va dir, amb ràbia.

L'endemà el vam enterrar ficat en un taüt que podia ser l'enveja de qualsevol gran senyor. Perquè ell era tot un senyor. Jo també desitjava que ara tingués tot el que en vida no vaig poder oferir-li i pagar-li tot el que ell m'havia donat.

Al seu enterrament només vam assistir la Manuela, la Gertrudis, la senyora Felisa, l'Antoni i jo. Ell no tenia amics i els pocs veïns amb què havia tingut contacte eren tan vells com ell i gairebé no es mantenien dempeus.

Vaig veure la cara de pomes agres d'aquell capellà i me'l vaig imaginar repetint una vegada i una altra les mateixes paraules en la mateixa cerimònia amb l'únic canvi del nom del mort. No estava disposat a consentir-ho. De manera que em vaig acostar i li vaig deixar caure cinc duros. Per a obres de caritat. Vaig dir. Va mirar el que hi havia a la seva mà i en un tres i no res li va canviar el semblant. Fins i tot va posar més dreta la seva esquena. Oh, Josep Pons! De sobte el senyor Josep Pons, als seus llavis, es va convertir en el millor feligrès d'una parròquia imaginària, molt estimat i recordat pel seu fill, els seus parents i els seus nombrosos amics, que per desgràcia no havien pogut assistir-hi, però que, de ben segur, el tenien molt present dins del seu cor i a les seves oracions. Semblava mentida la quantitat de virtuts que tenia el meu pare i que jo desconeixia per complet. Algunes d'elles resultaven una gran sorpresa per a mi.

I els que el van ficar dintre del nínxol es van treure la gorra i també van resar pel seu etern descans. Havien vist els cinc duros...

Em donaven ganes d'aixecar els ulls al cel i escopir. Maleïts sigueu tots! Tant tens, tant vals. Això deia la meva mare, que sempre tenia un refrany als llavis.

Vaig arribar a casa meva, la del carrer Bailèn, al migdia. Em sentia trist. El meu pare havia mort i jo no estava al seu costat i, a més a més, feia dies que no el veia. Vaig recordar el dia de Reis, el dia que ens vam quedar l'un al costat de l'altre en silenci, durant estona i estona. No m'havia regalat res. El pobre ja anava ben perdut. Hauria d'haver-me adonat que allò era un comiat. Llavors vaig recordar la carta que m'havia donat, per a quan ell no hi fos. Vaig anar a buscar-la i la vaig obrir. En ella recordava la meva mare i la seva família d'Itàlia, la que va fundar i que l'hi van arrabassar. M'explicava que el meu germà, el que va morir assassinat, era com jo, decidit i audaç. Em contava coses de la seva infància i em deia que jo era tot el que ell estimava en aquest món i que havia d'arribar a ser algú i tenir fills perquè la seva vida no fos buida. Finalment, m'informava que a la carbonera, sota la llenya, hi havia una cosa per mi: el seu últim regal.

L'endemà, d'hora, vaig anar a casa del meu pare, em vaig dirigir a la carbonera, vaig apartar tota la llenya i, en un racó, ben amagada i embolicada amb un drap vell, vaig trobar una caixa de galetes, de les de llauna. La vaig obrir. Al seu interior hi havia diners, una cadena platejada de la qual penjava una clau, un sobre amb fulls manuscrits i una nota en què em deia que anés a una taverna anomenada El Duc, situada al final del carrer Diputació, gairebé als afores de Barcelona, i preguntés per l'amo, a qui tots coneixien, com no podia ser d'una altra manera, pel sobrenom del Duc. Havia d'ensenyar-li la clau i presentar-me com el fill del Gepetto. A la nota no hi deia res més. Vaig somriure. Segur que aquell home, el Duc, guardava algun record d'Itàlia, alguna cosa que el meu pare volia donar-me, però com el pobre vivia obsessionat que volien venir a matar-lo devia haver demanat a un amic que l'hi guardés.

Vaig comptar els diners. Hi havia mil cent vint-i-tres pessetes i dos rals. Tots els estalvis d'una vida! Vaig pensar. Per això es passava el dia amb la vista fixa a la carbonera i per això mateix escridassava la Gertrudis. La vigilava perquè no li robés la meva herència. Vaig somriure. Després vaig examinar els fulls que hi havia dins del sobre. Era la lletra del meu pare, una mica tremolosa. No devia fer gaire que l'havia escrit. I em vaig disposar a llegir.

"Estimat fill:

Sempre has preguntat per la família de la teva mare, que en pau descansi. Ella mai no te'n va dir res i jo he callat fins avui. Havia pensat morir sense dir-te'n res i emportar-me un secret més a la tomba, però he arribat a la conclusió que és un dret que et pertany, perquè forma part de la teva història, i la teva història és la teva vida. Ets qui ets i el que ets, perquè jo sóc qui sóc i ella va ser qui va ser. No pots renunciar a això i ningú pot robar-t'ho. És teu i he decidit escriure aquestes quatre línies abans que la meva memòria ho oblidi tot, que per aquest camí va.

En arribar a Barcelona vaig buscar una pensió discreta per poder viure-hi i la vaig trobar en el que avui és el barri de Gràcia, però que en aquell temps era una població separada de la gran ciutat. Ja no recordo el nom del carrer. Sé que era a prop d'una església i que havies d'entrar per una porta lateral que donava a un carreró, al final del qual hi havia una fusteria amb un pati gran. La mestressa de la pensió era una dona molt familiar, viuda i sense fills.

Allà vaig conèixer la teva mare, que treballava en una fàbrica de suro, tres carrers més amunt. Era una noia tímida, que abaixava la mirada i somreia quan li parlava. Arribava a la pensió, saludava, es ficava a la seva habitació i no en sortia fins a l'hora de sopar. S'asseia a taula, menjava gairebé sense aixecar els ulls del plat, responia les meves preguntes o les de qualsevol altre pensionista quan no li quedava més remei, es disculpava tot just acabar i es tancava novament a la seva habitació.

Una tarda jo era al menjador. Hi havia dos altres hostes jugant al dòmino. Jo no hi jugava. M'estimava més llegir. Era assegut a prop de la porta que donava al passadís i vaig sentir arribar la teva mare i parlar amb la mestressa. Després vaig escoltar una veu masculina. Vaig sentir curiositat i vaig fer l'esquena enrere per poder fer una ullada al corredor i escoltar millor. Es tractava d'un home jove i ben vestit que la duia pel braç. No em va agradar la seva forma d'agafar-la. M'era massa familiar. Aquell home mantenia el braç plegat perquè no pogués escapar i es veia d'una hora lluny que ella no se sentia còmoda. Fins i tot juraria que tremolava. La patrona es va estranyar que la teva mare se n'anés així, sense més, sense avisar, però aquell home somreia tota l'estona i parlava pels descosits, procurant semblar simpàtic i explicant que era un cosí seu que havia vingut per acompanyar-la a casa dels seus oncles. A la porta de l'habitació, mentre la teva mare feia la maleta molt de pressa, l'home va pagar el compte i fins i tot va afegir-hi unes pessetes per cobrir el que quedava per acabar el mes, per les molèsties ocasionades. Aprofitant que la patrona anava un moment a la cuina i que aquell home entrava a l'habitació para donar pressa a la teva mare, em vaig escapolir i vaig baixar al portal.

Poc després apareixien a l'escala. Des d'on jo em trobava no em podien veure, però jo a ells sí. La teva mare arrossegava la maleta i ell no la deixava anar del braç. En arribar al replà, aquell home la va agafar pel cabell, la va obligar a mirar-lo, li va dir amb ràbia que s'afanyés, que no disposava de tot el temps del món, que havien d'anar a buscar el tramvia i que ja li havia fet perdre massa diners amb les seves estupideses, i la va empènyer amb violència. Vaig esperar que estiguessin a prop, vaig abandonar el meu amagatall i em vaig plantar davant d'aquell merdós. Em va apuntar amb el dit índex, es va posar fatxenda i em va dir que no hi fiqués cullerada, si no volia tenir problemes. Recordo la cara que va fer, amb la boca oberta, després d'escoltar el soroll sec i veure que el seu dit havia deixat d'apuntar-me a mi i l'apuntava a ell, completament girat cap enrere. Va voler cridar i li vaig clavar un cop de puny a la boca. Va caure de cul a terra. El vaig aixecar i el vaig treure al carreró, a empentes. Allà va rebre una pallissa com mai no podria haver imaginat, fins que el vaig deixar assegut a la porta de la fusteria. La teva mare estava aterrida, dempeus, amb la maleta a la mà i em va pregar que el deixés, que, si no, la mataria. Vaig obrir la meva navalla i li vaig contestar que els morts no poden fer mal a ningú i vaig fer el gest de clavar-li a l'estómac. Aquell tipus es va cagar als pantalons, em va suplicar que el perdonés i em va jurar per la seva mare i per tots els seus morts que no el tornaria a veure mai més. El vaig mirar als ulls i vaig saber que deia veritat.

Vaig acompanyar la teva mare a una altra pensió on hi vivia una companya seva de treball i llavors em va explicar que ella era de Bellver de Cerdanya, a prop de Puigcerdà, on vivien els seus pares i el seu germà i que aquell desgraciat es va presentar fent-se passar per un viatjant. Era maco, ben plantat, elegant i sabia dir coses molt boniques. La teva mare, una pobra noia innocent, va caure al parany i se'n va enamorar fins al punt que es va escapar amb ell i va venir a Barcelona, refiada de les promeses d'aquell príncep blau. No va trigar gaire a descobrir l'engany. El molt cabró viatjava de poble en poble, per tota Catalunya, a la recerca de carn fresca, de noies incautes, a les que enamorava i portava a Barcelona, on acabaven treballant de putes, mentre ell i un altre soci feien l'agost. Un sortia a caçar i l'altre tenia cura del ramat. Però la teva mare no era granota de tolla, sinó peix de mar, de manera que, després d'uns mesos de fer tot el que li ordenaven, va aprofitar una oportunitat, es va escapar i va tornar a casa seva. El seu pare, només més veure-la arribar, li va clavar una pallissa i la va fer fora, mentre la seva mare guardava silenci. Va tornar a Barcelona, va buscar treball, en va trobar a Gràcia i es va amagar, creient-se fora de perill. Aquells fanfarrons li havien dit que, si s'escapava, la perseguirien i li marcarien la cara amb una navalla. Ella estava aterrida, perquè sabia que parlaven seriosament. N'havia vist un exemple. Jo també em vaig mudar de pensió i poc després el capellà no va tenir altre remei que casar-nos. Tu ja venies de camí.

La teva mare va fer el que va fer, però mai no va ser puta. Comprens?"

Em vaig quedar amb aquells fulls manuscrits a les mans, assegut a la seva cadira, mirant la carbonera i recordant les paraules del meu pare, molts anys abans, quan em va dir: «Si vols arribar a ser algú, abans has de ser un filldeputa de debò. I això no hi té res a veure amb la teva mare. Comprens?»". Ara comprenia. I és clar que comprenia! «I això no hi té res a veure amb la teva mare».

Després continuava parlant d'ella i de tot el que m'estimava. «La vida de les persones, sovint, no es correspon amb el que hi ha al seu interior. La teva mare tenia un cor que no li cabia al pit». Vaig llegir i vaig descobrir que els ulls se m'humitejaven. Per la meva ment desfilaven totes les imatges que em recordaven aquella dona, la que em va esperar a la porta quan el meu pare va venir a buscar-me a la comissaria, la que em va donar la taronja que es va treure de la butxaca del davantal, la que m'abrigava i em desitjava bon Nadal, la que em preparava el berenar, la que em banyava i sempre em disculpava. Va ser menys puta que la Manuela! I això que la Manuela no era puta. I és clar que no!

Vaig obrir l'altra mà i vaig contemplar la clau. Era vulgar, podia pertànyer a qualsevol pany de qualsevol porta. Me la vaig ficar a la butxaca de la jaqueta. El dia que tingués una estona lliure ja em donaria una volta per la taverna del Duc. Ara no tenia ganes d'enfrontar-me a més records.

La poca roba que tenia el pare la hi vaig oferir a la Manuela, per al seu avi, que estant pitjor que ell, l'havia sobreviscut. Els mobles també els hi vaig oferir, perquè es quedés amb els que li fessin falta. Va assenyalar una còmoda, les cadires, les olles, els plats i els coberts. Els vasos no. Ja en tenia prou i n'hi sobraven amb els que es va emportar de casa de la seva mare. Llavors vaig oferir a la Gertrudis i a la senyora Felisa que també agafessin el que volguessin. La Gertrudis em va dir que es quedaria amb els llits, els matalassos, la taula del menjador i el braser. La senyora Felisa es va estimar més l'armari del dormitori i el petit que estava penjat a la paret del menjador. També es va quedar amb el llum del sostre. No era gran cosa, però... La resta ja era molt vell i es trencaria si intentaven moure-ho.

—Ets un bon noi —em va dir la senyora Felisa—. De vegades el teu pare i jo parlàvem asseguts aquí fora. N'estava molt de tu.

Vaig tancar la casa i me'n vaig anar a tornar la clau a l'amo, un home gros que l'havia heretat del seu pare.

—Sento molt la mort del seu pare i l'acompanyo en el sentiment. Era tot un senyor, molt seriós i complidor. Mai no va deixar de pagar el lloguer, mai no es va retardar, mai no es va queixar de res —em va dir.

Sí. Aquest va ser el meu pare. El que mai no es va queixar de res, que s'ho empassava tot en silenci, que s'asseia al pati i que em contava coses. Descansi en pau.

*** ***

Era una tarda de finals de març. Em trobava a la parada de l'avinguda de la República Argentina, davant del Saló Craywinckel, per dirigir-me al casino, com cada dia. La Manuela s'havia ofert per cosir-me un braçalet negre a la màniga de la jaqueta, però no ho vaig acceptar. El dolor es porta dins. Això de fora és pur teatre. A més a més, quina explicació hauria pogut donar al casino?

—Què tal Víctor? —vaig sentir que feia la veu del comissari Chapí darrere meu, just quan arribava el tramvia.

Em vaig tombar, sorprès.

—Com sempre, comissari. I vostè? —vaig reaccionar.

—No gaire bé —va negar amb el cap i es va gratar la barbeta. Ho feia sempre que pretenia simular una conversa informal—. Març encara és un mes fred i humit en el que l'esforç que has de fer en qualsevol treball sembla que es multiplica per deu i els ossos canten a cada passa —va dir en to de queixa—. El dia 21 oficialment ha acabat l'hivern, però a mi se m'està fent més llarg o potser és que ja em faig vell.

—Tant enfeinat va? —li vaig preguntar.

—No hi aniria si no fos per algun cas que em té força amoïnat i per al que no disposo de solució —em va dir. Va respirar fondo, va gratar el terra amb la sabata i va preguntar —: Sap que en tot aquest temps ningú no ha tingut cap notícia de Lucca Bonatesta?

—De qui? —vaig preguntar fent l'orni.

El tramvia es va aturar davant meu i els que esperaven a la parada van pujar-hi.

—L'italià que va desaparèixer al novembre, ja fa més de tres mesos. Gairebé quatre. No em digui que ho ha oblidat?

—La veritat és que ni pensava en ell —vaig mentir.

El conductor del tramvia va tocar la seva campana, però el comissari no es va moure i jo tampoc.

—Com passa el temps! Oi que sí? És increïble. M'adormo pensant en ell i em desperto obsessionat amb ell. Hem trobat gent que el va veure al casino. Gent de fora, gent que també havia decidit passar una estona divertida —va dir i va seguir amb el mateix to, aquell que utilitzava quan desitjava aparentar que no havia vingut a fer res en particular, que passava per allà, per casualitat. El problema era que l'avinguda de la República Argentina li agafava una mica lluny per passar-hi per casualitat. Quant trigaria a deixar anar la bomba? Em demanava jo—. No obstant això, no hem trobat ningú que el veiés després que, tal com suposem, abandonés el casino. Fins i tot no hi ha ningú que recordi d'haver-lo vist al tramvia de tornada. Potser encara és al casino.

—Doncs, quan el descobrim haurà de pagar una bona factura pel seu allotjament clandestí —vaig gosar fer broma.

—Molt bo —va fer el comissari, em va apuntar amb el seu dit índex, i va mirar el conductor.

—Ha de ser algú molt important, quan es prenen tantes molèsties per ell —li vaig dir, també mirant el conductor del tramvia.

La campana va sonar novament. El conductor em mirava a mi. Em coneixia i sabia on anava. Jo era un passatger habitual.

—Sembla que té una esposa molt gelosa que està molt preocupada —va dir i va fer petar la llengua mentre deixava caure el cap—. Ja sap com són les dones italianes. Terriblement temperamentals.

—Potser el pobre va perdre massa diners i, si l'esposa és tan temperamental, no s'atreveix a tornar —vaig respondre.

El del tramvia em va fer un gest amb el cap. Ja no podia esperar més. Vaig assentir lentament, somrient, i ell va sospirar, va encongir les espatlles i va deixar anar el fre.

—Potser —va dir el comissari, i va fer una petita pausa —. El problema és que la bona dona ha començat a preocupar a la resta de la família i entre els parents del desaparegut n'hi ha un per part de pare que és diputat, un home influent, que no es conforma amb un simple informe que digui que el nostre home va sortir del casino i que no va arribar a l'hotel.

—I què més vol?

—Saber el que va passar des que va abandonar el casino, si és que el va abandonar.

Ja era la segona vegada que posava en dubte que l'italià hagués abandonat el casino i allò començava a no agradar-me.

—Ja va sentir les declaracions dels empleats.

—L'única cosa que recordo, i que tinc molt ben anotada, és que el senyor Jean Louis Perigord va dir que l'havia vist dirigir-se cap a la porta de sortida i que un porter va apuntar que va potser havia pujat al tramvia, però que ells es fixen molt més en els que marxen en un dels cotxes de la casa que no pas en els del tramvia —em va dir, i em va mirar als ulls—. I és lògic, perquè el tramvia l'utilitzen tots els que només han vingut al parc d'atraccions, que en són molts i aquests, als porters, no els preocupen. No és veritat?

—Per aquesta mateixa raó, el més segur és que agafés el tramvia, perquè els porters recorden tots els que se'n van anar amb cotxe —li vaig respondre, sense apartar la mirada.

—Si vostè sabés alguna cosa, me la diria. Oi que sí, Víctor? —va preguntar.

—Creu vostè que jo m'atreviria a amagar-li alguna cosa, a vostè, comissari?

Va somriure divertit i va assentir lentament.

—De vegades ens fiquem en embolics sense saber-ho. Fins i tot ho fem de bona fe. Al final resulta que desconeixem el que de debò està succeint i fins i tot ens enganyem i imaginem que els altres són cecs —va dir i es va quedar esperant una resposta.

—Si sé alguna cosa l'hi comunicaré. No tinc la més petita intenció de treure-li el son a ningú.

—El meu son és un afer de menor importància. Moltes nits me les passo sense dormir. És l'edat. Però el son del Governador Civil són figues d'un altre paner. A ell li agrada dormir tranquil i darrerament no el deixen.

—Tan amunt ha arribat el cas?

—Ja li he dit que l'oncle d'aquest italià és un personatge molt influent. Un d'aquests polítics que quan va darrere el que vol és pitjor que una mosca vironera.

—Els polítics són com són —li vaig contestar deixant caure les parpelles.

—I toquen els nassos de debò. Tant és així que el secretari del Governador Civil m'ha trucat personalment perquè no descuidi aquest afer, que ja gairebé havíem deixat de costat. Però, ara...

—Vol tornar a interrogar tot el personal?

—No ho sé —va dir negant amb el cap i somrient—. Ho tinc tot molt ben anotat.

—Com vostè vulgui, comissari —vaig respondre tornant-li el somriure.

—Ja ens veurem.

—Ja sap on sóc i com trobar-me.

Va girar cua i va caminar un parell de passos cap al Peugeot que l'esperava uns metres més enllà, però es va aturar.

—Ah! —va exclamar i va girar el cap per mirar-me alhora que aixecava el dit índex i m'assenyalava—. Sento molt la mort del seu pare. Em permet que l'acompanyi en el sentiment?

Em vaig quedar clavat. I crec que no vaig poder dissimular.

—Les notícies volen. Sobretot les dolentes. I arriben ben lluny —em va dir—. Molt més que no pas ens pensem.

—Gràcies pel seu interès, comissari. I pel seu condol.

—De res, Víctor. Ja sap que sento un gran afecte per vostè.

Novament es va dirigir a l'automòbil i novament es va aturar, es va girar i em va mirar.

—Sento molt que també hagi perdut el tren.

—El tramvia, comissari, el tramvia —vaig respondre assenyalant el que ja gairebé desapareixia de la nostra vista.

—Està segur que és un tramvia i no pas el tren, el que ha perdut? —va dir somrient divertit—. Ho dic perquè és cert, això que els polítics són com són i toquen els nassos, però els polítics avui hi són i demà no. De manera que sabem per experiència que la majoria d'ells criden molt perquè són conscients de com d'efímer és el seu càrrec, però és que m'ha arribat a les orelles que l'esposa del tal Lucca Bonatesta sembla que també té parents que no són polítics. Molt bons parents, per cert, d'aquests tan italians i tan sicilians que es preocupen de debò pels seus. I com no s'ha quedat satisfeta amb les explicacions obtingudes per la via política, ara, segons m'han informat, ha trucat a una altra porta. No sé si m'explico...

—S'explica vostè molt bé, com sempre, però no sé on vol anar a parar.

—Sap qui va morir el mes passat? —em va preguntar i ell mateix va respondre—: François Reichelt. Li sona?

—Era client del casino? —vaig preguntar simulant estranyesa.

—No, aquest no era client del casino ni de l'hotel —va negar amb el cap—. Era un inventor que s'ha fet molt famós. A començament del mes de febrer va pujar al capdamunt de la torre Eiffel, a París, per demostrar com anava de bé el seu gran invent. Un enorme paraigua que anomenen paracaigudes i que ja havia provat des d'una altura de deu metres amb un notable èxit i que ara pretenia provar des de molt més alt. El problema és que el seu invent va fallar i no el va salvar de la batzacada. Segons diuen, el pobre va quedar fet miques al terra, davant l'horror de la gent.

—Per què m'explica aquesta història? —vaig preguntar i en aquesta ocasió la meva expressió d'estranyesa era real.

—Per l'ensenyament que s'hi treu —em va contestar—. No oblidi, Víctor, que en aquesta vida no hi ha cap paracaigudes del tot segur.

Va bellugar el cap a cantó i cantó, va fer petar la llengua, es va dur la mà al barret a manera de salutació, va pujar al cotxe i el vaig veure marxar.

S'havia explicat com un llibre obert. Ara sí que podia començar a preocupar-me seriosament. Havia de parlar amb Boudineau, com més aviat millor. No podíem permetre que certs empleats passessin per comissaria sense anar gaire ben assessorats. Perquè el comissari tornaria a cridar a més d'un. Ens coneixíem prou bé.

Vaig arribar al casino i me'n vaig anar directament a dalt. La Llúcia em va informar que Boudineau estava reunit amb el comptable, repassant els llibres.

—Necessito parlar amb ell. És urgent —li vaig dir.

Em va mirar un instant i va descobrir als meus ulls la urgència del tema. Per a aquestes coses la Llúcia era llesta com ella sola i sabia com transmetre un missatge. No va utilitzar l'intèrfon, sinó que es va aixecar, va trucar a la porta, va entrar-hi i va tornar a aparèixer poc després assentint amb el cap mentre em dirigia una mirada clarivident.

—Seguirem després —vaig sentir que Boudineau deia al comptable, que va recollir els llibres i va desaparèixer per la porta lateral.

La Llúcia va sortir i va tancar la porta.

—Acabo de trobar-me amb el comissari Chapí. Continua investigant la desaparició de Lucca Bonatesta, l'italià...

—Després de tant de temps?

—M'ha dit que Lucca Bonatesta era nebot d'un diputat italià.

—Un diputat? —va exclamar—. Vostè va dir que no era ningú.

—Semblava que no era ningú, però tenia una esposa que és una fera.

—I ara què?

—Doncs que continuarà investigant i no hi trobarà res. Sense cos no hi ha delicte

—Segur que no trobarà el cadàver?

—Potser sap vostè on és? —li vaig tornar la pregunta.

—Per descomptat que no!

—Ni vostè ni el Pere ni el Jean Louis ni ningú —li vaig dir, somrient—. No el trobaran.

—Això no m'agrada —va negar amb el cap.

Al pobre no li agradava res que se sortís d'allò que és més habitual, res que fes pudor de possible problema, res que s'apartés de la rutina, res que l'obligués a pensar. Però, què creu que és la vida? Vaig exclamar dins meu. Una bassa d'oli? Cada dia apareixen nous problemes i cada dia cal buscar noves solucions. Això és la vida. Moviment constant, canvi permanent, inseguretat i lluita.

12.- BON VIATGE, AMOR MEU!

El 5 d'abril de 1912, dimarts, em vaig prendre el dia lliure. Em vaig llevar d'hora i me'n vaig anar al restaurant que hi havia al carrer Bailèn cantonada amb el carrer Diputació, on havia encarregat un faisà amb prunes, per veure si tot era a punt i saber quan me'l portarien. Vam quedar que me'l portarien cap a l'una del migdia. El primer plat, un gratinat de col, me'l preparava l'Encarna.

Després vaig entrar a la floristeria per vaig encarregar dues dotzenes de roses. Molt cares, per cert, perquè eren les primeres de la primavera. Me les entregarien a les dotze en punt. Tenia previst disposar-ne una dotzena a la taula del menjador, en un centre, i la resta les convertiria en pètals que escamparia per damunt del llit.

Vaig tornar a casa amb una ampolla de *champagne* francès i una altra del millor vi que havia estat capaç de trobar. En arribar al portal vaig veure el Maties que bellugava l'escombra. L'havia observat sovint i la veritat és que tan sols la movia, perquè el que és escombrar, acaba fent-ho l'Encarna. No obstant això ell feia veure que estava constantment ocupat, sempre amb alguna cosa a les mans. I, si havia de preguntar alguna cosa, curiosament, ell era molt millor font d'informació que la seva esposa.

—Bon dia, *don* Víctor —em va saludar.

—La primavera es presenta agradable aquest any —li vaig contestar.

—S'ha fixat en aquell paio? —em va demanar, assenyalant amb la barbeta—. El de l'altre costat del carrer.

Vaig mirar cap a on assenyalava i em vaig adonar que hi havia un home moreno, amb bigoti, que llegia el periòdic.

—Què passa amb ell?

—Que ja ha de saber-se totes les notícies de memòria.

—Tant de temps fa que és aquí?

—Pel capbaix una hora. Sembla com si estigués esperant algú. O potser vigilant algú.

—Doncs, si pretén vigilar algú, ho fa fatal —vaig dir, negant amb el cap—. Se'l veu d'una hora lluny.

—Potser és això el que vol, que el vegin —em va contestar.

Vaig assentir, vaig somriure i em vaig dirigir a l'ascensor. El Maties, de vegades es muntava unes històries... Vaig apartar aquest pensament del meu cervell per ocupar-lo en altres menesters.

A les dotze en punt van trucar a la porta. Duien les flors. Vaig donar una propina al noi, vaig tancar la porta, vaig disposar el centre a la taula del menjador, vaig recollir l'altra dotzena de roses, les vaig esfullar i vaig escampar els pètals per damunt del llit. Vaig comprovar que les dues espelmes estiguessin ben situades a la còmoda i que les cortines no deixessin passar ni un raig de llum. Em vaig afaitar lentament, procurant que la navalla no deixés ni un pèl sense tallar. Em vaig posar loció per a després de l'afaitat i em vaig pentinar. Després em vaig posar el vestit blau fosc i vaig acabar amb la corbata que ella va escollir el dia que la vaig veure per segona vegada, al passeig de Gràcia.

A l'una va sonar el timbre de la porta. Era el mosso del restaurant amb la safata en la qual transportava el faisà amb totes les plomes ben dretes.

—M'ha dit el senyor Julio que just li falta un punt, que només ha d'escalfar-lo uns cinc minuts a foc mig —em va informar el noi.

Li vaig donar propina i se'n va anar ben content. Em vaig dirigir a la cuina i vaig encendre un dels focs de gas. Però el vaig apagar de seguida. Com se m'acudia escalfar-lo, si ella encara no havia arribat? Ja estava perdent l'oremus.

Un quart d'hora més tard va tornar a sonar el timbre. Aquesta vegada era l'Encarna, que duia una cassola de fang cuit amb el gratinat de col.

—Fins a les dues es mantindrà calent, perquè acabo d'apartar-lo del foc i el fang manté. Atenció, que no es cremi! —va fer quan va veure que anava a ajudar-la.

Va dipositar la cassola damunt la taula, tenint molt cura que no es desplacés la petita estora d'espart que protegia les estovalles.

L'Encarna va marxar i jo vaig comprovar que tot estigués al seu lloc. Llavors vaig mirar per la finestra, impacient, esperant veure-la arribar.

L'home que m'havia assenyalat el Maties, seguia dempeus a la vorera del davant, Ara ja no llegia el periòdic, sinó que el sostenia fet un rotlle amb les dues mans a l'esquena. Si esperava algú li estaven donant carbasses.

Poc després de les dues va sonar el timbre. Vaig fer una última ullada a la taula, vaig arrencar a córrer i vaig encendre les espelmes de l'habitació, vaig comprovar que no faltava cap detall i vaig anar a obrir. La Carla estava increïble, amb el cabell recollit i el collaret. Semblava una deessa i jo no la tornaria a veure fins d'aquí un mes i mig.

Es va treure l'abric i jo el vaig deixar damunt la cadira. La vaig besar fonent-me amb ella, i ella amb mi, i el dinar es va quedar a taula, sense que ningú no el toqués, perquè nosaltres hi vam passar de llarg.

Em resulta impossible posar en paraules el que va succeir aquell dia. La vaig despullar lentament, procurant que cada peça fos un pètal dels que havia escampat damunt del llit. Vaig acariciar la seva pell, centímetre a centímetre, amb tanta suavitat que el seu perfum va impregnar els meus dits, mentre la llum de les espelmes tremolava i feia tremolar les seves carns. La vaig cobrir de petons, fregant els seus pits amb els pètals de rosa i vaig contemplar com els seus mugrons s'enfosquien i s'endurien fins que gairebé desitjaven desprendre's. Després d'aquell passeig tan assossegat, la vaig posseir gairebé amb violència i em va respondre amb una passió com mai no havia vist en ella, que traspuava per cadascun dels seus porus i m'abraçava. Quan va arribar l'èxtasi, l'univers sencer va esclatar al nostre interior.

Déu! Mentre m'adormia amb el cap reclinat sobre el seu pit i notava la seva mà que acariciava el meu cabell, vaig saber el que és l'ànima, aquesta dimensió sense límits que t'abraça i al mateix temps t'absorbeix, que fa que el teu cor galopi al ritme de l'infinit, que la teva ment s'aturi i que tot el teu ésser senti, simplement senti, mentre el temps deixa d'existir.

—Podràs aguantar fins que torni? —la vaig sentir dir.

Vaig somriure i vaig negar sense pronunciar cap paraula. No volia que se n'anés mai, repetia gairebé entre somnis, mig endormiscat.

—Doncs no tindràs altre remei. Demà agafem el tren —vaig sentir que feia la seva veu, llunyana.

I aquí em vaig adormir profundament.

Em vaig despertar. No sabia ni quina hora era. El meu son havia estat tan profund que gairebé em semblava l'endemà. Ella s'havia aixecat, s'havia vestit i ara romania asseguda al llit, al meu costat, contemplant-me a la llum de les espelmes, que havien minvat fins gairebé desaparèixer.

—Quina hores és? —vaig preguntar.

—Les cinc. Me n'haig d'anar.

—I el dinar?

—Tot estava molt bo.

—Has dinat sense mi? —vaig preguntar i ella va assentir—. Per què no m'has despertat?

—Dormies tan profundament... —va dir, es va inclinar i em va besar.

La vaig abraçar i vaig intentar obrir-li la brusa, però ella va retenir la meva mà.

—Haig de marxar —va repetir—. A casa pararan tots bojos. La Maria porta tres dies preparant l'equipatge. Ella també ve amb nosaltres. La mama li ha preguntat al papa quina roba ha d'emportar-se i la resposta ha estat: de primavera, però també alguna cosa d'abric, i sobretot roba per a festes i balls. Són les primeres autèntiques vacances que el papa s'agafa i sembla que ha decidit fer-ho com Déu mana.

—I el Bruno?

—La mama li ha demanat que ens acompanyi i el papa no ha fet cap bot d'alegria, però tampoc s'hi ha oposat. Les relacions entre ells segueixen tenses. No obstant això, el Bruno ha dit que no, que algú havia de quedar-se. Com si fos a ocupar-se d'alguna cosa!

Albert Salvadó

—M'aixeco, em vesteixo i t'acompanyo —li vaig dir, i vaig fer l'esma de treure'm el llençol del damunt.

—Ni parlar-ne —em va contestar, somrient amb picardia i em va posar la seva mà al pit— M'estimo més endur-me de tu aquesta darrera imatge. És més sensual. I vull que als meus llavis resti el record del teu darrer petó. No el que em donaries a corre-cuita, a la porta de casa o a l'escala, tement que aparegués la portera i que ens sorprengués.

—Llavors deixa que et desitgi un bon viatge, amor meu.

Quan es dirigia a la porta, encara tenia als meus llavis el gust dels seus. Vaig sentir la porta que s'obria i es tancava i una de les espelmes es va apagar. Vaig romandre una estona a la penombra del dormitori. Em sentia bé, feliç. Immensament feliç! Mai no oblidaria aquella tarda.

*** ***

L'endemà, 6 d'abril, es va estrenar al teatre Eldorado l'obra Nausica, de Joan Maragall, mort al desembre de l'any anterior, encara no feia ni quatre mesos. Si la Carla no se n'hagués anat de viatge, hauríem anat a veure-la. A ella li agradaven les obres del poeta català. Jo les desconeixia.

El dia 7 vaig arribar al casino cap a les tres i trenta minuts, mitja hora abans del que era habitual. Pensava que si em mantenia ocupat els dies passarien més de pressa. Vaig entrar al *hall*, vaig intercanviar un parell de frases amb un empleat, tal com feia sovint, perquè em permetia accedir a un terreny de confiança i assabentar-me de les xafarderies que corrien. Després, em vaig trobar amb el Néstor, que em va dir que tot estava en calma i finalment em vaig acostar a les sales de joc per fer-hi una ullada. Vaig saludar els crupiers i els empleats. Conclòs aquest cerimonial, vaig sortir i em vaig dirigir al guarda-roba.

Va ser en passar per davant de l'escala que vaig veure el Pere Nieto que en baixava. No és que el fet de veure'l em sorprengués. Els meus homes es movien lliurement per tot el casino i per l'hotel. Formava part del seu treball. No, no va ser veure'l baixar les escales, el que em va cridar l'atenció, sinó la seva actitud. Mantenia el cap ben dret, es recolzava al passamà amb un cert aire dominador i somreia confiat i segur d'ell mateix. Massa segur per a la seva forma de ser habitual. Llavors vaig veure aparèixer Boudineau darrere del Pere Nieto, que va baixar més de pressa i el va retenir posant-li la mà damunt l'espatlla en un gest gairebé de camaraderia. Ells no em van veure i jo em vaig fer enrere i em vaig amagar discretament. Suposo que es movien confiats perquè jo sempre arribava més tard. Els vaig observar que parlaven amigablement i somreien. I no em va agradar. Allò tenia tota la pinta de venir de lluny i d'haver arribat encara més lluny.

De sobte vaig sentir que estava despertant d'un somni profund o que els meus ulls interns s'obrien a la llum després d'haver romàs completament cecs. Per la meva ment van desfilar petits detalls que, si no hagués viscut tan pendent de la Carla, no m'haurien passat per alt.

La primera cosa que em va venir a la memòria va ser la reacció de Boudineau, uns dies abans, quan el vaig informar que el comissari seguia endavant amb la investigació. I en aquell moment vaig ser conscient que la seva actitud respecte a mi havia canviat. Es mostrava més distant i posava en dubte les meves paraules o les meves decisions. També tenia la sensació que la Llúcia ja no es mostrava tan comunicativa, encara que el seu canvi era molt discret. Continuava somrient i tractant-me amb el mateix respecte, naturalment, amb aquell gest tan professional, i em comunicava el que havia de comunicar-me, però sense la familiaritat de les darreres setmanes. Sí, hi havia alguna cosa en ella que no em quadrava. No era res en concret, sinó que un sisè sentit m'alertava que alguna cosa no anava bé. L'Estragué, amb qui mai no havia tingut massa tracte, aparentment seguia igual. Però qui de debò em mostrava la dimensió del que podia caure'm al damunt era el Pere Nieto, amb aquella aurèola de qui ja es considera cap.

Em vaig escapolir com vaig poder perquè no s'adonessin de la meva presència i vaig buscar l'Antoni. Ell m'informaria del que fos. El vaig trobar fent guàrdia a la porta lateral del casino.

—Què hi fas aquí? —li vaig preguntar, estranyat.

—El Pere m'ha dit que *monsieur* Boudineau ha ordenat que algú vigili aquesta porta. Diu que no podem descuidar cap entrada —em va contestar.

—Des de quan reps ordres del Pere?

Va dubtar. No gosava respondre.

—Au va, Antoni! —vaig exclamar—. Estem sols i no necessitem dissimular.

Va bufar amb força. Se'l notava molt tens.

—Víctor, aquí estan passant coses molt rares i això no m'agrada —em va dir.

—Quines coses?

—El Pere es queda moltes nits.

—És normal. Ell s'encarrega de vigilar les partides nocturnes de cartes.

—No —va negar amb el cap, va mirar cap al corredor i va abaixar la veu—. Hi ha nits que es queda i no hi ha prevista cap partida.

—Des de quan dura això?

—No ho sé, però des de fa uns dies ja és descarat. Es comporta com si ja fos el cap. T'estan fent el llit.

—Si és així, els pot sortir ben car —vaig replicar.

—Vés amb compte. El Pere és molt ambiciós. Ens ha enganyat. Segons tinc entès, va abandonar la policia abans que no el fessin fora —em va dir—. Cobrava favors.

—I els altres? Què en pensen?

—Uf! —va exclamar—. El Néstor i el Marià fan molt bon equip, entre ells i amb el Pere. El Josep, en canvi, es manté al marge i crec que marxarà. Va darrere d'un treball com a encarregat d'una fàbrica. Si li surt bé, se'n va. Segur. A ell tampoc li agrada el que està passant.

No era lloc per parlar amb calma. Podia aparèixer qualsevol en qualsevol moment.

—Torna a la porta d'entrada i fes com si res no succeís. D'acord? Si algú et pregunta, sóc jo que t'he enviat allà.

Durant la resta de la tarda vaig estar observant el Pere, el Néstor i el Marià. Sí, tenia raó l'Antoni. Entre ells hi havia una complicitat tan evident que fins i tot feia pudor. Vaig parlar amb el Jean Louis per confirmar les meves sospites i no em vaig equivocar. Responia a totes les meves preguntes, però no anava més enllà. Quant a Boudineau, em saludava com sempre, però tampoc anava molt més enllà.

En concloure la jornada em vaig dirigir al tramvia, coincidint amb l'Antoni. Ell havia pujat per la porta davantera i jo vaig pujar per la posterior. Vam fer el trajecte per separat. Així ho havíem convingut. En arribar a República Argentina vam baixar i ens vam posar a caminar, cadascú per una vorera i no ens vam trobar fins que vam estar segurs que ningú no ens seguia ni ens vigilava. Potser era que m'estava tornant maniàtic, però ja no em refiava de ningú.

—Com no m'he adonat de res? —vaig exclamar, quan ja caminàvem plegats.

Ens dirigíem al barri de Gràcia. Allà podíem perdre'ns pels carrers estrets i parlar tranquil·lament.

—És que portes unes setmanes que no sé què et passa. Segur que aquesta que mires amb ullets de badoc t'ha xuclat el cervell —em va dir l'Antoni.

—Qui?

—Au va, Víctor! Que ens coneixem des que se'ns queien els mocs —em va replicar—. La Torres.

—Tant es nota?

—Sou el tema de murmuració de tot el casino, home! —va fer.

Ja tenia raó el comissari. Creiem que els altres són cecs i els veritablement cecs som nosaltres.

—Obre bé els ulls i, a partir d'ara, informa'm de tot —li vaig dir—. Vull saber què pensa cadascun d'ells.

—Doncs no ho tinc gens fàcil. Ja has vist com em tracten. Antoni, vigila aquesta porta; Antoni, vés a cercar un cotxe; Antoni això o allò, però no m'expliquen res. I puc assegurar-te que saben moltes més coses que no pas t'imagines. Ja em coneixes. Semblo ximple i sé fer-me molt bé l'orni, però tinc una oïda molt fina.

Aquelles paraules em recordaven les del comissari Chapí. "Les notícies volen. Sobretot les dolentes. I arriben ben lluny. Molt més que no pas ens pensem".

—Com què? —vaig preguntar.

—Com que el teu pare ha mort.

Em vaig aturar en sec. Se m'havia glaçat la sang a les venes. El vaig agafar pel braç i el vaig mirar als ulls.

—Com se n'han assabentat?

—No en tinc ni idea, però els vaig sentir parlar. Saben on vivia. Fins i tot estan al corrent que només hi vam assistir quatre gats, al seu enterrament —em va contestar—. Ho saben tot! —va exclamar—. Comprens? Saben que ens vam criar al mateix barri, que ens coneixem des que érem petits. Per això em deixen de costat. No m'expliquen res de res.

Vam continuar caminant fins a arribar a la Diagonal. Havia estat un llarg passeig, molt llarg i molt instructiu, i més que revelador, però gens agradable. Això sí que no!

Allà ens vam separar. Ell va marxar cap a la dreta i jo vaig seguir recte, pel passeig de Gràcia.

Em sentia fatal. Al meu pare no li agradava la idea que treballés al casino. No és un lloc adequat, deia. I el mateix pensava el pare de la Carla. Si els hagués fet cas... No! Si hagués fet cas al meu pare, no hauria conegut la Carla. El balanç final era positiu.

Vaig respirar fondo i vaig mirar de calmar la ment. Bé! Al cap i a la fi no ho tenia pas tan malament, vaig pensar. Si m'acomiadaven, haurien de pagar-me un any i mig de sou. Vaig fer un càlcul mental. La xifra no estava gens malament. En tindria prou per muntar una assessoria de temes de seguretat i convertir-me en patró. Havia llegit que als Estats Units aquesta idea estava quallant. Per què no aquí? D'altra banda, que sabessin que el meu pare havia mort feia poc, no tenia cap mena d'importància. Formava part de la meva vida privada i no n'havia de donar comptes d'això a ningú. De fet, amb la seva mort, es tancava una etapa i en començava una altra de nova. Va ser una bona idea aconseguir que signessin aquell document, amb el meu ascens i l'assegurança d'acomiadament, document que tenia ben guardat i que posaria damunt la taula tan bon punt m'estrenyessin massa els cordons de les sabates.

Llavors vaig tenir una inspiració. Per què no fer-ho ja? Se'm va acudir pensar. Jo era l'únic que sabia on era enterrat el cos de Lucca Bonatesta. Cap d'ells n'estava al corrent i haurien de pagar-me i callar. Però més valia no precipitar-se. La Carla trigaria un mes i mig a tornar. Tenia prou temps. Ara, amb ella de viatge podria dedicar-me en cos i ànima a solucionar tots els meus problemes i quan tornés, tot s'hauria acabat.

L'endemà al matí em va despertar el timbre de la porta. Vaig consultar l'hora. Eren gairebé les nou. Habitualment dormia fins a les deu, perquè me n'anava al llit força tard. Em vaig quedar reclinat esperant que qui trucava se'n cansés, però era molt insistent. Em vaig llevar i em vaig acostar lentament fins la porta, sense fer soroll. Vaig obrir lentament l'espiera. Merda! Era el comissari Chapí. Què cony devia voler ara? Va picar a la porta. Ja s'havia cansat de tocar el timbre i ja se li havia acabat la paciència. Sabia que era a casa. Segur que havia parlat amb el Maties.

—Ja vinc! —vaig cridar.

Vaig tornar a l'habitació, em vaig posar la bata i em vaig ficar la pistola del 22 a la butxaca. Mai no se sap i amb els temps que corrien...

—Viu vostè molt bé, Víctor! —va fer quan vaig obrir la porta.

—Me'n vaig a dormir molt tard.

—No em refereixo a això, sinó al barri, al pis, a la casa amb ascensor, porter i tot... No està gens malament. Molt millor que la casa de Montjuïc. Oi que sí?

—Se li ofereix alguna cosa, comissari?

—Puc passar?

—Com si fos a casa seva —li vaig dir i em vaig apartar.

Va entrar escodrinyant-ho tot amb la mirada, sense que se li escapés el més petit detall.

—Bons mobles. Sí, senyor!

—Els vaig treure d'una subhasta. Disposo dels rebuts.

—Acollidora, encara que li falta algun toc femení. Però tot arribarà. En aquesta vida no hi ha res millor que tenir paciència.

—Puc ajudar-lo en alguna cosa, comissari? —vaig començar a impacientar-me.

—Sap que ahir el Futbol Club Barcelona es va proclamar campió del primer campionat de futbol d'Espanya?

—No sóc aficionat a aquest esport —vaig replicar.

—Li va fer dos gols a la Societat Gimnàstica Espanyola de Madrid —em va informar i va bellugar el cap mentre feia petar la llengua. Aquest costum em treia de polleguera—. Els catalanistes deuen estar eufòrics. Munten un campionat d'Espanya i el guanyen ells, golejant als del centre de la península, els del govern.

—Ha vingut a parlar-me de futbol?

—No, però és un tema de conversa que està a tots els bars i cafeteries de Barcelona. El futbol és un esport que està pujant de valent.

Es va acostar a la finestra, va apartar la cortina i va observar el carrer. Em vaig posar darrere d'ell i vaig mirar per damunt de la seva espatlla. A l'altra vorera vaig veure l'home que m'havia mostrat el Maties. Duia un periòdic a la mà.

—El coneix? —em va preguntar assenyalant amb la barbeta.

—L'hauria de conèixer? —vaig contestar amb una altra pregunta.

—El porter de la finca, un home molt amable, molt observador i molt ben informat, m'ha dit que ja és la segona vegada que el veu. El primer dia s'hi va passar gairebé un matí i avui ha tornat a aparèixer. El Maties... Així es diu el porter, oi? —va fer, i vaig assentir—. El Maties diu que gairebé s'atreviria a jurar que està vigilant aquesta casa.

—Detingui'l —li vaig suggerir, fent broma.

—No puc. No fa res d'il·legal. No està prohibit estar-se al carrer i no molesta ningú. Hauria de saber-ho —em va contestar pronunciant les mateixes paraules que jo usava en altres temps, quan treballava per al Gordo. Va deixar la cortina i es va dirigir cap a la taula, però no es va aturar, sinó que va seguir cap al passadís.

Ostres! S'havia pres molt seriosament això que era a casa seva. Vaig pensar en veure'l obrir la porta de la cuina, entrar-hi i obrir la de la galeria.

—Qui agafa el pic i qui la pala? —em va preguntar, assenyalant el racó on jo havia deixat aquelles eines.

Eren allà des del dia que vam enterrar Lucca Bonatesta. Havia volgut emportar-me-les i tornar-les al parc d'atraccions, però no trobava mai el moment ni l'ocasió. No podia treure-les davant dels nassos del porter.

—Aquí ningú fa anar aquestes eines.

—Oh! —va exclamar—. Com són dos, les eines, he cregut que...

—Ja li he dit que no les utilitzo.

Es va gratar la barbeta, pensarós, sense deixar de contemplar el pic i la pala.

—Ha de ser cert, perquè, per més voltes que li dono, no sóc capaç d'imaginar què poden fer amb un pic i una pala, vostè i la senyoreta Torres —va dir, i em va mirar directament als ulls—. Perquè ha vingut aquí, a aquest pis, més d'una vegada. Oi que sí?

Li hauria trencat la cara. El molt cabró era capaç dels cops més baixos i intuïa on podia fer més mal.

—No crec que la meva vida privada li interessi. Ni la de la senyoreta Carla Torres —vaig fer molt seriós, tornant-li la mirada.

—Depèn. De vegades m'interessen certes vides privades. No per pura tafaneria, sinó per temes professionals. Forma part del meu treball.

—Per descomptat, comissari.

—Pot dir-me d'on les ha tret i què hi fan, aquí? —em va preguntar.

—Ja hi eren quan vaig ocupar el pis —vaig mentir.

—Sí? —va fer i es va ajupir per tocar les eines—. La terra està molt seca. Molt, molt seca —va repetir.

Bé! El comissari tenia ganes de jugar. Doncs, jugaríem.

—Ha vingut perquè necessita un pic i una pala? —vaig preguntar en un to jocós. Havia aconseguit calmar-me una mica—. Si vol, pot endur-se-les. Ja li he dit que no les utilitzo per a res.

Novament es va posar dempeus i va tornar a mirar-me als ulls.

—No, gràcies. No sabria què fer-ne. No haig d'enterrar res ni ningú —em va contestar, també jocós.

—Puc oferir-li alguna cosa per beure? —vaig preguntar.

—Ja sap que no bec quan estic de servei.

—Està vostè de servei? Jo pensava que havia vingut simplement per fer-me una visita de cortesia i xerrar una estona, perquè com no em comunica el motiu de la seva presencia...

—Ah, sí, el motiu! —va exclamar, alhora que es donava un cop al front—. Gairebé se m'oblida. Com vostè és el director de seguretat del casino i de l'hotel, he cregut que seria oportú que sabés que la policia francesa ens ha comunicat que ha mort un cert Francesc Urdiel. Aquest nom li sona, oi que sí?

—Què ha dit? —vaig exclamar, i em vaig quedar amb la boca oberta—. Què hi pinta, en aquesta història, la policia francesa? —vaig poder preguntar quan vaig reaccionar.

—És el natural quan algú mor a França.

—A França? —vaig continuar preguntant, més que sorprès.

—Sí, a bord d'un tren, a prop de París. El van apunyalar i li van robar tot el que duia. Diners, documentació, efectes personals... Per això han trigat una mica a identificar-lo. El coneixia vostè?

—Era un dels cambrers del casino.

—Cambrer... Només cambrer?

—Sí, que jo sàpiga.

—No deixa de ser curiós —va dir, pensarós—. Un simple cambrer que rep una oferta per treballar en un restaurant de París —va dir i va bellugar el cap mentre feia petar la llengua.

—Potser no és tan estrany. El Jean Louis és francès, *monsieur* Boudineau també i bona part dels cuiners i uns quants del Consell d'Administració i... som una empresa amb capital francès i molts clients francesos —vaig replicar.

—Dic que és molt curiós perquè desitjava conèixer-lo i tenir una xerrada amb ell, precisament, perquè algú ha suggerit que sabia alguna cosa sobre l'afer Lucca Bonatesta.

—Ja va interrogar vostè tot el personal. La senyoreta Llúcia li va proporcionar la llista de tots els que havien treballat aquell dia.

—No, amic Víctor. Vaig interrogar als que vostès em van dir que havien treballat aquell dia. Tinc la llista a la butxaca i el nom de Francesc Urdiel no hi apareix.

—Com que no hi apareix?

—No —va negar amb el cap—. No apareix enlloc —va repetir, recalcant cada síl·laba.

—Això significa que aquell dia no va treballar —vaig respondre, reaccionant immediatament.

Com era que no hi figurava, a la llista?, em preguntava. La Llúcia havia confeccionat una llista sencera. Francesc Urdiel hi havia de figurar.

—Aquí està el problema —va dir, i em va apuntar amb el seu dit índex—. Hi ha qui sosté el contrari.

—El tema de personal el porta el director del casino, el senyor Estragué.

—Ja ho sé, però he cregut que vostè, com a responsable la seguretat, havia de saber-ho.

Va assentir somrient, sense deixar de mirar-me als ulls. Després va caminar cap a la porta del pis. El vaig acompanyar en silenci, l'hi vaig obrir, va sortir, es va tombar i em va mirar, mentre m'apuntava de nou amb el dit.

—Necessito trobar Bonatesta. Viu o mort —em va dir, i va afegir—. Vull el seu cos.

No vaig gosar tibar més la corda amb una broma sexual. Havia llegit a la seva mirada que no estava disposat a tolerar-me-la i que no acceptaria que li digués que Lucca Bonatesta podia ser viu. Tant ell com jo sabíem que això era impossible. I jo ho sabia molt millor que ell.

Es va dirigir a l'ascensor, s'hi va ficar dins i va desaparèixer. Vaig tancar la porta lentament i em vaig quedar pensarós.

13.- JUGAR A FET I AMAGAR

Vaig saludar el Maties i vaig sortir al carrer. Vaig mirar amunt i avall, distretament, i em vaig dirigir cap a la parada del tramvia. Vaig caminar lentament i em vaig aturar davant de l'aparador d'una joieria, simulant que m'interessaven uns rellotges, però que em va servir per comprovar si em seguia algú. El tipus que m'havia assenyalat el comissari, i abans el porter, havia desaparegut.

Vaig continuar caminant lentament, vaig passar de llarg per davant de la parada sense detenir-me i vaig veure de cua d'ull que el tramvia arribava, s'aturava, en baixaven dues dones i arrencava novament. No hi havia ningú a la vista. En arribar a la meva altura encara no havia tingut temps de prendre velocitat, de manera que vaig fer un bot i vaig pujar a la plataforma. El cobrador em va mirar, però no va fer cap comentari. Segurament pensava que m'havia begut l'enteniment.

Durant tot el trajecte em vaig sentir molt tens. Qualsevol ximpleria, com per exemple un copet del meu company de seient, m'alterava, mirava els altres viatgers amb desconfiança, un gest un pèl brusc em posava alerta. Vaig haver de respirar fondo i vaig mirar de calmar-me. Alguna cosa al meu interior em deia que aquell seria un dia complicat.

En arribar al casino, vaig anar directament a dalt. La Llúcia em va informar que Boudineau encara no havia arribat.

—Digui'm, senyoreta Llúcia: d'on va treure els noms per confeccionar la llista que va entregar al comissari sobre els empleats que havien treballat el dia de la suposada desaparició d'aquell italià? —vaig preguntar i ella em va mirar sorpresa— Sap de què li estic parlant?

—De quan va desaparèixer aquell italià, m'imagino —em va contestar, i jo vaig assentir—. Vaig treure les dades de les fitxes de personal. És on apuntem els horaris i els torns, les entrades, les sortides, les incidències, les absències...

—Recorda si en aquella llista figurava el nom del Francesc Urdiel?

—Hi havia molts noms. No puc recordar-los tots. A més a més, aquell dia tothom tenia molta pressa i no feien res més que demanar i demanar. No és que jo em queixi, eh?

—Per descomptat, senyoreta Llúcia —vaig tallar el seu discurs—. Voldria veure la fitxa del Francesc Urdiel, si us plau.

—Abans d'ahir la vaig passar a l'arxiu històric, senyor Pons. Al soterrani.

—Per què?

—Ja no treballa amb nosaltres —em va contestar en to d'evidència. Ella era molt eficient.

—És cert. Ho havia oblidat —vaig mentir— Pot recuperar-la i ensenyar-me-la?

—Faltaria més, senyor Pons.

—Mentre vostè va a buscar-la, jo parlaré amb el senyor Estragué.

—Haurà d'esperar. Ha hagut d'anar un moment a l'hotel, però tornarà de seguida.

—L'esperaré.

La vaig veure baixar les escales amb la seva gràcia habitual i em vaig quedar allí, esperant l'Estragué, mentre llegia la premsa. Al cap d'una estona la vaig veure aparèixer novament. Venia amb les mans buides, em va dedicar un tímid somriure, es va dirigir a l'arxivador, el va obrir i va remenar les fitxes.

—No entenc què pot haver succeït. No la trobo —gairebé va tartamudejar—. Juraria que la vaig baixar. N'estic ben segura.

Llavors va aparèixer l'Estragué, que pujava l'escala.

—Hem de parlar —li vaig dir.

Em va mirar molt seriós, va assentir i va assenyalar la porta del seu despatx.

—Senyoreta Llúcia, miri que ningú no ens molesti si no és absolutament necessari —va ordenar.

—Sí, senyor Estragué —va contestar la Llúcia, i em va mirar—. Vol que continuï buscant la fitxa?

—Quan la trobi, me l'ensenya immediatament.

—Sí, senyor Pons.

Vam entrar al despatx i l'Estragué va tancar la porta.

—Segui, si us plau —em va dir, alhora que assenyalava una de les butaques que hi havia enfront del seu escriptori.

Em vaig seure. Tenia una actitud estranya i semblava força preocupat. De manera que em vaig estimar més deixar que ell parlés primer.

—Acaben de comunicar-me que el Francesc Urdiel és mort —em va dir—. Sembla que l'han assassinat al tren, camí de París, per robar-lo.

—Ja ho sé. Per això venia a parlar amb vostè. Aquest matí m'ha visitat el comissari Roger Chapí i m'ho ha comunicat. Com se n'ha assabentat vostè?

—Ha telefonat *monsieur* Boudineau.

—I ell com ho ha sabut?

—Ha parlat amb París, per altres temes, i l'amo del restaurant que li havia ofert treball a l'Urdiel l'hi ha comunicat.

—Puc fer-li una pregunta una mica especial?

—Si és a la meva mà respondre-la... —em va dir mirant-me amb interès.

—Tan extraordinari era el Francesc Urdiel com a cambrer que li van fer una oferta per anar-se'n a treballar a París?

Es va quedar un instant en silenci. Cercava les paraules més adients, com sempre. No vaig voler pressionar-lo.

—Se n'anava per ocupar el lloc de cap de cambrers.

—No ha respost la meva pregunta —vaig replicar, somrient—. Tan bo era?

Es va quedar novament en silenci, mirant-me i calculant l'abast de la meva pregunta i de la seva resposta.

—De vegades no valorem correctament els altres i, no obstant això, altres són capaços de veure'ls qualitats que a nosaltres se'ns escapen. Li he respost ara? —em va dir, i va inclinar lleugerament el cap alhora que alçava les celles.

El vaig mirar i vaig somriure.

—Sí, ho ha fet. I l'hi agraeixo. De debò.

—Puc fer alguna cosa més per vostè? —em va demanar.

—Sap que no apareix la fitxa del Francesc Urdiel?

—La fitxa de personal?

—Aquesta precisament.

—I quina importància té? Ja no treballava amb nosaltres.

—És que el seu nom tampoc apareixia a la llista que la senyoreta Llúcia li va donar al comissari Chapí.

—Potser perquè aquell dia no va treballar.

—Aquell dia el Francesc Urdiel va treballar —vaig dir lentament.

—Com pot vostè assegurar-ho amb tant d'èmfasi?

—Disculpi la pregunta. Està vostè al corrent de tot el que succeeix al casino?

—Quan crec que he d'assabentar-me d'alguna cosa, miro de fer-ho.

La història de l'italià cada vegada s'estava complicant més i jo necessitava aliats. L'Estragué no sentia gaire simpatia per Boudineau. Així que em vaig arriscar.

—Puc demanar-li absoluta discreció?

—Digui el que digui, té la meva paraula que no sortirà d'aquest despatx.

—Llavors sabrà que fa quatre mesos, la nit que se suposa que va desaparèixer aquell italià, en la que vostè no hi era, van succeir algunes coses fora del normal —vaig dir i vaig arquejar les celles.

—Tan fora del normal com que vostè va ser nomenat director de seguretat del casino i de l'hotel de la nit al dia —em va contestar sense moure un múscul de la cara.

—Suposo que ja sap que tot això no té res a veure amb vostè, oi? —vaig dir.

—Cadascú en aquest món ha de vetllar pels seus interessos. I imagino que vostè va jugar les seves cartes —va replicar.

—Sento per vostè un gran respecte i el considero algú molt intel·ligent —vaig dir molt lentament i vaig fer una petita pausa abans de seguir. Volia que veiés la sinceritat als meus ulls—. No m'hi estaré de dir res. Crec que ens trobem en un moment certament delicat, que pot costar molt car al casino, que és el mateix que dir als que hi treballem. De manera que, si em permet, li faré una altra pregunta molt directa —vaig fer novament una pausa per veure la seva reacció. Va assentir lentament—. Sap per què *monsieur* Boudineau em va nomenar director de seguretat?

—*Monsieur* Boudineau sempre pren la decisió més encertada a cada moment i a cada circumstància —va respondre.

—Però vostè coneix la vertadera raó?

El vaig veure dubtar. Au va, home! Llança't per una vegada a la teva vida! Vaig exclamar al meu interior. I el vaig mirar assentint

—Alguna cosa vaig suposar quan va aparèixer el comissari Roger Chapí preguntant per Lucca Bonatesta. Pagament per serveis prestats?

—Així és —vaig dir i vaig assentir—. Lucca Bonatesta va morir a baix, en una de les sales petites. El vam descobrir amb un tret a la boca. Millor dit: el va descobrir el Francesc Urdiel. Per això puc jurar que aquell dia va treballar.

—I no hi era, a la llista? —em va preguntar estranyat.

—No —vaig negar amb el cap, sense deixar de mirar-lo —. I la seva fitxa ha desaparegut. La senyoreta Llúcia no la troba enlloc.

—Insinua que per això ha mort i que algú del casino hi té alguna cosa a veure?

—De moment no insinuo res. Simplement constato fets. Quan li va comunicar el Francesc que se n'anava?

—Fa uns dies.

—I no es va quedar fins que tinguéssim un substitut?

—És política de l'empresa. Quan algú decideix anar-se'n, el millor és dir-li adéu i desitjar-li bon vent i barca nova. Així els altres s'adonen que no hi ha ningú imprescindible. Avui en dia no és difícil trobar bons cambrers a Barcelona. I encara menys tenint en compte el sou que paguem. La seva baixa ja ha estat coberta.

—Crec que vostè i jo, encara que no hem tingut gaires ocasions per xerrar, ens entenem bé —vaig dir.

—Jo també el considero intel·ligent. I li agraeixo la seva sinceritat i la seva confiança —em va dir

Em vaig aixecar i vaig abandonar el seu despatx. L'Estragué podia ser un bon aliat, si es presentava l'ocasió. Semblava molt assenyat.

Boudineau va arribar més tard que de costum i em va cridar al seu despatx. Volia informar-me de la mort del Francesc Urdiel.

—M'ho ha comunicat el comissari Chapí —li vaig dir, abans que comencés amb les seves explicacions.

—Quan? —em va preguntar sorprès.

—Aquest matí m'ha tret del llit per donar-me la notícia. I la part negativa és que sap que va tenir a veure amb la desaparició de Lucca Bonatesta. Algú li ha dit alguna cosa.

—Però, com ja és mort... —va riure nerviós.

—He dit que això era la part negativa, però no la pitjor —vaig replicar i el vaig veure esborrar immediatament el seu somriure—. El nom de Francesc Urdiel no figurava a la llista d'empleats que la senyoreta Llúcia va confeccionar per al comissari.

—*Oh, mon Dieu!* —va exclamar en francès i es va tapar la boca amb la mà—. Com va poder cometre un error com aquest la senyoreta Llúcia?

—La pregunta correcta és: qui va modificar la fitxa del Francesc Urdiel perquè no hi figurés que aquell dia havia treballat? Perquè la senyoreta Llúcia no comet errors. Ja sap com és i com treballa. Ho repassa tot tres cops, de dalt a baix.

—Per què creu que algú va modificar la seva fitxa? I quin interès tindria en això? —va preguntar.

—L'interès és prou evident. No volia que fos interrogat per ningú. Pel que fa a què algú va modificar aquesta fitxa, també resulta evident. La fitxa ha desaparegut. La senyoreta Llúcia no la troba enlloc.

Es va quedar mut. Crec que reflexionava. Es va mossegar els llavis, va mirar el terra i, de sobte, va semblar tenir una inspiració.

—Bé! Si la fitxa ha desaparegut i el Francesc Urdiel és mort... —va dir, somrient.

Aquell home era idiota, vaig pensar.

—Que hagi desaparegut no significa que ja no existeixi. I si algú la fa arribar a mans del comissari i aquest descobreix que va ser manipulada i corregida?

Tota la seva inspiració se'n va anar en orris. Va tornar a mossegar-se els llavis.

—Vostè va dir que no hi hauria problemes, que s'encarregaria de tot —em va recriminar, mentre es treia el mocador de la butxaca i se'l passava pel front.

—I així ho vaig fer, però jo no comptava que algú més prendria decisions pel seu compte.

—I ara què?

—Pel moment res. Quiets i callats. Si no hi ha cos, no hi ha delicte i, si no hi ha delicte, no hi ha cas.

—Van amagar bé...? —va preguntar, sense gosar pronunciar totes les paraules.

—No s'amoïni. Ningú no el trobarà, a menys que... —vaig respondre, i també vaig deixar la frase a l'aire.

Aquella la nit l'Antoni i jo vam sortir plegats i vam agafar el tramvia. No em feia gens el pes caminar tot sol i per això vaig mirar de coincidir amb ell. Vam parlar de diversos temes i vaig dissimular tot el que vaig poder per a què no s'adonés que estava força pendent de tot el que ens envoltava. No vaig veure res de sospitós i ens vam separar a l'altura de la Diagonal. Ell va seguir amb el tramvia, camí de casa seva, i jo em vaig dirigir a la meva a peu, sense deixar d'escodrinyar tots els racons amb la mirada.

Vaig arribar al carrer Bailèn i abans de tombar la cantonada vaig observar la vorera de davant de casa meva. No s'hi veia a ningú. Vaig caminar de pressa, vaig ficar la clau al pany, vaig obrir i vaig entrar-hi. Abans de tancar vaig fer una altra ullada. Seguia sense veure-hi ningú. Em vaig dirigir cap a l'ascensor, vaig obrir la porta, vaig entrar-hi, vaig tancar i vaig prémer el botó del cinquè pis. Durant el trajecte, vaig tenir tot el temps la mà a la culata de la semiautomàtica. L'ascensor es va aturar, vaig obrir i vaig sortir lentament. Vaig escoltar amb molta cura. No se sentia ni un sospir. Vaig tancar i em vaig dirigir a la porta del meu apartament. El replà estava dèbilment il·luminat per una bombeta. Vaig fer un cop d'ull al forat de l'escala. La del quart pis estava fosa. Vaig mirar cap amunt. No hi vaig veure res de sospitós.

Vaig introduir la clau lentament, procurant no fer cap soroll, i la vaig girar amb extrema suavitat. El pany tenia fetes les dues voltes, tal com l'havia deixat. Això em va tranquil·litzar. Vaig entrar, vaig tancar i vaig encendre la llum. Llavors em vaig adonar que duia la pistola a la mà i ni tan sols era conscient de quan havia desenfundat. Déu! Què hauria passat si quan estava obrint la porta apareix algú al replà, el meu veí, per exemple? Li hauria disparat?, vaig meditar. Perdre els estreps condueix a la precipitació, i la precipitació és molt mala consellera. M'estava tornant paranoic. Més valia intentar descansar. Em vaig preparar una copa i em vaig seure en una de les butaques del menjador.

Més relaxat, em vaig ficar en llit, però la meva ment continuava donant voltes i més voltes. De sobte em vaig trobar pensant en el mort i novament vaig recordar les paraules de l'Antoni sobre el que succeeix quan algú s'engega un tret a la boca amb un trenta-vuit. I un altre detall a tenir en compte era el soroll. Malgrat que el despatx estava insonoritzat, no ho estava tant com perquè no se sentís el tret. Un trenta-vuit no és un vint-i-dos, precisament. A menys que...

Em vaig aixecar d'un salt, vaig anar a la cuina, vaig retirar la rajola de la paret i vaig treure el revòlver del mort, que encara guardava. Vaig examinar el canó i vaig trobar una osca a la part inferior. No m'havia equivocat. Aquella marca corresponia al caragol que subjectava el silenciador. Per això el soroll del tret no va traspassar la porta de la sala petita.

Vaig tornar al menjador i em vaig preparar una altra copa. Necessitava reflexionar, perquè hi havia alguna cosa que se m'escapava. Qui ho havia fet era molt llest i havia pensat en el detall del soroll. A més a més tenia accés a aconseguir un silenciador. De manera que no era cap idiota ni cap novell.

Em vaig prendre una altra copa i vaig tornar al llit. Amb el cap clar es veuen molt millor les coses.

L'endemà em vaig despertar d'hora i la primera cosa que vaig fer va ser llevar-me i acostar-me a la finestra, apartar lleugerament la cortina i fer un cop d'ull a la vorera del davant. No hi havia ni rastre de l'home del periòdic. La resta del matí me la vaig passar reflexionant.

El comissari m'havia preguntat si el coneixia. Això volia dir que possiblement ell no s'hi havia fixat fins que el Maties li ho va indicar. De manera que el tipus aquell no era ni policia ni detectiu privat. Llavors, què o qui era? Si hagués estat de la màfia, possiblement jo ja seria mort. El meu pare ja m'havia advertit sobre la forma d'actuar d'aquella gent. Arriben, fan el seu treball i adéu. No es dediquen a seguir la gent pel carrer i, menys encara, els veus arribar. Simplement apareixen i desapareixen. Durant la resta de la tarda vaig mirar de fer el meu treball el millor possible i mantenir-me al marge de tot. No va ser gens fàcil, però ho vaig aconseguir. Necessitava calmar-me. Em sentia millor, molt millor, fins al punt que gairebé m'havia oblidat del comissari, de l'home del periòdic, de l'italià i de tot plegat.

Cap a les nou em trobava a prop de la terrassa i em va venir a la ment la imatge de la Carla mig asseguda a la barana, amb aquella faldilla pantaló que li queia d'allò més sensual. On seria ara?, em vaig demanar. Divertint-se, segur. Vaig sospirar. Amb tant d'enrenou no li havia dedicat massa pensaments, però ara, més calmat, me la imaginava al llit, amb aquell llaç vermell al coll. Abans no tornés, jo havia d'haver-ho solucionat tot, vaig exclamar interiorment.

—M'he fixat que *monsieur* Boudineau es recolza molt en el Pere Nieto —vaig escoltar que feia la veu de l'Estragué al meu costat.

Vaig tombar el cap, el vaig mirar i els meus pensaments es van diluir.

—El dia que em va nomenar director de seguretat, *monsieur* Boudineau també em va signar una assegurança laboral. Si m'acomiada, haurà de pagar-me una bona quantitat —vaig respondre somrient, i vaig tornar a pensar en la Carla —. Potser em convingui un canvi d'aires.

—Una assegurança laboral no és una assegurança de vida —va replicar l'Estragué—. No vull insinuar res amb això —va rectificar immediatament—. No sé perquè ho he dit. M'ha sortit sense pensar-hi.

—La meva assegurança de vida és saber on es troba el cos de l'italià —li vaig respondre—. *Monsieur* Boudineau no en té ni idea. Aquesta és la meva assegurança de vida —vaig repetir, ben convençut—. No crec que a ningú li interessi que jo vagi a la policia.

—D'aquí dedueixo que vostè va fer desaparèixer el cadàver —va replicar. Llavors va arrufar el nas—. Si fos a la policia, hauria de respondre moltes preguntes. Entre elles: Qui el va matar?

—Va ser un suïcidi —vaig dir.

—I com demostrarà que no va ser vostè, si és vostè, precisament, qui el va fer desaparèixer?

—Els altres ho saben.

—Perdoni que m'hi fiqui, però ja li vaig dir que el considero intel·ligent i... —va dir i es va gratar la barbeta

—I... —el vaig animar a seguir.

—Si el Pere Nieto i *monsieur* Boudineau es posen d'acord, serà la paraula de dos contra un. Què al·legarà vostè? Que ho va fer per obtenir un ascens? Qui se'l creurà? —va bellugar el cap i va bufar—. No és una història que s'aguanti dempeus.

—Hi ha més gent que és al corrent.

—El Francesc Urdiel és mort.

—El Jean Louis...

—Mai no trairà a *monsieur* Boudineau.

—No s'amoïni. L'Antoni Farreres és qui em va ajudar amb el cos i ell sap molt més que els altres. I l'Antoni, arribat el cas, declararà.

—Ara ja em quedo més tranquil —va sospirar alleujat —. Veurà: és que no ho veia clar i pensava en què podia ajudar-lo, però l'única cosa que podria dir en favor seu és declarar que m'ho ha explicat tot, però com no he viscut res d'aquesta història, no puc certificar res i un advocat desmuntaria totes i cadascuna de les meves paraules. Se n'adona?

—Li agraeixo molt la seva preocupació.

Encara sort que havia trobat algú que pagava la pena!, vaig exclamar al meu interior. Amb raó el tenien apartat i no el deixaven participar de les decisions. Era assenyat i honest, dues qualitats no gaire abundoses per aquelles latituds.

L'endemà, dimecres, tot just posar els peus al casino, l'Antoni em va venir a veure. Semblava que m'estava esperant i se'l notava alterat. Me'l vaig endur a una de les sales petites. Curiosament era la que havia albergat el cadàver de Bonatesta.

—Avui un paio m'ha seguit —va fer, quan encara no havia tancat la porta.

—Per què? —li vaig preguntar.

—I jo què sé!

—On és ara?

—L'he despistat.

—I com saps que et seguia a tu, precisament?

—Era a la parada del tramvia i l'he vist llegir el diari. Ha pujat al mateix tramvia, s'ha baixat a la mateixa parada i ha esperat per agafar el següent tramvia fins a República Argentina. Cony, Víctor! Que no vaig néixer ahir! —va exclamar.

Sentir la paraula diari i notar un calfred va ser tot una sola cosa.

—Llegia el periòdic? —vaig preguntar.

—Durant tot el trajecte, encara que el sostenia del revés.

—Del revés? —vaig fer novament una pregunta estúpida, perquè ho havia sentit prou bé.

—Com tu comprendràs no m'ha fet bona espina. Així que, en una de les parades, aprofitant que anava ple, en el moment que arrencava, he saltat per l'altre costat i m'he amagat en un portal. Llavors l'he vist saltar i quedar-se com un idiota mirant amunt i avall sense saber cap a on anar. He esperat fins que se n'ha anat, he agafat el següent tramvia i aquí em tens.

—Com era? Fes-me'n un retrat.

—Més o menys com jo d'alt, moreno, prim, ben vestit, amb barret, ulls foscos, bigoti, nas una mica aguilenca...

Quadrava a la perfecció amb l'home m'havien mostrat tant el Maties com el comissari. Però, per què ara seguia l'Antoni?

—Tens un llit per a mi a casa teva? —vaig demanar.

—Pots dormir amb el Tonet, si no t'importa tenir un terratrèmol per company. Em vaig endur el llit de matrimoni dels meus pares i l'ocupa ell. Tens prou lloc, encara que hi ha matins que el trobem entravessat als peus.

—Avui també sortirem al mateix temps, però no pas junts. Pujaràs a la part davantera del tramvia i jo aniré al darrere. Quan arribem a República Argentina, tu sortiràs primer i jo et seguiré a certa distància. Si et segueixen, ho sabrem i actuarem. Si no passa res ni veiem ningú, en arribar a la Diagonal, baixes i et dirigeixes a casa meva. Pujarem, agafaré alguna cosa de roba i dormiré a casa teva. Demà al matí, quan el tipus aparegui novament, li farem algunes preguntes. D'acord?

Va assentir i se'n va anar al seu lloc. Jo m'hi vaig quedar una estona. Em vaig dedicar a repassar mentalment tots els que, d'una forma o una altra, podien pensar que jo els devia un favor, en un sentit o en l'altre.

—Procura no deixar cap porta oberta —m'havia dit el meu pare moltes vegades—. Recorda que no tens ulls a l'esquena. Comprens?

I no aconseguia donar amb cap cara del passat que no tingués la porta tancada. Encara sort que aquell dia no va haver-hi cap incident i que tot va anar rodat. He de reconèixer que aquella notícia m'havia alterat i que no estava per la feina.

Vam abandonar el casino tal com havíem convingut. Vam esperar que aparegués un tramvia. Ell va sortir primer i se'n va anar directe a la part del davant. Jo vaig sortir poc després i vaig pujar a la part del darrere. Al tramvia hi havia unes trenta persones, entre clients i personal, que tornaven a casa. En cap moment vaig notar res fora del normal. Vam arribar a República Argentina, vam fer el canvi de tramvia i tampoc no vaig veure res que em cridés l'atenció. En fi! Que vam arribar a casa seva sense cap entrebanc.

Per justificar la meva presència, ens vam inventar una història sobre que estaven reparant la instal·lació elèctrica del meu apartament i que no hi tenia llum. L'Estrella va estar molt contenta, encara que li va pegar una bona esbronca al seu marit per no haver-la avisat. No tenia la casa en condicions ni podia oferir-me un sopar com Déu mana. Li vaig dir que no es preocupés, que qualsevol cosa m'anava bé, que tot havia estat molt precipitat i que hi havia prou confiança. Els seus dos fills ja dormien. El Cisquet, el petit, tenia un any, mentre que el Tonet estava a punt de fer-ne sis.

Vam sopar i me'n vaig anar al llit. Coneixia el Tonet, que era un belluguet, tant despert com adormit, i donava tombs i més tombs sense parar, però que no es va assabentar de res fins l'endemà, quan l'Antoni va venir a despertar-lo per anar al col·legi.

—Qui és? —va preguntar, assenyalant-me.

—És el Víctor! Ja no te'n recordes? —va fer l'Antoni.

—Què hi fas al meu llit? —em va preguntar.

—M'han fet fora de casa.

—Qui?

—Els electricistes, que estan treballant amb la llum. Però segurament acabaran avui i tornaràs a tenir tot el llit per a tu —vaig contestar.

Em vaig llevar cap a les deu, em vaig rentar, em vaig afaitar i em vaig vestir. L'Antoni era al menjador. L'Estrella ja havia acompanyat el Tonet al col·legi i al Cisquet a casa de l'àvia i se n'havia anat a treballar, a la fàbrica. Formaven una bona parella. Ella s'havia plantejat deixar de treballar, però volien comprar-se un terreny i fer-se una casa i el sou de l'Antoni no donava per a tant, de manera que havien decidit estalviar. Quan tinguessin prou diners per al terreny, llavors seria una altra cosa.

—L'Estrella ens ha deixat preparat el dinar. Anit va venir a dormir molt tard i ha fet escudella amb tot el que tenia a casa —va dir i va assenyalar la porta de la cuina—. Ensuma, que te'n lleparàs els dits. Ha deixat fet cafè i tens llet, pa i embotit. També hi ha tomàquets, sal i oli. I si vols all, per fregar el pa, me'l demanes.

Vaig seure a taula, em vaig preparar una llesca de pa amb tomàquet i vaig tallar una mica d'embotit.

—Aquesta tarda, tu sortiràs primer —vaig dir—. Jo esperaré un parell de minuts i et seguiré. Si aquell tipus segueix vigilant-te, s'endurà una bona sorpresa.

—Li he estat donant voltes i crec que aquell paio volia que jo m'assabentés que em seguia.

Vaig somriure divertit. L'Antoni sempre havia tingut unes teories molt personals. Ja de ben petit es muntava les seves pròpies històries sobre que la veïna havia dit o deixat de dir, la qual cosa significava que... La veritat és que ens ho passàvem molt bé amb ell.

—A veure, a veure. Explica'm això —el vaig animar.

—Cal ser molt idiota per simular que estàs llegint el diari i sostenir-lo al revés.

—O no saber llegir —vaig replicar.

—Si no saps llegir tampoc saps escriure, oi que no? —va preguntar, i va alçar les celles—. Fa una estona he recordat que es va treure paper i llapis de la butxaca i va anotar alguna cosa.

—Paper o una llibreta?

—Ja sé per on vas, però aquest tipus no és ni policia ni res per l'estil. No en té pinta.

De manera que l'Antoni havia arribat a la mateixa conclusió que jo. Ja érem dos. Vaig estar temptat d'explicar-li que també m'havia vigilat a mi, però no ho vaig fer.

—Alguna cosa caldrà fer per matar el temps —vaig dir —. Sortiré a buscar el diari.

Em vaig arribar fins al quiosc, vaig comprar el *Diari de Barcelona* i vaig aprofitar per fer una volta i tornar per un altre camí per veure si apareixia algú. No vaig veure res de particular. Vaig pujar al pis de l'Antoni. Em va obrir la porta i em va mirar interrogant. Vaig somriure i vaig negar amb el cap. La resta del matí vam estar xerrant i comentant alguna notícia.

—No crec que Madalena sigui un nom apropiat per a un ciclista —recordo que va dir, quan li vaig comentar que acabava de celebrar-se la primera "Volta ciclista a Catalunya", que pretenia seguir els passos del ja famós *Tour* de França.

—Et dius Farreres perquè el teu pare es deia així, però podia haver-te tocat qualsevol nom.

—Quan es neix predestinat, tot apunta clarament en una mateixa direcció. Per exemple: Henry Ford. Oi que té nom d'automòbil? Estava predestinat. Newton té nom de científic. No podia ser d'una altra manera.

El vaig mirar divertit. Tenia una forma de raonar tan particular i ho deia tot amb tanta naturalitat que no gosaves discutir-li res.

—En aquesta cursa només hi participaven vint-i-tres corredors. És fàcil guanyar —va afegir.

—No sé si és fàcil o no, però ha guanyat ell, es digui com es digui.

—No té gaire futur. Una altra cosa seria que es digués Valor, per exemple, o Escalador.

Quan érem joves i sortíem de festa, a ballar o a passejar, sempre es convertia en l'ànima de tot. Era capaç de mirar un parell de noies, dirigir-se cap a elles i començar a parlar, sense més. Sortir amb ell era garantia gairebé absoluta de fer noves amistats.

Vam menjar l'escudella regada amb una mica de vi negre del Priorat. Si bé l'olor era exquisida, encara feia millor gust. Hauria de visitar-los més sovint.

Vam esperar tranquil·lament fins a l'hora de marxar i vam abandonar el pis. Jo em vaig quedar al portal mentre el veia desaparèixer. Quan vaig jutjar convenient, vaig sortir al carrer i em vaig dirigir a la parada del tramvia. Vaig caminar lentament i no vaig veure ningú que s'assemblés ni remotament al tipus del periòdic. Ni durant el curt passeig ni a la parada.

—Vols dir que no t'ho has imaginat tot? —li vaig preguntar quan ja portàvem un bon tram recorregut. I la pregunta no era tant per a ell com per a mi mateix.

—Et juro que no —em va contestar.

—Llavors és que juga a fet i amagar.

Acabada la jornada vam repetir la jugada del dia anterior. Vam abandonar el casino gairebé al mateix temps, vam pujar al tramvia per separat, vam fer tot el trajecte fins a República Argentina i vam realitzar el canvi de línia. En arribar a la Diagonal en vam baixar, però com teníem clar que no ens seguia ningú i que el del periòdic s'havia esfumat, ens vam separar. El vaig deixar a la parada i jo em vaig dirigir caminant cap al carrer Bailèn. No pagava la pena molestar novament a l'Estrella ni dormir amb el Tonet.

Vaig arribar a casa una mica cansat, vaig saludar el Maties, que treia els cubells de les escombraries, vaig pujar al meu apartament, vaig entrar, em vaig dirigir directament a l'habitació, em vaig alliberar de l'americana i em vaig seure al llit. La tensió dels últims dies passava factura. Vaig aclucar els ulls i vaig pensar en la Carla. Havia imaginat que podria solucionar-ho tot abans de la seva tornada, però ja no ho veia tan clar. En aquesta vida et proposes una meta i a mesura que passa el temps tot es complica i poques vegades les coses surten com les havies previst. Em vaig aixecar, vaig obrir el calaix superior de la còmoda per agafar un mocador i vaig trobar la cadena platejada i la clau que el meu pare havia amagat a la carbonera. Al costat d'ella hi havia la nota amb l'adreça de la taverna de El Duc. Hauria de passar-hi per veure què era el que m'havia deixat, vaig pensar mentre la deixava damunt la còmoda per no oblidar-me'n.

El so del timbre em va treure dels meus pensaments. Tan tard era? Jo juraria que no feia ni una estona que dormia. Vaig encendre el llum i vaig mirar cap a la finestra. Era fosc. Vaig consultar el rellotge. Eren les tres, però de la matinada. Qui podia ser a aquelles hores?

Em vaig llevar, em vaig posar la bata i em vaig acostar a la porta per fer un cop d'ull per l'espiera. Sant Déu! El comissari!

—On ha estat aquesta nit? —em va preguntar tot just obrir la porta.

—Aquí, a casa. El Maties, el porter, m'ha vist arribar —vaig respondre.

—Vesteixi's, que hem de fer un passeig —em va ordenar.

—A aquestes hores? —vaig exclamar.

—A mi també m'han tret del llit. Així que no es queixi ni em toqui els nassos —em va contestar en un to agre.

—I on anem?

—Afanyi's, que ja l'hi explicaré pel camí.

No vaig insistir-hi. Quedava molt clar que arribava de mala llet. Em vaig vestir el més ràpid que vaig poder i me'n vaig anar amb ell.

—Es tracta de l'Antoni Farreres —em va dir a l'ascensor —. Ha patit un accident. Ha caigut a la via del tren, al carrer Aragó.

—Com està? —va ser l'única cosa que se'm va acudir preguntar.

—Quan una màquina de tren et passa pel damunt no quedes gaire afavorit —em va contestar ben seriós. Només li faltava afegir que la pregunta era la més estúpida que podia fer-li. Però, en comptes d'això, va dir—: M'he estimat més venir a buscar-lo a vostè perquè l'identifiqui, abans que demanar que ho faci la seva esposa. No és gens agradable.

M'havia quedat glaçat. És l'última notícia que esperava rebre.

—O sigui que l'excursió és al carrer Aragó —vaig dir, quan vaig poder reaccionar.

—A la *morgue* —em va corregir—. No el podíem deixar allà.

Vaig tornar a sentir-me idiota. Què feia l'Antoni al carrer Aragó? Ell no es baixava fins a la Gran Via. Oh! Aquella nit, precisament, s'havia baixat a la Diagonal, però tenia intenció de tornar a agafar el tramvia i seguir. Què havia passat? Havia canviat de plans i havia decidit baixar caminant fins a la Gran Via? Llavors vaig pensar en el tipus del periòdic. Hi tenia alguna cosa a veure o havia estat un accident?

—Com ha estat? Algú ho ha vist? —vaig preguntar.

287

—El conductor ho ha vist. El pobre home ha necessitat un parell de copes de conyac per refer-se. Diu que l'ha vist aparèixer a la foscor, trontollar-se com un borratxo i quedar-se plantat enmig de la via. No ha pogut frenar i hi ha passat per sobre.

—Anit, quan el vaig deixar, estava serè —vaig dir.

—Doncs quan l'han tret de sota les rodes del tren, feia una pudor d'alcohol que tombava —va replicar.

Ens vam ficar al Peugeot de la policia i el conductor va arrencar. No m'ho podia creure. Tan sols feia una estona, només unes hores, que ens havíem separat. Què podia haver passat, perquè begués tant?

—Si més no, a aquest l'hem trobat —va comentar el comissari, truncant els meus pensaments.

—Què vol dir? —vaig preguntar estranyat. No podia reflexionar amb calma. No deixava de pensar en l'Antoni, que feia poques hores que havia estat parlant amb ell i ara...

—Sap què penso, amic Víctor? Que és perillós viure a prop de vostè. Primer desapareix un italià, després mor un cambrer i ara l'Antoni Farreres.

—No deu pretendre carregar-me tres morts? —vaig reaccionar immediatament.

—Qui ha dit que són tres?

—Vostè.

—No —va negar amb el cap—. He dit que l'italià ha desaparegut, però jo no sé si és mort o no.

Em vaig despertar de cop. Potser el comissari no dormia mai?

—Comissari, a les tres de la matinada és un joc poc elegant. No creu?

—S'estima més jugar a fet i amagar? Quan em dirà on és l'italià?

—Per què insisteix? —em vaig queixar.

—Ja l'hi vaig dir. Necessito el seu cos.

—Per què busca el seu cos, si diu que és viu?

—A les tres de la matinada i amb la mala llet que porto al damunt, no jugui amb mi —em va dir i em va apuntar amb el dit.

—Amb l'Antoni mort, vostè tampoc no jugui amb mi —vaig gosar replicar.

I va sorgir efecte. Es va fer el silenci fins que no vam arribar a la *morgue*.

L'empleat va aixecar el llençol i em va mostrar el cos. Costava de reconèixer. La roda del tren li havia aixafat la cara i el cap, li havia partit el pit i li havia separat un peu. El meu pare m'havia ensenyat que un cos és un cos, un tros de carn i ossos immòbils, i que la por cal deixar-la fora, perquè no és més que el producte de la imaginació. Cert, però havia oblidat explicar-me que tot això no pot aplicar-se quan el sentiment aflora i es fica per mig. L'Antoni era amic meu, no un cos qualsevol. I no em feia por, sinó que arrencava crits de dolor a la meva ànima.

Vaig respirar fondo i vaig cercar el seu braç esquerre per mostrar al comissari la cicatriu en forma de ferradura que tenia a l'altura del colze. S'havia clavat un ferro, quan anàvem a escola. Però vaig veure una altra cosa que em va sorprendre. Al costat, a les costelles, hi havia tot un seguit de blaus que no eren precisament cops que es produeixen en una caiguda fortuïta. No obstant això, no vaig comentar res.

—És ell. No hi ha dubte i no cal que l'Estrella passi per això —vaig dir—. Si vol, puc comunicar-l'hi jo.

—Ja he enviat un policia. És el reglament.

—Ja ho sé —vaig contestar i vaig pensar en l'Estrella. Pobra dona!

Albert Salvadó

14.- EL DUC

Els mirava un per un i se m'encongia el cor. L'Estrella feia mans i mànigues per mantenir-se serena, abraçant el Cisquet i el Tonet, però els seus ulls la delataven. Els familiars l'envoltaven i l'omplien de mostres d'afecte entre llàgrimes, abraçades i paraules de consol. Quin consol poden donar-te unes paraules, quan has perdut el que per a tu representa el més valuós d'aquest món?

Vaig esperar fins que la major part de familiars i amics havien marxat i llavors em vaig acostar a l'Estrella i li vaig donar el sobre on havia guardat els diners que havíem posat entre els seus companys i jo.

—Hem fet una col·lecta. L'estimàvem molt. Ja saps com era. Sempre tenia un somriure als llavis i una paraula amable per a tothom.

Em va abraçar amb força i es va posar a plorar.

—Per què ell? —va preguntar.

Uns havien ficat vint pessetes, altres cinquanta, un en va posar cent. Jo havia afegit mil cent vint-i-tres pessetes i dos rals, tot el que havia tret de la caixa de galetes que havia trobat a la carbonera. Em sentia fatal, culpable per no haver explicat l'Antoni que aquell tipus del periòdic també m'havia vigilat a mi. Potser, si li hagués explicat aquest detall, encara seria viu, perquè jo no acabava de creure'm que hagués mort accidentalment. Què feia al carrer Aragó, a prop del carrer Urgell? No era la seva ruta habitual. Ni de bon tros!

Havien decidit enterrar-lo dissabte. Diumenge no podia ser. Era el dia del Senyor i el capellà s'hi negava. Haurien hagut d'esperar fins dilluns. Per sort el forense, tot just arribar a les nou del matí, va fer el seu treball i tot va ser anar ràpid. Massa per al meu gust, i l'autòpsia, segons el seu informe, havia revelat que havia mort per causa del tren. Punt i final. No obstant això, jo recordava que al costat, quan vaig aixecar el colze per identificar la seva cicatriu, vaig descobrir-hi uns blaus. Vaig pensar que era millor no fer-ne cap comentari i vaig guardar silenci. El forense havia escrit al seu informe que tenia múltiples contusions i ossos trencats, però que era normal en un accident tan brutal. Això m'havia explicat el comissari, però jo em demanava: Va caure o el van empènyer? I abans d'empènyer-lo, van fer alguna cosa més?

Sí, tot va anar ben ràpid perquè no podien exposar el cos. Resultava impossible recompondre-li la cara i el cap. La decisió d'enterrar-lo de seguida va ser la més encertada. Així l'Estrella disposaria de tot el diumenge per posar en ordre les coses i no estaria sola ni un instant.

A l'enterrament havia assistit el director del casino. Boudineau s'havia disculpat i li havia demanat que transmetés el seu condol a la viuda.

Quan abandonàvem el cementiri, l'Estragué es va posar a la meva altura.

—Ha estat un accident? —em va demanar.

Em vaig aturar i el vaig mirar.

—Això és el que diu l'informe de la policia —vaig respondre.

—I vostè què n'opina? —va insistir, agafant-me pel braç i retenint-me.

—Quina importància té el que jo cregui o deixi de creure?

—No m'interpreti malament, si us plau —es va disculpar i em va deixar anar el braç—. Des que em va explicar allò de l'italià estic una mica tens. Veurà: per més voltes que hi dono, sempre acabo preguntant-me què feia Farreres al carrer Aragó cantonada amb Urgell. No té sentit. Viu a prop de la plaça Espanya i no hi ha cap tramvia que circuli per aquí. D'altra banda, si hagués volgut anar caminant, la veritat és que va triar una ruta ben estranya. No sé si m'estic equivocant i tot són coincidències, però, en morir l'Antoni, ara vostè és l'únic que sap on és el cadàver del desaparegut.

—No ha canviat res. Abans també era jo l'únic que ho sabia —vaig dir.

—Però, vostè em va dir que ell l'havia ajudat... —va replicar, sorprès.

—Em va acompanyar, però amb els ulls embenats. Em va ajudar a amagar-lo, però no sabia ni on érem i no hauria pogut trobar-lo encara que el matessin —vaig fer i vaig veure que es quedava bocabadat.

—Ah! —va exclamar—. Llavors tot el que he pensat és una estupidesa. Creia que tenia alguna cosa a veure amb... En fi! Disculpi'm. El deixo en algun lloc?

—No, gràcies. Necessito prendre l'aire.

—Doncs, ens veurem aquesta tarda.

Un altre que es muntava les seves històries, vaig pensar mentre el veia dirigir-se cap a l'automòbil que l'esperava a la porta del cementiri.

Durant més d'una hora vaig estar caminant pel port, contemplant els vaixells. Desitjava embarcar-me en un d'ells, sense rumb fix, i que em portés lluny d'allà. I si no hagués estat per la Carla, potser ho hauria fet. Res, excepte ella, em lligava a Barcelona. Però és que ella ho era tot per a mi.

Vaig contemplar les aigües negres del port. Que brutes que estaven! Vaig intentar imaginar-les netes, com l'aigua de mar endins o com la de les platges de Castelldefels, on havia anat amb els meus pares a córrer, saltar, jugar i berenar. «Fins aviat, amor meu», vaig murmurar.

Vaig arribar a casa a dos quarts de dues. Havia decidit canviar-me de roba i baixar per menjar alguna cosa abans d'anar-me'n a treballar. A casa no hi tenia res i el millor era arribar-se fins al bar de la cantonada. Tenien un menú barat prou decent.

—Sento molt això del seu amic —va dir el Maties quan em va veure.

—L'hi agraeixo molt —li vaig contestar.

—Una desgràcia terrible. Els trens no haurien de circular pel mig de la ciutat.

Li vaig donar la raó i em vaig ficar a l'ascensor. Quan li donava la xerrameca no hi havia qui l'aturés i no tenia ganes d'escoltar-lo.

Vaig obrir la porta de l'apartament, vaig entrar, la vaig tancar i m'hi vaig quedar recolzat. Vaig respirar fondo. Segur que el comissari s'havia empassat que això de l'Antoni havia estat un accident? Com era possible, si fins i tot l'Estragué s'adonava que no era normal que l'Antoni hagués mort al carrer Aragó cantonada amb Urgell?

Em vaig dirigir al dormitori, vaig obrir l'armari i vaig escollir un vestit una mica més adequat. El que portava, el negre, amb la corbata negra, només el feia servir als enterraments. Em vaig canviar de roba, vaig ficar el vestit negre a l'armari i em vaig disposar a sortir, però abans se'm va acudir acostar-me a la finestra i fer una ullada al carrer.

El cor se'm va accelerar quan vaig veure l'home del periòdic que em mirava des de la vorera del davant. Sí, mirava cap a la finestra i es colpejava una mà amb el periòdic plegat, mentre somreia. En el llenguatge que m'havia explicat el meu pare, allò significava: «Ara et toca a tu».

Vaig deixar anar la cortina, vaig comprovar que la semiautomàtica estava carregada i ben disposada i vaig sortir cames ajudeu-me. No vaig esperar l'ascensor, sinó que vaig baixar les escales i em vaig trobar enmig del carrer. El Maties devia estar menjant. Vaig mirar amunt i avall, però no hi havia ningú. L'home del periòdic havia desaparegut.

O sigui que el tipus del periòdic era italià, que l'Antoni no havia mort accidentalment i que ara venien per mi.

Calia prendre decisions. Em vaig dirigir al restaurant que hi havia més avall, al carrer Diputació, on tenien telèfon. Des d'allà vaig trucar al casino i li vaig dir a la Llúcia que no hi aniria, que em disculpés, però que em sentia malament.

—L'entenc molt bé. El senyor Farreres era molt amic seu, oi que sí?

—Sí, ho era —vaig respondre. Per què mentir, si Boudineau ja ho sabia tot?

Al restaurant vaig seure en una taula a prop del finestral i de cara a la porta per poder controlar el carrer i l'entrada. Vaig menjar lentament, sense deixar d'observar tots els comensals. La semiautomàtica va ser tot el temps a la meva falda, amagada sota el tovalló.

Vaig demanar el compte, vaig pagar i vaig sortir al carrer. No vaig veure ningú sospitós. Vaig tornar al meu apartament, vaig buscar la clau que m'havia deixat el meu pare i l'adreça de la taverna de El Duc. Volia saber si podia sortir de casa sense que em veiessin o si podia despistar un possible perseguidor.

Abans de sortir vaig apartar lleugerament la cortina. No hi havia ningú. Tampoc era d'estranyar. Ja m'havien donat l'encàrrec. Ara no tornaria a veure'ls fins que els tingués al damunt.

—Si es deixen veure, significa que tens alguna cosa que ells volen. T'envien un missatge i desapareixen. Si els dónes el que ells et demanen, et maten de pressa i sense dolor, però si t'hi negues... Comprens? —m'havia explicat el meu pare.

—Però, si els dónes el que volen, ja no tenen perquè matar-te —recordo haver-li dit.

—Depèn del que hagis agafat i del que sàpigues. Saber massa, no és saludable.

—I si has agafat alguna cosa per error, sense adonar-te'n?

—També depèn. Hi ha errors que es paguen molt cars.

Vaig baixar al carrer i em vaig dirigir cap a la Gran Via per prendre el tramvia. No vaig descobrir ningú que em seguís. Durant tot el trajecte fins a la parada que em deixava a dos carrers de la taverna, gairebé davant la nova plaça de braus que s'estava construint i que deien que seria més important que la de les Arenes i que es diria del Sport, no vaig veure res estrany. Vaig baixar i vaig caminar fins a una taverna vella que era al costat d'un gimnàs on s'anunciaven classes de boxa. Vaig empènyer la porta tan vella com la façana i vaig entrar-hi. Era un local mig fosc, amb unes taules que em recordaven les del bar que hi havia a prop de casa dels meus pares. Hi havia quatre homes, dos asseguts al voltant d'una petita taula, un altre a la barra i el quart ocupava una taula del fons. Tots ells es van tombar quan vaig obrir la porta. Darrere la barra, una dona grassa i una mica gran em va mirar de dalt a baix, tot fent-me una bona repassada. Jo no era dels seus parroquians. Això es veia d'una hora lluny.

—Què li puc oferir, bon mosso? —em va preguntar amb un somriure que em recordava el que feien servir al meu barri per intimidar els nouvinguts.

—Tot el seu amor —li vaig respondre.

Es va quedar muda, sense saber què dir. De sobte un dels presents, el que ocupava una taula del fons, va esclatar en una sonora riallada. Encara sort que algú allí tenia sentit de l'humor. Vaig pensar.

—Aprofita, Maria, que el noi paga la pena! —va cridar.

—He vingut a veure el Duc —vaig dir, i es va fer el silenci.

—Quin Duc? —em va demanar la dona.

—No pas el de Richelieu —li vaig respondre amb un somriure.

—Si té ganes de divertir-se, dos carrers més amunt hi ha una casa de putes...

—He vingut per parlar amb el Duc i hi parlaré —vaig repetir lentament.

—I a qui tinc el plaer d'anunciar? —va preguntar desafiant-me i rient.

—El plaer d'anunciar! —va tornar a riure l'home de la taula—. Què fina que t'has tornat!

Els altres també van riure.

—Al fill del Gepetto —vaig respondre.

La dona va deixar de riure i em va mirar fixament. Després va mirar cap al fons de la taverna, cap al lloc on s'asseia el que tan bon humor tenia. Vaig seguir amb els ulls la direcció de la seva mirada i vaig veure que aquell home em feia un senyal amb el cap perquè m'hi acostés. Vaig mirar la dona, vaig assentir, vaig somriure i me'n vaig anar cap a la seva taula. Aquell home tenia la cara gran, amb una barba blanca i els ulls foscos. Lluïa una bona mata de cabell, també blanc, les seves espatlles eren amples i les mans fortes i plenes de durícies. Em recordava el Gordo, encara que somreia més.

—Com sabem que ets qui dius?

Vaig dubtar un instant, però vaig acabar traient la cadena i deixant penjar la clau. Ell va fer esma d'agafar-la, però jo vaig estirar ella.

—És vostè el Duc? —li vaig preguntar.

Va assentir, va agafar el bastó, es va aixecar i es va dirigir cap a la porta que tenia darrere seu. Vaig veure que anava coix i que era més baix que jo. La va obrir i va senyalar amb el polze per indicar-me la direcció que havia de seguir.

—Entra, noi —em va dir.

—Els majors primer —vaig replicar i em vaig quedar mirant-lo, sense moure'm.

—Ets com el teu pare —va riure—. No es refiava de ningú.

Va entrar el primer. El vaig seguir. Es tractava d'un passadís que conduïa al gimnàs.

—Com està el Gepetto? Fa mesos que no el veig.

—És mort.

Es va aturar i va negar amb el cap.

—Ho sento! De debò —em va dir molt seriós. Se li notava la sinceritat—. Era un gran home. Amb un parell de collons com no els he vist mai. L'última vegada que va ser per aquí, ja em vaig adonar que no anava gaire fi. Va ser quan em va anunciar que un dia vindries tu. A tots ens ha de tocar un dia o un altre —va deixar anar una riallada—. Però, com més tard, millor.

Va continuar caminant i vam creuar el gimnàs que estava buit.

—Has escollit bé l'hora. A partir de les sis això és ple com un ou.

Vam entrar als vestidors i vam creuar per davant de les taquilles fins una porta damunt de la qual hi havia un cartell que resava "Sala d'entrenadors". Es va ficar la mà a la butxaca, va treure una clau i va obrir.

Es tractava d'una petita sala amb una taula i sis cadires. Al voltant de la taula, enganxades a les parets, hi havia sis taquilles.

—La seva era la tres —em va assenyalar—. Quan hagis acabat, tanques la porta i em tornes la clau. M'agradarà brindar amb tu per la seva memòria.

Va ajustar la porta i se'n va anar.

Entrenador de boxa?, em vaig preguntar, més que sorprès. Mai no me n'havia parlat. Vaig ficar la clau al pany i vaig obrir lentament. A l'interior hi havia dos prestatges i una petita barra, de la que penjava un vestit marró. Al pis del petit armari hi havia unes sabates velles, també marrons. I damunt la primera prestatgeria una caixa de galetes, igual que la que vaig trobar a la carbonera. La vaig treure i em vaig seure per examinar-ne el contingut. Només obrir-la, el cor em va fer un bot. Hi havia diners. Molts diners! Vaig comptar per damunt. Pel capbaix hi havia quinze mil pessetes. D'on havien sortit? I sota els diners vaig trobar un revòlver, un silenciador, una caixa de munició del trenta-dos i una navalla. Vaig respirar fondo i vaig bufar amb força. No hi havia cap carta ni tan sols una nota. Em vaig aixecar i vaig examinar el vestit. Era de vellut. Vaig remenar les butxaques. No hi havia res. Vaig mirar el segon prestatge de l'armari i vaig trobar un passaport i una cèdula d'identitat italianes. Les vaig examinar. El curiós era que només hi faltava el nom, la data de naixement del seu suposat propietari i la data d'expedició. D'altra banda juraria que ambdós documents eren absolutament legals i idèntics als que jo havia guardat de Lucca Bonatesta, per si algun dia els necessitava.

Què significava tot allò? El meu pare era un pou de sorpreses. Vaig tornar a ficar els diners a la caixa, juntament amb el revòlver, el silenciador, la caixa de municions i els documents. Ho vaig tornar a posar al seu lloc i vaig tancar la porta de la taquilla. Em vaig penjar la cadena del coll. Vaig sortir, vaig tancar amb clau i em vaig dirigir a la taverna.

—Com ha anat això? —em va preguntar el Duc.

Tenia davant seu una ampolla de vi negre i un parell de vasos plens. Els vaig contemplar. Ell em va mirar, va prendre el meu vas i va beure un glop, després va prendre el seu i va fer el mateix i finalment es va servir de l'ampolla i va fer un tercer glop.

—El dia que ens vam conèixer, el teu pare em va obligar a beure dels dos gots i de l'ampolla —em va dir—. I tu tens la seva mateixa expressió als ulls. A ell el vaig respectar i a tu també et respecto.

Vaig alçar el meu vas i ell va fer el mateix amb el seu.

—Pel Gepetto —va dir.

—Pel Duc —vaig dir jo.

I vam buidar els vasos. Va servir un altre parell i novament va alçar el vas.

—Pel fill del Gepetto.

—Per qui sigui —vaig dir jo.

Va riure i va buidar el vas d'un sol glop. El vaig imitar.

—He deixat el que hi ha perquè ara no m'ho puc endur. Li importa si torno un altre dia?

—Allà hi és I allà hi serà. És teu. Quan vulguis véns a buscar-lo i t'ho emportes, però no triguis gaire. Ja veus com està canviant aquest barri. Amb la nova plaça de braus tindrem més clients i ja he pensat que podria tancar el gimnàs i convertir-lo en un restaurant. Li diré el Taurí i s'hi menjarà cua de brau. Què me'n dius?

—És una bona idea.

—Si jo no hi sóc, la Maria t'obrirà la porta —va dir, va mirar cap a la barra i va cridar—. Ho has sentit?

La dona de la barra va deixar anar un gruny.

—Té una oïda finíssima —va dir el Duc.

—Puc preguntar-li una cosa?

—M'hauria estranyat que no ho fessis.

—Sap el que hi ha dins de la taquilla?

—Ni ho sé ni ho vull saber. El teu pare feia la seva feina i jo la meva. El que hi ha allà dins era seu i ara és teu. Aquí sempre complim.

—Quin era la seva feina?

Em va mirar divertit, de dalt a baix.

—En quina cosa treballes tu?

—Sóc director de seguretat d'una important empresa. Tinc llicència de detectiu privat.

—Puc refiar-me de tu?

—Si es refiava del meu pare, ell em va ensenyar a mi.

—Però el teu pare era a l'altre costat del negoci. Comprens?

—I quin és el costat correcte? —li vaig preguntar.

Es va quedar callat, mirant-me als ulls, i va riure.

—Crec que has viscut de valent. M'equivoco?

—No. No s'equivoca —li vaig respondre—. Expliqui'm com es van conèixer.

—Un dia es va presentar aquí, sense més ni més, i va preguntar per mi. Com tu has fet abans. Llavors em va dir que havia sentit per aquí i per allà que jo estava buscant algú per fer un treball, perquè m'havia quedat sense el personal adequat. Així va ser com el vaig conèixer. Va entrar per aquella porta i es va seure aquí mateix, on tu ets ara. Li vaig dir que em demostrés el que sabia fer i encara no havia tingut temps de reaccionar que va treure una navalla, la va obrir només amb un moviment del canell, em va agarrar pel cabell, em va obligar a posar la cara contra la taula i vaig sentir l'acer al meu coll. No hi va haver discussió. Era l'home que buscava.

—Un sicari —vaig assentir lentament.

—No va matar ningú que no s'ho mereixés —va somriure.

I qui dictava sentència? Em demanava jo. Allò era una bogeria. Ara descobria que el meu pare durant tota la seva vida havia viscut en dos móns. Un el de la família i del treball; l'altre el fosc, el seu, el que havia après a Catanzaro. Allò em recordava el que em va dir, allà fa temps, sobre les dues famílies, una la que formàvem amb la mare i l'altra, la de debò, com deia ell. I aquí estava el resultat: més de quinze mil pessetes. Ara entenia d'on van sortir tots els diners per pagar l'enterrament de la meva mare, aquell taüt de noguera, perfecte, i el nínxol de milionària.

—Era un home com no n'hi havia d'altre —vaig dir—. La meva mare va ser enterrada com una reina i mai no ens va faltar de res.

—Sembles un noi espavilat. Si algun dia necessites alguna cosa, el que sigui, vine per aquí. En record del teu pare miraré de donar-te un cop mà.

—Vindré a recollir això de la taquilla.

—Quan vulguis. Deixa-li anotada la teva adreça a la Maria, per si he de posar-me en contacte amb tu.

Em vaig acomiadar d'ell, li vaig deixar el meu nom i la meva adreça a la Maria, que eixugava per enèsima vegada el mateix vas, i vaig sortir.

Un cop al carrer em vaig sentir atordit. Ja només em faltava allò. Si volia casar-me amb la Carla havia de tallar amb tot i no em vindrien malament les quinze mil pessetes per muntar la meva pròpia agència. Llàstima que ja no podia comptar amb l'Antoni! Sí que era una llàstima, perquè ara ja no necessitava els diners de la indemnització del casino. Podia enviar a fregir espàrrecs Boudineau i tot el Consell d'Administració i que es quedessin amb el Pere Nieto. Així se'ls travessés a la gola i els ofegués!

Aquella nit em vaig beure mitja ampolla de conyac, sol i assegut a una butaca del menjador, pensant en la Carla, l'única nota de color de la meva vida, fins que em vaig quedar dormit.

L'endemà al matí, diumenge, dia 15 d'abril de 1912, em vaig despertar amb la boca pastosa i un terrible mal de cap, pensant que tot el que succeeix el dia abans formava part d'un malson macabre. No obstant això, vaig recobrar el sentit de la realitat i vaig descobrir que no era cap somni. L'Antoni era mort i enterrat i el Duc existia. De la mateixa manera que existia una taquilla amb més de quinze mil pessetes, un revòlver, un silenciador, una caixa de munició, una navalla, un vestit de pana marró, unes sabates i uns documents als què només els hi faltava un amo.

Em vaig aixecar, em vaig rentar, em vaig afaitar i em vaig vestir. Vaig mirar per la finestra. No hi havia ningú a l'altre costat del carrer. Aviat seria migdia, però no tenia fam i vaig decidir anar al casino. Allà picaria alguna cosa a la cuina de l'hotel.

En arribar al portal em vaig trobar amb el comissari. Feia tota la fila d'esperar-m'hi.

—Què tal, Víctor? —em va saludar.

—Bé. I vostè, comissari?

—Preocupat —em va contestar.

—Això no és cap novetat —vaig replicar.

—Cert —va dir, amb un mig somriure—. Va a algun lloc?

—A treballar.

—L'acompanyo fins a la parada del tramvia.

—Avui ve sol? —li vaig preguntar en no veure el Peugeot.

—Sí. Avui és diumenge i no em toca treballar, però passava per aquí...

—I s'ha dit: farem una visita al nostre amic Víctor — vaig concloure la frase.

—Més o menys, però no ben bé —va respondre—. Més aviat m'he dit: avui, que és el dia del Senyor, hauries de fer una bona acció.

—I no ha anat a missa?

—Ha estat, precisament, durant la missa que he tingut aquest pensament. Aquest matí, abans de sortir de casa, he llegit la premsa i el cor se m'ha fet miques. No s'ha assabentat de la notícia?

—No.

—Ha estat horrible. Aquesta matinada s'ha enfonsat el Titànic, el major transatlàntic que existeix. Només s'han salvat unes set-centes persones. La resta del passatge i de la tripulació han mort ofegats o congelats. Viatjaven més de dues mil persones. Quina tragèdia! Ha estat llavors quan he decidit que calia fer una bona acció.

—Molt lloable. I quina bona acció ha decidit fer?

—Salvar-li la vida. Li sembla poc?

—A mi? —vaig preguntar, i ell va assentir—. Que potser la meva vida corre perill?

—Aquest món és molt cruel. Ja veu, en una sola nit han mort més de mil cinc-centes persones. I em temo que tenien menys possibilitats que vostè ara mateix —em va contestar.

Vaig somriure per guanyar temps i per poder rumiar-me la resposta.

—Però, no s'amoïni —em va dir—. El podem protegir, però ens ha de donar un cop de mà.

—Puc preguntar per què necessito protecció?

—L'Antoni Farreres és mort.

—Un accident pot passar-li a qualsevol —vaig replicar.

—Sobretot si algú el provoca.

—Vostè va dir que l'informe forense...

—Això vaig dir? —va demanar i va fer petar la llengua —. Doncs, em vaig equivocar. Els cops a les costelles, que vostè va veure molt bé, no es fan en caure a la via ni quan et passa un tren pel damunt. I ell no era dels que deixa que la seva esposa li pegui, oi que no? —em va dir. El molt cabró s'havia adonat de la meva reacció a la *morgue*—. Són els típics cops produïts per algú que sap molt bé on fa més mal. Després està l'escena. Què hi feia el Farreres tan lluny de la seva ruta habitual? No em digui que no ho ha pensat. No som idiotes, encara que de vegades ho semblem. Anit seguíem una pista que ens va conduir fins a una pensió del barri de Sans. Algú havia vist alguna cosa a prop de l'escena de l'accident.

—En què quedem: va ser o no va ser un accident?

—Això del tren, sí. Però el que havia passat abans, no. I això és el que va veure un matrimoni que tornava a casa. Primer els va semblar que un d'ells obligava l'altre a beure d'una ampolla, però quan s'hi van acostar una mica més, van veure que deixava estar l'ampolla i començava a estossinar-lo de valent, com a un sac, i la dona va fer un crit. Va ser llavors quan el Farreres va aprofitar, es va deixar anar i va arrencar a córrer cap a la via.

—I van veure a qui el pegava?

—Aquella dona, després d'assabentar-se que un home havia mort allà, a pro, xafat per un tren, i en vist de l'hora de l'accident, que coincidia amb la de l'escena que havia presenciat, va venir a la comissaria i ens va fer una descripció magistral. Ens va confessar que no sabia si era el mateix home i que no hauria vingut si no fos perquè una veïna... En fi! Ja sap com són les veïnes. De manera que vam buscar per tots els hotels i pensions i finalment vam donar amb ell. La desgràcia és que no es va avenir a raons, va començar a disparar i va sortir cames ajudeu-me, esperitat, sense saber on anava. Va escapar per la terrassa, el vam perseguir i va tenir la mala sort d'entrebancar-se i caure des de més de deu metres d'altura. I aquí va acabar tot. Ara tenim el seu cos al dipòsit. I sap quina ha estat la meva sorpresa? El mort és el mateix home que vostè i jo vam veure aquí al davant —va dir, i va assenyalar l'altra vorera.

—Si ja ho té tot, què vol de mi?

—Necessito trobar un altre cos. Ja li ho vaig dir.

—La *morgue* està plena de cossos.

Em va mirar amb duresa. Se li estava acabant la paciència.

—Jo en busco un de ben concret —va dir, i se'm va acostar fins gairebé confondre el seu alè amb el meu.

—I jo què hi tinc a veure en això?

—Vostè sap on és.

—Detingui'm i interrogui'm —el vaig desafiar.

—Coneix molt bé la llei. Si el detinc, l'hauré d'acusar d'alguna cosa. I de què l'acuso si no hi ha cos del delicte? També sé que és vostè un tipus dur, però els que el busquen ho són encara més. I a aquests senyors, la llei els importa un rave. Comprèn? No cregui que se n'ha lliurat, perquè hi ha un altre cadàver a la *morgue*. Li tinc afecte, amic Víctor. Ha estat capaç de sortir del fang i muntar-se una vida. Au va, digui'm el que vull sentir i aclucaré els ulls i deixaré que desaparegui.

—Si pogués ajudar-lo...

Va bufar amb força, pel nas.

—No em busqui més les pessigolles. Acceptaré una simple nota, anònima, però no em provoqui. L'hi demano per favor. Ambdós sabem que l'Antoni Farreres va morir sense poder dir res, perquè no en sabia res.

—Potser el va interrogar vostè, personalment? —li vaig preguntar, amb ràbia.

Es va apartar una mica, va respirar fondo, va deixar anar tot l'aire dels seus pulmons i em va mirar. Semblava un toro abans d'envestir.

—Li convé parlar. Els altres no són com jo i també busquen un cos.

—Qui són els altres?

—Els que vénen de lluny —va somriure amb ironia.

—Per què tothom té tant d'interès en aquest cos, si és que existeix?

—Això no ve al cas. El que importa és que ells són a prop i s'ensumen la presa. Només és qüestió de temps. A l'Antoni ja l'han trobat. I a vostè, també —va dir, i va mirar de cua de l'ull cap a l'altre costat del carrer—. No podré acompanyar-lo cada dia a la parada i venir-lo a buscar per estar segur que arriba sencer a casa seva i que no hi ha ningú a l'altre costat del carrer. Aquests no s'aturaran davant de res. I vostè ho sap molt bé. De manera que val més que em digui on és el nostre amic o que comenci a fer la maleta i s'acomiadi de Barcelona. Però abans, faci-m'ho saber, perquè el seu nom ja és ben conegut a totes les fronteres del territori nacional.

Es va tocar l'ala del barret amb la mà, va girar cua i se'n va anar caminant lentament. El tramvia ja arribava.

En aquesta vida mai no surt res tal com ho planifiques. Vaig exclamar interiorment. El meu pare m'obria una porta, però els altres me la tancaven. En mala hora vaig prendre la decisió de carregar amb el mort. I en pitjor hora vaig ficar l'Antoni en aquell afer. El comissari m'ho posava molt fàcil, deia, però ja no em refiava de ningú. Si ell descobria el cadàver, de seguida s'adonaria que alguna cosa no quadrava i no es conformaria només amb el cos. El coneixia prou bé. L'autòpsia revelaria la trajectòria de la bala i jo estava més que convençut que era molt forçada com perquè s'hagués disparat ell mateix. Sabia de debò el comissari que l'Antoni no podia indicar on estava enterrat Bonatesta? O, potser, havia estat un *farol*? Hi havia ben poques persones que estaven al cas d'aquest detall, si és que l'Antoni no ho havia comentat amb ningú més. Només ho sabien ell, que ja era mort, potser el que el va apallissar, però també era mort, jo i... l'Estragué. Però l'Estragué s'havia assabentat al cementiri. Ho sabia el Nieto? El Nieto sabia que l'Antoni em va acompanyar, perquè ell es va quedar netejant la sala. Potser el Jean Louis...? Com? Boudineau tampoc coneixia el detall que jo vaig embenar els ulls a l'Antoni. I llavors em vaig adonar que qualsevol d'ells podia haver suposat que l'Antoni coneixia el parador del cos. No obstant això, la pregunta evident era: I ells quin interès tenien a trobar el cadàver? Al contrari, a tots ells els interessava que mai no aparegués i segurament matarien per això. Per què doncs tant d'interès en el cos del Lucca Bonatesta? La meva única opció era seguir negant-ho tot. Vaig concloure. Si l'Antoni havia mort era perquè no li havien tret res. Per això jo seguia viu i el més encertat era seguir negant-ho.

Maleït sigui tot! No es pot improvisar. Si hagués reflexionat una mica més, en comptes d'enterrar-lo... També podríem haver-lo deixat al parc de la Ciutadella, ben endins, assegut en un dels bancs, o al port, en algun moll allunyat o entre les barques, com si s'hagués engegat el tret allà mateix. Però em vaig ofuscar pensant en el premi. Estúpid de mi!

Tot just arribar al casino em vaig trobar que tothom comentava esgarrifat la notícia de l'enfonsament del Titànic. A mi m'importava un rave. Vaig pujar per parlar amb Boudineau, però no hi era. Llàstima! Ja havia pres la decisió. Comunicaria la meva dimissió com a director de seguretat, enviaria una carta al comissari, amb un dibuix ben bonic, i m'oblidaria de tot. Quan el cos aparegués, ja no hauria de preocupar-me per res.

Boudineau no es va presentar aquell dia. Comentaven que tenia un parent al Titànic i que estava esperant la llista de supervivents per saber si s'havia salvat. Llavors, gairebé a última hora, vaig prendre la decisió de parlar amb l'Estragué.

—A final de mes abandono el casino —li vaig dir.

—Què vol dir? Que marxa? —em va preguntar estranyat.

—Sí.

—I què farà?

—Vull establir-me pel meu compte.

—Ho ha reflexionat amb calma?

—Sí, amb molta calma. No és una decisió presa a la babalà.

—Però aquí té temes pendents. El comissari Chapí ha trucat aquesta tarda. Preguntava per *monsieur* Boudineau.

Vaig agafar un full de paper de damunt de la taula i la ploma i vaig començar a dibuixar.

—És aquí on...?

—Sí, senyor. És aquí.

—Què farà amb aquest plànol?

—El comissari m'ha dit que acceptaria un anònim i això és el que estic fent. Té un sobre?

—La senyoreta Llúcia en té al seu escriptori —va dir i va sortir a la recerca d'un.

Poc després va tornar i me'l va passar. Vaig plegar el full, el vaig ficar dins del sobre, vaig escriure l'adreça i el vaig tancar.

—Què farà amb el sobre? No el portarà en pròpia mà?

—El dipositaré al correu.

—Pot fer-ho aquí mateix, a l'hotel. Hi ha una bústia per als clients i a recepció pot comprar un segell —em va dir, es va quedar callat un instant, reflexionant, i va exclamar—: No, esperi! Si el veuen comprar un segell... S'estima més que ho faci jo? Puc anar tranquil·lament, agafar un segell, enganxar-lo i ficar el sobre a la bústia. És el més anònim que hi ha. Demà al matí ve el carter, buida la bústia i ja està.

—Faria això per mi?

—Doncs, és clar que sí! I ho faré ara mateix, abans que vostè se'n vagi.

Li vaig donar el sobre i va abandonar el despatx. Minuts després tornava.

—Fet! —em va dir.

Aquella nit, en comptes de baixar amb el tramvia, vaig acompanyar un dels xofers fins al garatge. Ens vam acomiadar a la porta i jo me'n vaig anar a casa de la Manuela, que vaig treure del llit.

—Tinc molta son —em va dir quan va obrir la porta.

—Només vull companyia —li vaig contestar.

—Entra —va fer un gest amb la mà i es va apartar—. Però jo me'n vaig al llit. L'avi està malalt i gairebé no dormo.

La vaig seguir al dormitori i ella es va ficar sota els llençols i em va donar l'esquena. Em vaig despullar i em vaig estirar al seu costat, abraçant-la. Necessitava sentir escalf humà.

L'endemà, quan em vaig despertar, ella ja no hi era. Havia dormit més de nou hores seguides i amenaçava pluja. Em vaig llevar, em vaig arreglar i vaig veure que m'havia deixat cafè, llet i pa. El seu avi estava assegut a la galeria, com sempre, contemplant el carrer o el que fos. Només vaig prendre cafè. Ja era gairebé el migdia. Vaig acabar de vestir-me i vaig marxar. Poc després començava a ploure. Vaig agafar el tramvia i, per fortuna, va deixar de ploure quan vaig baixar. Vaig pujar pel carrer Girona fins a Aragó, on em vaig dirigir al carrer Bailèn. Just en arribar a la cantonada vaig veure aparcat davant de casa un Peugeot i em vaig aturar en sec. Ostres! Vaig pensar. El meu àngel de la guarda ha decidit salvar-me la vida. Vaig fer l'esma de començar a caminar i va aparèixer un noi d'uns deu anys que se'm va acostar i em va estirar de la màniga.

—És vostè el senyor Pons?

—Sí —vaig contestar.

Em va estirar encara amb més força i em va arrossegar fins a la cantonada, lluny de la visió del Peugeot.

—El Duc el vol veure.

—Bé! Gràcies.

—El Duc el vol veure —va insistir.

—Ja t'he sentit.

—El vol veure ara —va insistir novament, va treure el cap i va mirar cap al Peugeot.

—Abans he de recollir una cosa.

—El Duc ha dit que no.

*** ***

La taverna estava plena d'obrers que venien a esmorzar. Molts d'ells segurament treballaven en la construcció de la nova plaça de braus. Només veure'm, el Duc va agafar el seu bastó, es va recolzar en ell, es va aixecar i, sense dir res, es va dirigir cap a la porta que tenia al darrere. Vaig saludar la Maria, que va respondre amb un gruny, i el vaig seguir.

Va tancar la porta i va assenyalar cap al fons del passadís, cap al gimnàs. Quan vam arribar al gimnàs, estava buit, com l'altre dia.

—T'ha seguit algú? —em va preguntar mentre creuàvem els vestidors.

—Juraria que no. El noi ha estat molt persuasiu.

—Quin d'ells?

—Un de deu anys, amb una gorra que li anava gran. Potser n'hi havia més d'un?

—I és clar! No sabia si vindries per dalt o per baix. De manera que n'hi havia dos, un a cada cantonada. Encara sort que tens el do de venir durant les hores tranquil·les.

Va obrir la porta de la sala d'entrenadors i va assenyalar una de les cadires. Hi vaig seure i ell va prendre una altra i la va posar enfront de mi. Allò em portava molts records.

—Per què no em vas dir qui ets? —va fer.

—Com que no l'hi vaig dir? Sóc el fill del Gepetto.

—Em refereixo al teu nom de veritat.

—Vaig deixar anotats el meu nom i la meva adreça — vaig dir, i vaig assenyalar cap a la porta per donar a entendre que els hi havia donat a la Maria.

—Maleïda sigui! Ets el Víctor Pons, el director de la seguretat del casino de La Rabassada.

—Sí —vaig assentir—. I què?

—O desapareixes o ets home mort.

—Per què? —vaig preguntar—. Què he fet?

—Fa uns mesos van matar algú al casino, oi que sí?

—D'on ha tret això?

—El mort es deia Lucca Bonatesta i no estava aquí per casualitat. Havia vingut amb l'encàrrec de trobar un altre italià que, segons sembla, s'havia endut una cosa que no li pertanyia i que era valuosa. Ja feia dies que anava darrere seu i per fi es van trobar al casino i al Lucca li van volar el cap. M'equivoco?

—Segueixi. Per favor —el vaig animar.

Allò es posava interessant. Molt interessant. Si més no, ara ja sabia que no havia estat un suïcidi, qui ho havia fet i per què.

—El pitjor és que el cos va desaparèixer i aquí es van encadenar uns quants malentesos que van retardar l'afer més del que volien i alguns es van posar nerviosos. Primer els de l'hotel on s'hostejava Lucca Bonatesta s'estranyen que no aparegui i avisen la policia. Però la policia no hi troba res i arxiva el cas. No obstant això, sembla que l'esposa del Lucca té un parent important.

—Un diputat italià —vaig dir.

—Caram! —va exclamar—. Així que ja saps de què t'estic parlant.

—Per a qui treballava Lucca Bonatesta? —vaig preguntar, assentint.

—Per a una família.

—Déu del cel!

—Sí, però la seva esposa no en sabia res. Ella estava convençuda que el seu marit era viatjant i que per això es passava llargues temporades fora de casa. El tema és que va passant el temps i al final la dona, com és normal, comença a preocupar-se, per la qual cosa acudeix al seu parent diputat, que mou cel i terra per trobar-lo.

—Va arribar fins al Governador Civil —vaig dir, i vaig assentir.

—Però tampoc en va treure l'aigua clara. Mentrestant, ja s'havia posat en moviment una altra maquinària molt més precisa. M'explico?

—De meravella —vaig contestar.

—I van acabar trobant a qui es va endur el que no li pertanyia, que, evidentment, va tornar allò que encara li quedava i a més a més va cantar tot el que sabia i més. El més divertit va arribar quan li van preguntar què havia fet amb el cos. Va respondre que l'havia deixat al casino, simulant que es tractava d'un suïcidi. I és clar! Tothom es va preguntar: On és el cadàver?

Vaig sospirar alleujat i vaig riure divertit.

—Què és el que et fa tanta gràcia? —em va preguntar estranyat davant la meva reacció.

—Que no tinc res més que dir on és enterrat el cos de Lucca Bonatesta i ja està.

—I ja està què?

—Tot arreglat. Si ja han trobat l'assassí, ja no culparan ningú. I, d'altra banda, el comissari Chapí em va dir que aclucaria els ulls.

Em va mirar molt seriós, gairebé amb pena, i va bellugar el cap a dreta i esquerra.

—Això t'ha dit aquest fill de puta? Doncs, deixa que jo et digui que tens unes amistats molt poc recomanables.

—El comissari no és amic meu.

—Encara sort! —va exclamar—. Perquè ell és qui vol la teva pell. Què creus que feia la policia davant de la porta de casa teva? Protegir-te?

*** ***

Ja era fosc. No havia anat a treballar. El Maties era a la porta, marejant l'escombra i el Peugeot seguia al mateix lloc, sense moure's. La gent tornava a casa seva i la botiga de la cantonada tancava. De sobte van aparèixer dues parelles que sortien d'un bar del davant. Anaven ben contentes i armaven sarau. Tothom se les va mirar i jo vaig aprofitar per enganxar-me a un matrimoni que portaven un nen de la mà, vaig arribar fins al portal i m'hi vaig esmunyir. Un cop dins vaig respirar fondo. Entrar havia resultat fàcil. El pitjor seria sortir novament.

No vaig utilitzar l'ascensor i no em vaig sentir tranquil fins que vaig tancar la porta de l'apartament. No vaig obrir cap llum. A les palpentes vaig ensopegar amb una cadira. Què feia fora del seu lloc? Immediatament vaig trepitjar alguna cosa dura. Em vaig acostar a la finestra i vaig observar el carrer. Els del Peugeot seguien dins. Vaig córrer bé les cortines, perquè no hi entrés ni sortís gota de llum. Després, també ensopegant, vaig entrar a les palpentes a l'habitació i em vaig assegurar que les cortines també estaven passades. Llavors va ser quan vaig encendre el llum del passadís i vaig descobrir el desastre. Tot estava panxa enlaire. Els calaixos de l'aparador del menjador estaven fora del seu lloc i el contingut escampat. Les cadires bolcades i la tapisseria estripada, el sofà fet miques, les butaques també i la taula havia estat desplaçada. Vaig mirar a l'habitació i em vaig trobar amb el mateix panorama. Res no era al seu lloc.

Llavors, de sobte, el cor se'm va accelerar. Vaig arrencar a córrer cap a la cuina. La primera cosa que vaig veure va ser que la porta de la galeria estava oberta i que havien desaparegut el pic i la pala. Merda! Vaig mirar darrere la porta. Havien trobat la rajola solta i la documentació i el revòlver també havien desaparegut.

Aquella nit gairebé no vaig dormir i, per descomptat, no ho vaig fer al llit, sinó en una de les butaques del menjador, amb un ull a la porta i un altre a la finestra, controlant el Peugeot, i amb la pistola a la falda. Si havien entrat una vegada, fossin els qui fossin, podien fer-ho novament.

Cap a les set ja tenia preparada una maleta. Dins havia ficat roba i efectes. Havia de desaparèixer d'allí com més aviat millor. La Manuela m'acolliria a casa seva. Si més no aquella nit. Després, ja ho veuríem.

Vaig mirar per la finestra. Dos homes amb abric i barret es van acostar al Peugeot. Van parlar una estona amb els de dins i vaig veure que l'automòbil arrencava i se n'anava, mentre un dels què havien arribat es quedava a l'altre costat del carrer i l'altre entrava al meu portal. El Maties, segurament, ja hauria obert. I ell tenia una clau de l'apartament! No em quedava gaire marge de temps.

Vaig agafar la maleta, vaig sortir i vaig tancar molt lentament, per no fer soroll. L'ascensor ja pujava. Vaig baixar un tram d'escala i vaig esperar. L'ascensor es va aturar al meu replà i vaig sentir la porta que s'obria i es tancava. Poc després vaig escoltar el so de la meva porta.

La jugada resultava més que evident. Com estaven convençuts que jo no havia tornat, un es quedava a baix, fora, i l'altre a dalt. Quan el del carrer em veiés arribar, no tenia més que fer un senyal al de dalt i em caçaven com a un conill dintre del cau.

Vaig baixar caminant per l'escala i em vaig trobar amb el Maties, que es va esglaiar fins a tal punt que per poc se li cauen a terra les cartes que duia a la mà.

—Estava aquí, ordenant la correspondència. Ha vingut el carter, molt d'hora. Sap, *don* Víctor? —va dir, molt nerviós i es va dirigir a la garita. El vaig seguir—. Aquí tinc dues cartes per a vostè. Van arribar ahir, però com no el vaig veure... —i me les va allargar en un gest que pretenia mantenir-me allunyat d'ell.

Vaig agafar les cartes i me les vaig ficar a la butxaca de l'abric.

—Ha vingut algú preguntant per mi?

Va dubtar, però la mirada que li vaig dirigir era més que eloqüent.

—Ahir al matí, a primera hora, va venir el senyor comissari. El de l'altre dia. Preguntava per vostè i l'acompanyaven dos homes d'uniforme —em va dir, molt nerviós.

Podia llegir a la seva cara que era un merda i que es posaria a cridar com un boig quan sortís pel portal.

—Em va demanar la clau. Jo m'hi vaig negar, però era un comissari de la policia i comprengui que jo... —va continuar parlant en to de disculpa—. Bé, jo al principi m'hi vaig negar. Que consti, eh? —va repetir i el vaig veure suar. Somreia nerviós. El pobre no sabia com congraciar-se amb mi—. Li vaig dir que, si vostè no hi era, jo no podia donar-li la clau a qualsevol. Uf! Es va posar fet una fera. I no me la va tornar, sinó que va marxar sense més. Al vespre van venir altres dues policies de paisà, però jo no tenia la clau. La té el comissari...

Per això no havien pujat els dos policies del cotxe, perquè no tenien la clau. Quina sort! Si arriben a tenir-la hauria pogut passar qualsevol cosa. En canvi els que havien arribat per substituir-los, sí que la tenien.

Vaig mirar el Maties. Amb la navalla no faria soroll. Vaig pensar i em vaig ficar la mà a la butxaca. Ja era a punt de treure-la quan va aparèixer l'Encarna, que entrava pel portal.

—Ai, *don* Víctor! —va exclamar només veure'm, va mirar cap a l'altre costat del carrer i va entrar de pressa—. Amagui's, que el busquen. Hi ha un home que vigila aquí davant.

Era una bona dona. No com el seu marit, que em feia venir basques.

—Hi ha alguna sortida pel darrere? —li vaig preguntar, a ella. No a ell.

—No, *don* Víctor. Per no haver-hi, no hi ha ni tan sols una finestra.

—Necessito que l'home que vigila la porta es distregui un parell de minuts, el temps necessari per arribar a la cantonada. I després necessito deu minuts més.

Va negar amb el cap i es va mossegar els llavis. Buscava una sortida. El seu marit feia cara d'idiota.

—Està a punt d'arribar el carro de la botiga. A aquesta hora passa per aquí davant. Vostè pot sortir i amagar-se al darrere —va dir, mirant-me amb uns ulls com a taronges.

Era una bona idea. El carro s'interposaria uns segons entre l'home i el meu portal, amb la qual cosa en perdria la visió. Em vaig acostar a la porta del carrer i vaig fer un cop d'ull discretament. Al poc vaig sentir clarament el trontoll i els cops pausats i rítmics dels cascos del cavall que s'acostava lentament. Em vaig tombar i vaig mirar el Maties.

—No s'amoïni per res —em va dir l'Encarna, que també va mirar el seu marit, molt seriosa—. Ningú no bellugarà ni un pèl.

Em vaig ficar la mà a la butxaca del pantaló, vaig treure dos duros i els hi vaig donar, a aquella bona dona.

—L'hi agraeixo molt —li vaig dir amb un somriure.

Vaig sortir just quan el carro em tapava i vaig caminar al seu ritme fins a arribar a la cantonada, on em vaig apartar i vaig desaparèixer el més ràpid que vaig poder. Vaig donar la volta a l'illa de cases i em vaig dirigir cap a la Gran Via. Esperava i resava perquè l'Encarna fos capaç de retenir el seu marit uns minuts més.

Em vaig maleir mil vegades. Com vaig poder cometre l'error de no tornar el pic i la pala? I el que era més greu encara: Com se'm va acudir guardar a casa la documentació i el revòlver del mort? Per si de cas, havia dit. Per si de cas què? Ara tot m'incriminava i el comissari m'acusaria d'assassinat. Quina altra cosa podia fer, en vista de les circumstàncies?

I jo què hi podia fer? A qui podia recórrer? Boudineau callaria com un cabró, el Nieto faria el que li diguessin, el Jean Louis era músic a l'orquestra i l'Estragué tocava d'oïda, per la qual cosa tampoc podria fer res per mi. Era horrible! Quan descobrissin el cos, ja ho tenien tot per condemnar-me, perquè ja no podia aturar la carta amb el dibuix d'on era el cos. Estava ficat en un bon embolic.

Necessitava temps per reflexionar, però, per damunt de tot, un miracle. O tot el meu món s'esfondraria. Vaig pensar en la Carla. Volia tenir-ho tot solucionat per al seu retorn i encara ho havia embolicat molt més, fins a un extrem increïble. Quan desenterressin el cos descobririen que no havia mort per causes naturals i els que sabien qui li havia mort no tenien cap interès de venir des de Sicília per declarar en el meu favor. Estava perdut.

15.- ADÉU, AMOR MEU!

Havia plogut durant tota la tarda, tal com correspon a un dia de les acaballes d'abril, i tal com havia fet el dia anterior i l'anterior. La temperatura havia baixat. Feia ja més de dues hores que esperava en un portal del carrer Muntaner cantonada amb Consell de Cent, vigilant la casa amb jardí on creixia una enorme magnòlia que ja amenaçava de desbordar la reixa i envair la vorera, i gairebé havia decidit anar-me'n quan vaig veure arribar l'automòbil, que es va aturar just davant la casa.

El xofer va baixar i va obrir la portella perquè aparegués l'Estragué amb l'elegància que el caracteritzava, amb el seu abric, el seu barret i un paraigües a la mà. Arribava força tard. El director del casino es va dirigir a la porta de la reixa del jardí, es va descordar l'abric, es va ficar la mà a la butxaca del pantaló, va treure una clau i va obrir, mentre l'automòbil arrencava i s'allunyava.

Vaig arrencar a córrer i vaig poder posar-hi el peu abans no tanqués.

—Per Déu, senyor Pons! —va exclamar quan em va reconèixer—. M'ha donat vostè un ensurt de mort. Amb aquesta pinta per un moment he pensat que anaven a atracar-me.

—Necessito ajuda —li vaig dir.

—No es quedi aquí. Entri! —em va ordenar.

Vaig entrar i ell va mirar el carrer, amunt i avall, i va tancar la porta de la reixa amb clau.

—Anem.

El vaig seguir fins a la casa. Va obrir, vam entrar i va tancar. Tot estava en silenci.

—No faci soroll. El servei ja descansa —va murmurar.

Vam creuar un ampli vestíbul. A la dreta hi havia una porta oberta a través de la qual vaig veure una taula de treball. Devia ser el seu despatx. Vam seguir caminant i em va conduir fins al saló, va encendre el llum i em va indicar que m'assegués al sofà.

—Aquí no ens molestarà ningú. La meva esposa dorm, el meu fill és a casa d'uns cosins i el servei també s'ha retirat a descansar —va dir i es va treure el barret i l'abric, que va deixar damunt d'una cadira.

Jo em vaig seure sense treure'm l'abric, amb les mans a la butxaca, gairebé arrupit.

Vivia bé, el condemnat! Els mobles eren de fusta fosca i les cortines de vellut. El terra estava cobert de catifes perses i les parets carregades de quadres. Quant a les llums tenien més llàgrimes que una ploranera.

—Té gana? —em va preguntar.

—No, gràcies. Ja he sopat.

—Puc oferir-li alguna cosa de beure? Un conyac?

Vaig sospirar i vaig assentir lentament, sense apartar la mirada del terra.

—Li ho agraeixo. Amb la nit que fa em vindrà bé —vaig dir i vaig tremolar una mica.

Es va dirigir al moble bar i em va servir una bona copa.

—Sap que tothom l'està buscant? —va dir quan em donava la copa—. El senyor comissari es va presentar al casino i ens va dir que havien trobat el cadàver d'aquell italià gràcies a un anònim que els va arribar per correu, que havien anat a casa seva i que havien trobat la pistola i la documentació del mort. I com va desaparèixer així, de sobte... doncs tot l'incriminava. No em vaig atrevir a dir que l'anònim l'havia enviat vostè, precisament. On s'ha amagat tots aquests dies?

—Disposo de bons amics —li vaig respondre després de fer un glop.

—Déu meu! Fa pena. Amb aquesta roba sembla un obrer i sense afaitar... El millor seria que s'entregués i ho expliqués tot al senyor comissari.

—Ningú no em creuria.

—Jo el recolzaria. Vaig ser jo, precisament, qui dipositar la carta a la bústia. Vostè m'ho va explicar tot.

—I què? La pistola i la documentació del mort eren a casa meva. Com em va dir, un bon advocat desmuntaria tota la seva història en un tres i no res i a mi em crucificaria —vaig respondre mirant-lo als ulls—. D'altra banda, *monsieur* Boudineau ho negarà tot. És un covard i un malparit.

—No ha de témer res. *Monsieur* Boudineau ha estat destituït del seu càrrec de secretari del Consell d'Administració i se n'ha anat a París.

—De debò? I com ha estat això?

—S'ha descobert que participava en cert afer de partides nocturnes manegades. Juntament amb dos dels nostres clients.

—El baró von Brütsner i el Bruno Torres —vaig dir, i vaig somriure.

—Sí. Així és —va dir sorprès—. Hi ha hagut queixes i denúncies i els del Consell d'Administració han decidit que el millor era prescindir dels seus serveis.

—I el Pere Nieto?

—També ha estat acomiadat. Sembla que hi participava, en el negoci. No directament, però l'encobria a canvi de petits favors.

—És una bona notícia —vaig dir i vaig beure un altre glop de conyac.

—Però no totes són bones —va replicar l'Estragué, negant amb el cap—. El Governador Civil està decidit a prohibir el joc. Això seria la fi.

—Ja ho ha intentat en altres ocasions, però els del Consell d'Administració tenen bons amics a Madrid. Oi que sí?

—Aquesta vegada va molt seriosament. Els de Madrid s'estimen més rentar-se'n les mans. Sortosament els periòdics no han relacionat l'afer de l'italià amb el casino. Hauria estat un escàndol majúscul. Però la policia ho sap i el Governador Civil també. Pot ser la fi del casino.

—Encara queda el parc d'atraccions i l'hotel.

Em va mirar i es va posar a riure.

—Tot està hipotecat i els ingressos no cobreixen, ni de bon tros, els terminis que cal pagar. El vertader negoci és el casino. Si el casino mor, mor tot.

—Un somni que només haurà durat uns mesos —vaig meditar en veu alta mentre remenava la copa de conyac—. El que havia de ser l'emblema de la nova Barcelona ni tan sols durarà un any. Què farà vostè, si el casino desapareix?

—Bé! —va sospirar—. Quan Déu tanca una porta, obre una finestra. Estic estudiant una oferta que he rebut. M'han ofert un lloc directiu en una empresa que es dedica a muntar casinos.

—Això és sort —vaig dir, i el vaig mirar—. Si el casino no tanca, vostè es queda com l'únic responsable de tot i, si tanca, ja té treball.

—Bé, no tot és tan bonic. Si el casino tanca hauré d'abandonar Barcelona i anar-me'n a viure a Itàlia —va replicar. Va callar uns moments i va preguntar—: I vostè? Què farà ara?

Vaig sospirar derrotat, em vaig ficar la mà a la butxaca de l'abric i vaig treure la carta que m'havia donat el Maties just el dia 17, dimarts, quan m'escapava de la policia.

—Quan ja no té sentit continuar lluitant, el millor és retirar-se —vaig respondre.

La hi vaig passar. Va mirar el sobre, va veure el segell i em va mirar sorprès. El va obrir i en va treure la carta. El vaig observar mentre la llegia i vaig veure l'expressió del seu rostre, que anava canviant a mesura que avançava en la lectura. Vaig seguir el moviment dels seus ulls que es passejaven per damunt de les línies. Jo era capaç de recitar-la al meu interior. Me la sabia de memòria, fil per randa. Fins i tot les comes i els punts i podia situar amb absoluta precisió la petita taca que hi havia en el paper.

«*Estimat Víctor:*
No saps com desitjaria que estiguessis aquí, amb mi! Ahir, a París, el papa es va tornar boig. Però un boig meravellós. Ens va portar a sopar a Chez Maxim's. Mai no havia vist res d'igual. Pots trobar-te amb el més inesperat. Durant el sopar vaig poder veure vestits d'allò més atrevit. Riu-te de la faldilla pantaló amb què em vaig presentar a La Rabassada. Aquí la provocació és constant.

Al matí vam estar de compres. El papa vol que estiguem a l'altura del que s'acosta, ens ha dit, i no ha reparat en despeses. Està llençant la casa per la finestra.

Durant el dinar el vam sotmetre a una pressió increïble perquè ens revelés el seu gran secret, el destí final, però no vam aconseguir arrencar-li ni una paraula. Ni durant el sopar tampoc.

Aquest matí, a primera hora hem pres el tren cap al nord, cap a Calais. El mar del Nord és salvatge i no té res a veure amb el Mediterrani, té molta força i hem hagut d'esperar per poder embarcar cap a Dover. Després, uns mossos han traginat amb l'equipatge i gairebé sense temps per respirar, hem pres un altre tren. Aquesta vegada amb destí a Southampton.

Estic vivint una aventura constant, com mai no havia somiat. La mama, primer s'ha mostrat una mica espantada amb tant de tràfec, però quan per fi, fa una estona, hem aconseguit arrencar-li al papa el gran secret i ens ha ensenyat l'exquisit luxe de tot el que visitarem i el palau flotant en què viurem durant uns dies, se li han vingut les llàgrimes als ulls. És un viatge de somni en què recorrerem cinc ciutats dels Estats Units i acabarem a Hollywood. Diuen que allí pots trobar-te amb tots els actors i actrius, que s'estan traslladant des de New York, i s'estan muntat molts estudis de cinema. El papa ha aconseguit que ens deixin visitar-ne un i la meva il·lusió és tan gran que he corregut per escriure't aquestes línies i ordenar la Maria que s'ocupi que t'enviïn la meva carta tot just arribar a la pròxima estació.

Quan torni, serà per no separar-nos mai més i vull que la nostra lluna de mel sigui en un vaixell i que passem per París i que anem a sopar a Chez Maxim's. Vull ensenyar-te tot això i reviure-ho tot amb tu, cada moment.

T'estimo com mai no he estimat ningú i t'enyoro. Tu també penses en mi? Encara guardes la cinta vermella per embolicar el teu regal?
Amb tot el meu amor

Carla

PD.- Oh, me n'oblidava! Demà embarquem en el Titànic, el major i més luxós de tots els transatlàntics que mai no han existit. És el seu viatge inaugural i d'aquí quatre o cinc dies més serem a New York, la ciutat dels meus somnis. Ja t'ho explicaré.»

Va acabar de llegir i es va quedar dret, davant meu, mentre em tornava la carta.

—No sé què dir. No trobo paraules per expressar... —va fer, i va negar amb el cap—. No sabia que vostè i la senyoreta Carla estaven promesos.

La vaig ficar al sobre i me la vaig guardar a la butxaca de l'abric.

—Encara no ho estàvem. Quan tornés del viatge havia de parlar amb els seus pares. Així ho havíem convingut —vaig dir i vaig sospirar—. La carta va arribar a Barcelona diumenge dia 15, el mateix dia que va aparèixer la notícia del naufragi. Després vaig anar al Govern Civil. Havien rebut una llista provisional i havien subratllat els noms dels espanyols, encara que vaig descobrir que se n'havien deixat alguns. Em vaig barallar amb els que també cercaven esposos, pares, germans, parents... empenyent-los. La vaig repassar cinc vegades, de dalt a baix. El nom de la Carla no hi figurava. El del seu pare, tampoc. En canvi, el de la seva mare sí que era. Vaig aconseguir parlar amb un funcionari. Em va explicar que no era definitiva i que encara hi havia esperances, que havia confusions i caos. Aquell mateix matí havien rebut dos altres noms. Tot havia anat tan ràpid que segurament caldria esperar un parell de dies més perquè es calmés la situació i posessin una mica d'ordre a les llistes. Però quan va aparèixer la definitiva vaig veure que la Carla no era i les meves esperances es van esvair.

—I és clar! Va trobar la carta diumenge a la nit. Havia de ser un cop terrible. Per això dilluns ja no va venir a treballar —va meditar en veu baixa, i va assentir mirant cap al finestral que donava al jardí del darrere.

No vaig fer cap comentari. Vaig romandre en silenci, contemplant el líquid vermell que es movia a la meva copa.

—Què farà ara? —em va preguntar per segona vegada.

El vaig mirar. Ningú no podia imaginar tot el que havia passat per la meva ment quan vaig llegir aquella carta. El món sencer em va caure al damunt. Hi havia tanta alegria a cada frase! I després, quan vaig començar a buscar el seu nom a les llistes i no el trobava... Em fregava els ulls, em deia que segur que se m'havia passat, tornava a començar, m'aturava i tornava uns quants noms enrere. No obstant això, aquell home havia dit que havíem d'esperar. I vaig esperar, un dia i un altre i un altre i un altre, fins que no vaig tenir altre remei que acceptar la realitat.

—No ho sé —vaig respondre—. No sé el que faré.

—Necessita descansar. Quedi's a dormir aquesta nit, aquí.

—¿A casa seva?

—I és clar! Qui el buscarà aquí?

Vaig assentir lentament, em vaig aixecar, em vaig treure l'abric i el vaig seguir escales amunt, fins a l'habitació dels convidats.

—Com si fos vostè a casa seva. Si necessita alguna cosa, no té més que demanar-la. Miri de dormir. Demà ho veurà tot diferent —em va dir quan tancava la porta.

Una estona després, vaig obrir lentament i vaig escoltar amb molta cura. La casa romania en silenci i tot era fosc, excepte l'escletxa de llum que es colava per sota la porta del despatx, que ara era tancada. Vaig baixar les escales mirant de no fer soroll, em vaig acostar, vaig escoltar i vaig sentir la veu de l'Estragué. Vaig esperar una mica, fins que el vaig sentir dir "Així ho faré. Gràcies" i vaig obrir molt lentament.

Ell estava d'esquenes, amb el telèfon a la mà. De sobte va aixecar la vista, em va veure reflectit al vidre de la llibreria i es va espantar, però es va refer. Es va tombar lentament, va somriure i va penjar l'auricular del telèfon.

—No pot dormir? —em va demanar.

—No. I pel que veig, vostè tampoc —vaig contestar mentre deixava que la meva vista contemplés aquell despatx elegant i espaiós, farcit de llibres guardats pels vidres de les llibreries que ocupaven totes les parets. El meu pare s'hauria tornat boig allà dins, envoltat per la seva gran passió: la lectura.

—Fa gaire que és aquí?

—He baixat per prendre una altra copa, però he vist llum i tot just acabo d'entrar. A aquestes hores i encara treballa?

—Les circumstàncies són les que són i cal ballar al so de la música que toquen —em va dir amb cara de màrtir—. Havia de parlar amb un dels membres del Consell d'Administració, però no hi és a casa. Li trucaré demà.

—Sap la carta? La que li he deixat llegir abans? —vaig preguntar i ell va assentir—. No vaig poder llegir-la fins dijous.

—Fins... di... jous? —va tartamudejar. Li havia costat una mica reaccionar—. Però, abans m'ha dit que l'havia llegit diumenge.

—No. Li he dit que la carta va arribar diumenge. La resta s'ho ha imaginat, perquè no la vaig llegir fins dijous —vaig respondre.

No va contestar. Va fer la volta a la taula i es va seure a la seva butaca amb les mans als genolls.

—Aquell diumenge no vaig anar a dormir a casa. No ho sabia? —vaig preguntar, i ell va fer un gest d'innocència—. No, aquell diumenge no vaig dormir a casa —vaig sospirar—. L'endemà al matí em vaig trobar que la policia havia escorcollat el meu apartament i havia trobat l'arma i la documentació de l'italià. Llavors em vaig adonar del desastre que suposava. Tot m'incriminava.

—Ah, i és clar! I va decidir amagar-se.

—Això mateix —vaig dir, i vaig assentir amb un somriure trist—. I durant tot aquest temps m'he estat preguntant per què el comissari va ordenar escorcollar el meu apartament. Si no ho hagués fet, jo no em trobaria en aquesta situació tan delicada que m'obliga a fugir.

—Com no he pensat abans? —va exclamar aplegant les mans i portant-se-les a la boca en actitud d'oració—. Vostè segurament necessita diners. Tinc algunes pessetes aquí —va dir i va baixar la mà cap al tirador per obrir el calaix que tenia just davant seu, sota la taula, però es va aturar en sec en descobrir l'arma que l'apuntava.

El vaig veure empal·lidir. Em vaig acostar lentament i li vaig fer un senyal perquè es retirés. Va deixar anar el tirador del calaix i va fer enrere la butaca. Vaig fer la volta a la taula i em vaig seure sobre el cantell, sense deixar apuntar-lo.

—Obri'l, però lentament. Els moviments bruscos m'alteren —vaig dir.

Va obrir el calaix, tímidament, i vaig fer-hi una ullada. Hi havia sobres, paper de carta i alguns bitllets. Ell em mirava tens.

—Deu haver-hi unes sis-centes pessetes. Agafi-les. Són per a vostè.

Les vaig agafar i me les vaig ficar a la butxaca. Llavors vaig fer un moviment amb la pistola per indicar-li que obrís una mica més el calaix. Va dubtar, vaig avançar l'arma cap a ell, amenaçant-lo. Va obrir una mica més i als fons va aparèixer un revòlver del trenta-dos.

—Ni recordava que era aquí —va dir l'Estragué més tens encara—. Ja veu: al fons de tot... —va intentar somriure.

El vaig mirar als ulls i vaig tancar el calaix amb el canó de la pistola.

—No ha trucat ningú del Consell d'Administració, oi que no?

—Doncs, és clar que sí! Què li fa pensar el contrari?

—Ha trucat per rebre instruccions, igual que va fer diumenge dia 15, quan li vaig entregar el sobre perquè l'enviés per correu i se'l va quedar.

—És clar que el vaig ficar a la bústia de l'hotel! —va exclamar.

—Una carta dipositada a la bústia de l'hotel diumenge a la nit no pot arribar al seu destí abans de dimecres. Això si va ràpid —vaig replicar lentament.

—I qui diu que va arribar abans?

—El fet que l'endemà mateix, dilluns, van escorcollar el meu apartament, perquè ja havien desenterrat el cadàver de l'italià. I com podien haver-lo trobat, si ningú més que jo sabia on era? Collserola és una muntanya ben gran.

—Li juro que jo...

—El treball que li han ofert a Itàlia, és pels serveis prestats? —vaig dir, tallant el seu jurament.

—No sé què vol dir.

—No? Van anar per l'Antoni Farreres tot just després que jo li expliqués que entre els dos havíem fet desaparèixer el cos de Bonatesta. No se'n recorda? —el vaig mirar als ulls, fixament—. Per descomptat que se'n recorda! Vostè els va dir que l'Antoni sabia on era el cos, però resulta que no ho sabia, detall que jo li vaig explicar mes tard.

—Jo li juro que no...

—No juri tant, que s'ennuegarà. He vingut buscant respostes i les obtindré o me n'aniré sense elles, però deixant un bon record darrere meu. M'ha comprès?

Va mirar el canó de l'arma, va empassar-se la saliva i va moure el cap amunt i avall, com un bou. Només li faltava l'esquella.

—El comissari va dir que el cos de Lucca Bonatesta era molt valuós. Per què m'ho va dir? —vaig preguntar amb ràbia —. A què es referia?

—No ho sé. L'hi juro.

—Qui més tenia interès a descobrir el cadàver, a part de la policia? —vaig preguntar mentre li posava l'arma sota el nas i l'obligava a fer el cap enrere.

—Els d'Itàlia! —va exclamar esglaiat. El desgraciat tremolava.

—Segueixi —li vaig ordenar.

—Em fa mal —es va queixar.

—No és res comparat amb el que vindrà si no m'ho explica tot —encara vaig prémer més el canó contra el seu nas.

—Si dispara despertarà tothom —va intentar intimidar-me.

—Però vostè ja serà mort —li vaig contestar, i vaig somriure divertit.

Va empassar-se la saliva. Després de la carta que havia llegit feia una estona, bé podia imaginar-se el meu estat interior i que se me'n refotia.

—Em van venir a veure a les acaballes de març. Eren els mateixos que havien fet una oferta per entrar com a socis en el negoci quan s'estava construint, però que els del Consell d'Administració van rebutjar.

—Tinc entès que en aquella ocasió vostè va fer d'introductor d'ambaixadors. No és cert? —vaig preguntar i ell va assentir—. Per això *monsieur* Boudineau el deixava de costat —vaig afirmar—. No es refiava de vostè.

Va alçar les celles i va posar un ulls com a taronges. Era una manera d'acceptar que així era.

—Tothom sap que Barcelona és un lloc privilegiat que pot fer ombra a molts altres casinos, el de Montecarlo inclòs. Per aquesta raó volien una part del pastís —va dir, i jo vaig afluixar una mica la pressió. Va respirar alleujat, però jo vaig tornar a empènyer el canó—. Esperi, esperi! —va exclamar, i vaig tornar a afluixar una mica—. Bé... Veurà... Lucca Bonatesta treballava per a una gent d'Itàlia.

—Per a la màfia —vaig dir.

—Suposo que sí. Havia vingut a Barcelona seguint un home que havia robat diners i havia fugit i que el va matar simulant un suïcidi.

—I els de la màfia van pescar aquest pobre desgraciat i el van fer cantar. Tot això ja ho sé. Repeteixo la pregunta: Per què tenien tant d'interès que sortís a la llum el seu cadàver?

—És evident —va dir, i va intentar somriure—. Un cop es van assabentar d'allò que havia succeït es van adonar que era una ocasió d'or per enfonsar el casino de La Rabassada i eliminar una competència incòmoda. Si es descobria el cadàver, el Governador Civil segurament prohibiria el joc, tal com havia promès si es produïa una altra desgràcia.

—I què hi pinto jo, en tota aquesta història?

—Li juro que no hi vaig tenir res a veure, en això —va contestar. Ara suava—. M'ha de creure. Només vaig complir ordres i mai no vaig suposar...

—Si us plau, al gra —vaig dir molt lentament i en un to conciliador—. No disposo de tota la nit i estic força cansat.

—Veurà: ells van dir que, si tot quedava com un suïcidi, encara existia la possibilitat que Madrid intervingués i parés els peus al Governador Civil, però que si era un crim tot canviava. Els vaig dir que els ajudaria a trobar el cadàver, però que ningú més no havia de resultar perjudicat. Em van prometre que destaparien l'afer i que deixarien molt clar qui era l'assassí, que l'única cosa que volien era que es clausurés el casino.

—Després van reflexionar —li vaig prendre la paraula. Per fi tenia totes les respostes—. Era molt millor que l'assassí fos algú del casino. I qui més encertat que el mateix director de seguretat? Quin escàndol! I quins titulars! "El director de seguretat del Casino de La Rabassada assassina un client". Ni servit en safata de plata.

Em va mirar amb ulls de conill esglaiat i va fer un esforç per empassar-se la saliva.

—Mereixeria que el matés aquí mateix, com a un gos —vaig fer amb ràbia.

—Puc aconseguir-li més diners i un passatge per a on vulgui. Tinc amics poderosos! —va exclamar desesperat—. Podrà abandonar el país i començar una nova vida. Res no el reté aquí.

—Cert. Res no em reté. El que més m'estimava en aquest món ha desaparegut per sempre —vaig dir amb tristesa i vaig abaixar l'arma.

—Demà anirem plegats al banc i li donaré els diners. Té la meva paraula d'honor —el vaig sentir dir, però ja no l'escoltava, ja no m'interessava el que havia de dir-me.

Em vaig posar dempeus, em vaig guardar la semiautomàtica a la funda de l'aixella i vaig assentir. Li vaig donar l'esquena i em vaig dirigir cap a la porta. Reflectida al vidre d'una de les llibreries vaig veure la seva imatge que s'avançava i obria lentament el calaix de la taula del despatx. Vaig somriure. Quan m'havia tombat per sortir d'allà, al mateix temps que amb la mà dreta deixava la pistola a la funda, amb l'esquerra treia l'arma que duia a la cintura, sota l'americana.

Em vaig girar, vaig aixecar el revòlver del meu pare amb el silenciador muntat, just quan ell ficava la seva mà al calaix i es van sentir cinc sons sords, impossibles de percebre fora d'aquell despatx. El meu pare havia fet una vertadera obra d'art, com tot el que feia, i el soroll va ser mínim, gairebé agradable. Un dels trets li va anar a la cara i es va quedar assegut a la butaca, amb el cos inert, com un ninot de drap, mentre la seva arma queia al terra.

En aquesta vida ens equivoquem ben sovint amb la gent que creiem conèixer. Jo sempre l'havia tingut per algú intel·ligent i al final resultava que era un pobre idiota. A qui se li ocorre moure's quan estàs envoltat de vidres que poden servir de miralls?

M'hi vaig acostar. Era mort, i ben mort. I era com tots els cadàvers: inofensiu. Vaig treure un full del calaix, vaig mullar els meus dits a la seva sang i vaig escriure: PORCO.

—L'Antoni era amic meu i tu ets responsable de la seva mort, fill de puta! —vaig exclamar i li vaig clavar el cartell al pit amb una agulla que duia a la solapa.

Allà el vaig deixar. M'imaginava els titulars dels diaris: «El director del casino de La Rabassada assassinat a casa seva víctima d'una *vendetta*», «La màfia desembarca a trets a Barcelona!»... Potser algun periodista més subtil o més poètic ho titularia: «Jugar i morir a Barcelona». Sí, aquest seria un gran titular. No obstant això, ara ja no tenia cap dubte que el Governador Civil signaria el que fos amb tal de tornar la pau i la decència a la seva estimada Ciutat.

Vaig netejar el poc que havia tocat. Pràcticament només la copa. Li vaig agafar les claus de la butxaca, vaig rescatar el meu abric i vaig sortir al carrer.

Em sentia esgotat. Vaig imaginar que per un cop a la vida el destí jugava a favor meu. Plovia, la gent era a casa i jo ho tenia tot a punt. El vaixell salparia a trenc d'alba amb una tripulació en la qual s'hi havia enrolat un mariner inexpert anomenat Vittorio Ponte. Destí: l'Argentina. Havia llegit en algun periòdic que allà vivien un milió d'immigrants italians i un altre milió d'espanyols. Qui trobaria una agulla en un paller?

Me'n vaig anar caminant lentament cap a les Rambles. Des d'allà arribaria al port i en ben poques hores ja estaria enmig del mar. Enrere quedaria Barcelona i el meu gran somni, que havia durat uns mesos. Quan tanquessin el casino, Barcelona també despertaria del seu somni de convertir-se en la perla del Mediterrani gràcies a la bogeria que genera una ruleta que gira, uns daus que volen o unes cartes que es reparteixen. Vam apostar i vam perdre. Així és el joc.

Feia fresca i m'havien dit que a l'Argentina començava l'hivern, perquè allà van a l'inrevés que nosaltres. Bé! Hauria d'esperar uns altres sis mesos perquè arribés l'estiu.

Al meu equipatge duia quinze mil pessetes. I ara en tenia sis-centes més. Prou diners per creuar l'Atlàntic i començar una nova vida. Em vaig ficar les mans a les butxaques i els meus dits van ensopegar amb alguna cosa. Ho vaig treure. "Encara guardes la cinta vermella per embolicar el teu regal?" Deia la carta de la meva estimada. Sí, encara la guardava i encara la guardo.

Caminant per la Rambles, sota la pluja, camí del meu nou destí, vaig recordar les paraules del meu pare que, en una d'aquelles llargues converses asseguts en el pati contemplant la llenyera, em va dir: «Ves amb compte perquè arriba un dia en el qual la teva arrogància et fa pensar que domines el món. I no domines res! A mi em va passar quan era a Catanzaro, quan esperava el meu segon fill, que mai no va arribar a ser. Llavors, t'imagines que el teu joc és imbatible, apostes molt fort i apareix l'atzar, aquest jugador que somriu maliciosament, i posa damunt la taula del destí una vida en joc per acabar destapant la seva mà i mostrar-te el seu pòquer d'asos. Allà, en aquell precís instant, és quan te n'adones que ho has perdut tot.

Tenia molta raó! La seva veu era la veu de l'experiència. Durant tots aquells mesos jo m'havia adormit en el plàcid son que podia començar una nova vida, sense adonar-me que potser la meva aposta superava amb escreix les meves possibilitats i, al final, l'havia perdut a ella, que era el més valuós, i havia perdut tota la resta, perquè ara em demanava: «Quina nova vida puc començar sense la Carla?»

Vaig respirar fondo i vaig ser conscient que els meus ulls s'humitejaven. Indubtablement, si jo fos periodista, estic segur que el millor títol que podria triar per a escriure un article sobre el Casino de la Rabassada seria: «Una vida en joc».

NOTA HISTÒRICA

L'any 1912 el Govern Civil va prohibir el joc i el casino de la Rabassada va deixar de funcionar. La resta de les instal·lacions van ser llogades a Joan Meunier i Monin, que es va comprometre a pagar el vint per cent dels beneficis a la companyia La Rabassada S.A.

No obstant això, només un any més tard, la societat, després de no satisfer les taxes de l'explotació de la línia del tramvia, es va declarar en fallida.

Els successius intents per reconvertir les activitats no van tenir èxit. Finalment van aconseguir que el joc fos tolerat durant uns anys i Joan Meunier va comprar el complex. De nou va aparèixer la clientela estrangera, encara que mai més no va tornar a utilitzar-se la paraula casino en el seu nom, sinó que va passar a anomenar-se Jardins de Recreació i Atraccions. No obstant això, i malgrat l'enorme esforç, no va aconseguir recuperar la seva esplendor i amb l'arribada de la dictadura de

Albert Salvadó

Primo de Rivera, l'any 1928, es va prohibir de nou el joc. Va ser el cop de gràcia que ja presagiava la seva fi.

La decadència s'accelerà i l'any 1934 es tancà definitivament el restaurant. Poc després, amb la guerra, esdevingué caserna de la guàrdia civil i durant la dècada dels anys 40 va ser pràcticament enderrocat i els seus elements decoratius, finestres, portes i tot allò que podia aprofitar-se van ser utilitzats per a construir cases d'estiu del voltant.

Actualment només resta el record amagat per les herbes i els arbres del bosc. Excepció feta dels túnels, alguns pilars de les muntanyes russes, el mirador, part del celler, vestigis de l'escalinata, algun banc de pedra, alguna font i poca cosa més, res no fa sospitar que en aquest lloc es va viure un somni que va poder ser realitat.

ALTRES OBRES D'ALBERT SALVADÓ

Si heu gaudit amb la lectura, potser us interessi conèixer altres obres d'Albert Salvadó, totes disponibles també en format de llibre electrònic.

OBRE ELS ULLS I DESPERTA

Gairebé a mitjans del segle XVII, Václav Hus, un savi que viu a Praga, rep la visita d'un jove rodamón de Pisa anomenat Tolino Salerno. El jove li pregunta si coneix alguna cosa de l'existència d'una llegenda que parla de la Rosa de Jade. Václav decideix confiar en el seu visitant i li explica que es tracta d'un cristall tallat en forma de rosa que amaga el secret de la bellesa eterna, que va desaparèixer de la tomba de Marco Polo i ningú sap on és. I encara li explica moltes més coses, però, a canvi, li demana que li digui on ha sentit a parlar d'aquesta llegenda que coneix ben poca gent.

Llavors, Tolino li explica el que va passar a Pisa, durant l'època en la qual va tenir lloc a Roma el judici contra Galileu Galilei per part de l'Església. Aquí va conèixer un misteriós personatge anomenat Fredo el Boig, exprofessor de la universitat i amic de Galileu, a qui va defensar amb vehemència. Per aquesta raó esdevingué un proscrit, per enfrontar-se a un món acadèmic immobilista i a una jerarquia eclesiàstica que ho volia dominar tot. Aquest home, geni de les matemàtiques, de la física i de la filosofia, obre un món nou als ulls de Tolino i li mostra una interpretació de la vida i de tot l'univers que desborda la imaginació i els sentits fins a tal punt que traspassa la frontera de l'espai i del temps i l'obliga a obrir els ulls i despertar a la realitat.

Les noves amistats de Tolino el duen a haver de fugir de Pisa per tal de no perdre la vida, però amb la ferma voluntat de tornar, perquè allà ha deixat el seu gran amor.

Tanmateix, el més sorprenent d'aquesta història és que, si els pensaments de Fredo el Boig s'apliquessin avui dia, serien perfectament coherents i d'acord amb els nostres temps.

Qui hagi llegit «L'informe Phaeton» potser necessita llegir «Obre els ulls i desperta». I qui no hagi llegit «L'informe Phaeton», possiblement ho farà en acabar el relat de Tolino Salerno.

UN VOT PER L'ESPERANÇA

Segons les profecies de Sant Malaquies, Benet XVI, el papa actual, és el penúltim. El pròxim serà l'últim.

«Un vot per l'esperança» comença just quan acaba de morir el pontífex, el conclave s'ha reunit per triar el successor i, de sobte, a la plaça de Sant Pere s'alcen veus que criden «Fumata blanca, fumata blanca!». Entre la multitud, Mario Darino, periodista que creu dominar els amagatalls del Vaticà, es queda petrificat en conèixer el nom que ha triat el nou papa: Pere II. En vint segles, cap altre papa s'havia atrevit a adoptar-lo.

A partir d'aquest instant Mario Darino viu una experiència increïble. La seva vida fa un gir de cent vuitanta graus i es veu immers en una perillosa trama d'interessos polítics i econòmics a la que no són alienes les intrigues que s'alimenten darrere dels mateixos murs del Vaticà, on sovint l'afany de poder s'amaga sota un mantell de religiositat.

La història està infestada d'exemples, i tot es precipitarà quan comenci a prendre cos la profecia de sant Malaquies, que vaticina que l'últim papa tindrà per divisa Petrus Romanus, portarà per nom Pere II i durant el seu pontificat tindrà lloc el judici final.

L'ENIGMA DE CONSTANTÍ EL GRAN

L'emperador Constantí el Gran és una de les figures més impressionants i controvertides de la història universal.

Les seves decisions són un vertader enigma que aquesta obra desvela magistralment. La seva vida és una infinitat de lluites i conquestes, amistats i odis, amors i desamors, grandeses i misèries, nobleses i crims, enganys i traïcions. I ell, des de la humilitat de l'home que s'enfronta a la seva mort, fa balanç de tot.

Va ser l'últim dels grans emperadors. Fill bastard de Constanci Clor, va unificar l'Imperi romà per última vegada, va concedir la llibertat als cristians, va crear el primer exèrcit mòbil, va instituir la moneda única (el Solidus, vertader precursor de l'Euro), va fundar Constantinople, va assassinar amb les seves pròpies mans... i va viure un gran amor amb Minervina, la seva primera esposa.

Submergir-se en la vida de Constantí és reviure una època increïble i descobrir el gran misteri de les seves decisions, aparentment absurdes i contradictòries i, malgrat tot, carregades d'una lògica sorprenent i implacable que Albert Salvadó ens dibuixa amb pols ferm i mà mestra. Una obra que mai s'oblida i que va merèixer ser finalista en el I Premi Néstor Luján de Novel·la Històrica.

Albert Salvadó

ELS ULLS D'ANNÍBAL

Obra guanyadora del «PREMI CARLEMANY 2002»,

A la Roma dels primers temps la dona no tenia cap dret: era considerada una propietat i el matrimoni només era un contracte per tenir fills. Tot i així, en privat, la dona esdevingué el suport de l'home i el centre d'un poder silenciós i secret que va influir en les grans decisions.

Aquesta és la història d'Ariadna, una dona d'ulls foscos i misteriosos com la nit, i de Sinesi, el filòsof que era capaç de llegir als ulls dels altres i despullar les ànimes i que va descobrir que Ariadna guardava al seu interior tot un univers, ocult darrere del misteri de la seva mirada.

Una història en què l'amor amb majúscules s'uneix a les quatre derrotes consecutives, també amb majúscules, que Roma va patir a les mans del gran Anníbal. I tot per causa d'uns ulls.

També és la història de Publi Corneli Escipió, que esdevindrà el més gran dels generals romans, que va aprendre que els ulls són la porta que ens permet contemplar l'ànima i atrapar els sentiments de qualsevol.

El nom d'Anníbal ha passat a la història de la mà dels elefants, però un cop hagueu llegit aquesta obra, és possible que substituïu els paquiderms per alguna cosa molt més petita i infinitament més poderosa.

L'ANELL D'ÀTILA

Obra guanyadora del Premi Fiter i Rossell del Cercle de les Arts i les Lletres.

UNA VIDA EN JOC

En ple segle V, Constantinople i Roma contemplen amb preocupació com totes les terres entre el Rin, el Danuvi, el Volga i el mar Bàltic rendeixen homenatge al nou emperador dels huns, com es fa dir Àtila.

I la preocupació es converteix en pànic quan comença a circular la llegenda que parla d'un home que està per damunt dels altres mortals, perquè ha rebut de mans dels déus l'espasa de Mart.

Sever Antoni Brauli Teodosi, general, ambaixador i senador, viurà una vida sencera per descobrir que som els homes que aixequem els imperis i, també som nosaltres, els qui els esfondrem.

Mentre tot l'Imperi cau al seu voltant, ell, des de la seva vila de Tarraco, relata al seu amic Pau Orosi, que va escriure la història d'aquells dies, els seus records, els d'una època increïble, en la que l'aparició d'un home irrepetible, el gran Àtila, es va aplegar a una altra figura que va marcar el final absolut de l'Imperi Romà d'Occident: Gal·la Placídia. Néta, filla, germanastra, esposa i mare d'emperadors, es va asseure durant trenta anys a la cadira imperial.

El gran Sever, espectador privilegiat pels càrrecs que va ocupar, crida: «Mai, en tota la història, va haver-hi una dona tan predestinada!» I relata amb tots els detalls com Gal·la Placídia va enfrontar els millors generals de Roma entre si, va impulsar Àtila a atacar un Imperi debilitat i ofegat per la corrupció, la traïció, la cobdícia i el vici, i va deixar al tron al seu fill Valentinià, un vertader monstre.

El resultat no podia ser un altre, i la història ha fet justícia.

Albert Salvadó

EL RELAT DE GÜNTER PSARRIS

Els que l'han llegit diuen que es tracta d'un relat dur, però que és, al mateix temps, el més tendre i humà que ha escrit Albert Salvadó.

En una cabanya en meitat dels Pirineus, tres homes troben el cadàver d'un pastor, la fotografia d'un oficial nazi i un manuscrit.

Aquesta és l'apassionant història de Günter Psarris, a qui el món va convertir en assassí, malgrat que ell mai va deixar de ser una gran persona. Va viure durant la Segona Guerra mundial, a l'Alemanya de la bogeria, va ser tancat al camp de Mauthausen i va sobreviure. No obstant això, el preu que va pagar per això va ser molt elevat.

Aquesta és també la història d'algú que va estimar amb bogeria, que va ser deportat i que el món, lluny de casa seva, el va tractar amb duresa i li va robar tot el que tenia. Fins i tot l'amor. I aquesta és una història plena d'esperança i de lliçons, d'un episodi recent de la humanitat que ha quedat marcat per la violència, la brutalitat, el salvatgisme i el menyspreu absolut per tot allò que és sagrat: la vida humana. No obstant això, Günter Psarris sap que la vida contínua i que l'amor és etern. I això ningú l'hi pot robar.